***Jacqueline Dana** a commencé sa carrière de journaliste dans les années 1970 et l'a poursuivie au* Figaro, *puis au sein du groupe Hachette (*Elle, Vital, le Journal du Dimanche*). Essayiste et romancière, elle est l'auteure de plusieurs romans à succès sur l'Italie :* Tota Rosa, *Prix RTL,* L'Été du Diable *et* La Femme du Sud. *Elle se consacre désormais à l'écriture.*

La réfugiée de Saint-Martin

Du même auteur

Autres éditeurs

Appelle-moi Emma
Et nous dirons oui au monde
La Femme du Sud
Le pharmacien de Saint-Pol
Le regard de Myriam
Les Noces de Camille
L'Eté du diable
Tota Rosa, Prix RTL
Vénus et son double

Imprimé en U.E.
Dépôt légal : décembre 2012
ISBN : 978-2-8129-0675-6

JACQUELINE DANA

LA RÉFUGIÉE DE SAINT-MARTIN

De Borée
Terre de poche

Pour Gloria

Zone d'occupation italienne en France

(Novembre 1942-Septembre 1943)

Prologue

Janvier 1943… Devant, plié sur sa vieille moto, Simon chante à tue-tête :

On ira pendre notre linge sur la ligne Siegfried
Pour laver le linge, voici le moment… lalalala
À nous le beau linge blanc…
En famille, on lavera tout cela…

Ils sont partis, et Simon chante, il est content, il a enlevé Sonia et dit aux cousins :

– Soyez tranquilles. Avec moi, elle ne risque rien, là où elle va, tout est prévu.

Jean-Claude et Christiane ont dit merci, lui ont longuement serré les deux mains :

– Prenez soin d'elle.

– Et vous ?

Sonia avait interrogé, anxieuse, en se serrant contre eux, elle n'avait pas envie de les quitter.

– On va voir, si les choses se gâtent vraiment, nous partirons pour la Corrèze dans le village de Christiane, à Gros-Chastang…

Jean-Claude lui caressait la joue avec une douceur inhabituelle.

– Je vous tiendrai au courant, avait dit Simon.

*

Ils traversent des jardins potagers que l'hiver a rendus déserts, longent la voie ferrée, traversent des villages somnolents et embrumés, quittent la vallée du Var au lieu-dit Le Plan-du-Var pour s'engager dans la vallée de la Vésubie, tapie derrière des rochers gigantesques, déchirée par des gorges si profondes qu'on ne peut s'empêcher de frissonner en y plongeant le regard pour guetter les eaux vertes, festonnées de blanc, qui tourbillonnent au fond.

Mais plus loin, la vallée s'élargit, les falaises s'effacent pour laisser la place à des collines douces, recouvertes de forêts et à des jardinets suspendus. Passé le village de Venanson, les élégantes villas et les chalets construits au début du siècle pour les touristes en villégiature apparaissent au détour de la route, un chemin muletier mène sur les hauteurs. La moto ronronne et halète en empruntant un majestueux pont de pierre qui franchit la vallée de la Madone.

Simon arrête l'engin sur le bord de la route et aide sa passagère à sauter à terre. Il fait un grand geste pour désigner les crêtes blanches serties de brume, au pied desquelles se pelotonnent les maisons d'un village, accroché dans la montagne comme un nid d'aigle. L'air est âpre, mais la lumière blanche et transparente de l'hiver donne au paysage l'allure d'un tableau suspendu dans un rêve de glace.

– Regarde, Sonia, voilà le pont de la Madone, c'est un beau nom. Ce pays est le royaume des torrents. Il y en a deux qui se réunissent sous le village, celui de la Madone de Fenestre et celui du Boréon. Ils arrivent de la frontière italienne, leurs eaux se rencontrent, et ils deviennent une seule rivière, la Vésubie. C'est pourquoi le patelin s'appelle Saint-Martin-Vésubie. Là-haut, tu vois le mont Gelas, plus de trois mille mètres… Ici, avant la guerre, c'était un lieu de vacances, il y a de belles villas, des terrasses, des hôtels, mais aussi des vergers, des forêts, des massifs de rochers, des clairières, des lacs, des chemins secrets pour les mules, des fermes éparpillées dans la campagne, des granges abandonnées en plein champ, des bergers qui font de la contrebande, des paysans durs au boulot, comme nous en Pologne… C'est un cadeau de la nature pour vivre, se reposer, se cacher… Tu seras à l'abri, ici. Les juifs seront tranquilles, leur séjour est sous le contrôle et la protection des Italiens. Il n'y a pas d'espions qui rôdent, quelques gendarmes locaux, des troufions, les chasseurs alpins italiens, la plupart des gars du Piémont, des montagnards. Moi, quand on m'envoie ici pour repérer les logements destinés à accueillir les réfugiés, je te jure, j'oublie la guerre et les Boches.

Il la prend contre lui et la berce avec une tendresse qui fait monter les larmes aux yeux de la jeune fille.

– Ici, tu vas pouvoir t'installer, prendre des forces, l'air est sain, on trouve toujours un petit quelque chose à manger, quand viendra le printemps, ce sera le paradis.

– Le paradis ? – Sonia a un sourire plein de tristesse – Mais, Simon, le paradis n'existe pas…

– Oui, mais Saint-Martin existe, l'hôtel des Remparts où je te conduis existe, sa patronne, Mme Savino, est gentille. Il y a déjà chez elle un bon nombre de jeunes Polonais, je te les présenterai, tu ne seras pas seule. Et puis, tu pourras peut-être trouver du travail. Ils ont ouvert une école juive pour les enfants réfugiés, il y a un notaire, une banque, une agence immobilière, toi qui es instruite, tu trouveras bien un moyen… Les riches familles juives ont des enfants qui ont besoin d'étudier. Le plus difficile sera de se chauffer, couvre-toi bien. Essaie de tricoter, tu sais tricoter ?

– Très mal.
– Il faudra apprendre.

Il se penche et l'embrasse. Il a les lèvres froides et rêches, l'air qui l'a fouetté pendant tout le voyage donne à sa peau une rugosité agressive, elle se serre contre lui, elle n'a pas très envie d'être embrassée, mais il est si amoureux, si attentif. Bien sûr, il a raison. Une vie simple, libre, dans un endroit isolé, loin du monde, c'est un miracle. Nice est surpeuplée et dangereuse. Elle lève la tête, ouvre ses lèvres, enfin elle s'abandonne, elle laisse la joue râpeuse écorcher sa peau, la langue indiscrète fouiller sa bouche, la chaleur naît en elle, reconnaissance, espoir, désir, tout s'emmêle…

*

La moto roule doucement dans le village jusqu'à la rue du Barri, rue en pente qui longe ces maisons remparts de Saint-Martin qui donnent au pays son allure de forteresse. L'hôtel est une pension de famille à l'allure cossue et désuète, les fenêtres ont des balcons de bois écaillé, la porte s'ouvre en tintinnabulant. Du fond de la salle surgit une femme d'une quarantaine d'années, accompagnée de deux gamines, très brunes, toutes les deux de la même taille. Devant un grand vaisselier de bois sombre, un bouquet de fleurs artificielles trône dans un pichet de cuivre. Au mur, des tableaux naïfs représentent des paysans tyroliens qui dansent dans un village de montagne. Une vague odeur de cuisine flotte dans l'air, la salle à manger, avec ses tables de bois recouvertes de toiles cirées sagement rangées, est vide et baignée d'une lumière ombrée.

– Ah ! monsieur Polsky, je ne vous attendais pas si tôt... Heureusement la chambre est prête, elle est petite et sans balcon mais moins froide que les autres, elle est très bien exposée.

– Madame Savino, bonjour... Voici votre nouvelle pensionnaire, mademoiselle Sonia Dreyfus, elle est belge, elle est née à Bruxelles... Ses papiers sont en règle avec les autorités italiennes...

– Oh ! ça, monsieur Polsky, je vous fais confiance, avec vous, tout est toujours parfaitement organisé, bonjour, mademoiselle...

C'est une grande femme très brune, avec un chignon serré sur la nuque, des fils blancs parsèment sa chevelure et ses yeux sombres sont cachés par d'épaisses lunettes, ce qui ne permettait pas lorsqu'on la voyait pour la première fois de deviner la bonté de son regard bienveillant.

Elle pousse les deux fillettes vers Sonia.

– Allez, les filles, dites bonjour, elles sont jumelles, méfiez-vous d'elles, ce sont des coquines, elles adorent se servir de leur ressemblance pour faire des farces… Elles s'appellent Josiane et Jacqueline, vous pouvez leur demander tout ce que vous voulez, elles vous feront visiter le pays et vous expliqueront tout.

Les deux petites sont vêtues de sarraus gris sombre, leurs doigts tachés d'encre témoignent de leur passage à l'école, le matin même. Elles portent des lunettes sur leur nez rond.

Sonia leur sourit.

– Vous avez quel âge et vous êtes en quelle classe ?

Elles répondent en chœur :

– On a 8 ans, on est en huitième, enfin, on a une grande classe unique, mais on est du niveau de la huitième des écoles des villes…

Elles s'approchent et fixent avec attention Sonia, puis l'une des deux souffle d'une voix grave :

– Comme vous êtes belle, mademoiselle…

L'autre lève la main et tente de caresser les boucles claires de Sonia, sa mère s'interpose vivement :

– Voyons, les filles, excusez-les, mademoiselle…

Simon rit.

– La vérité sort de la bouche des enfants… Sonia, il faut que je m'en aille, ils m'attendent au comité, à Nice… Je suis déjà en retard, je reviendrai… Monte dans ta chambre ranger tes affaires.

Madame, je vous tiens au courant pour les suivants, il me faut encore trois chambres.

– Ça sera dans l'annexe, monsieur Polsky… Mais ça coûte moins cher, et puis il y a un coin pour faire la cuisine…

– Ça ira, ils seront six, ils ont très peu de moyens, ils n'iront pas au restaurant, ils se débrouilleront tout seuls pour se faire à manger, ils auront leur carte d'alimentation, soyez tranquille. Ils monteront par le car, ils ont votre adresse, le chauffeur leur indiquera votre rue…

Il hésite, puis embrasse légèrement Sonia sur chaque joue avant de s'en aller.

*

La chambre est très petite et claire, le papier sur les murs est défraîchi mais la cretonne des rideaux et du lit est gaie et fleure bon le savon de Marseille.

– M. Polsky m'a dit que vous étiez étudiante, j'ai fait installer par mon voisin, le menuisier, des étagères pour vos livres, si vous débarrassez la table de toilette, vous pouvez la transformer en bureau pour travailler. Les cabinets sont dans le couloir et une fois par semaine vous pouvez prendre un tub dans la salle d'eau, au rez-de-chaussée, je fais chauffer l'eau sur la cuisinière à bois… Il y a un poêle qu'on allume chaque fois qu'on a du charbon. Il vaut mieux prendre son bain à ce moment-là.

– Tout ira très bien, madame Savino.

– Si vous avez besoin de quelque chose, vous m'appelez.

– Et pour vous régler ?

– À la fin de la semaine, ne vous inquiétez pas... Cet après-midi, il faudra aller à l'hôtel Terminus, c'est le quartier général des Italiens, les carabiniers vont tamponner vos papiers, carte d'identité et carte de ravitaillement, vous devrez y aller tous les jours, c'est le règlement, mais ce n'est pas déplaisant, vous faites la queue avec les autres, vous rencontrez des gens comme vous, vous bavardez... Ah ! j'aurai besoin de vos tickets de rationnement pour faire les courses et préparer les repas, je peux vous faire demi-pension. Les petites, en rentrant de l'école, vous indiqueront l'hôtel Terminus, c'est à l'angle du boulevard Lazare-Raiberti et de l'allée de Verdun. Vous pourrez continuer jusqu'à la mairie, place Félix-Faure, vous la reconnaîtrez facilement, elle a des arcades, là, il y a toujours du monde, vous y ferez des connaissances. En attendant, reposez-vous...

Sonia s'étend sur le lit inconnu mais accueillant, elle ferme les yeux, elle sent son corps s'amollir, des fourmillements gagnent ses bras et ses jambes, sa poitrine se serre, l'étouffe, l'air lui manque. Elle se mesure de nouveau à cette peur sournoise qui l'avait assaillie, il y avait plus de deux ans, quand elle avait quitté sa mère et sa sœur, l'appréhension douloureuse qui la faisait souvent trembler, cette blessure qui avait fait éclater sa famille…

Sous ses paupières, les larmes s'accumulent sans couler, ses yeux crispés la brûlent.

Encore une fois une nouvelle séparation… Elle a peur, comment va-t-elle avoir des nouvelles de ses parents, de sa sœur, de ses cousins ? Elle est là, perdue dans la montagne, avec interdiction de quitter le village, l'obligation de se présenter tous les jours chez les carabiniers et de montrer ses papiers. Une prison en plein air… Elle était mieux chez ses cousins, à Nice… Depuis le mois de juin 1940, une à une, les certitudes qui avaient construit sa vie se sont effilochées, elle se trouve seule, désemparée, loin des siens, abandonnée dans ce monde incompréhensible que la guerre a tissé autour d'elle. Simon ? Il l'aide, bien sûr, mais il ne suffit pas à combler ce vide qui la ronge…

Dans sa tête, tout à coup, une voix résonne, claire et forte, c'est celle de sa mère :

– Il faut partir, mes enfants, il faut se séparer, nous ne devons pas rester ensemble, votre père y tient. C'est devenu trop dangereux…

– Pourquoi, maman, pourquoi ? Ensemble, on est plus forts. On ne veut pas te quitter.

La voix, nette, précise, continue de claquer dans la chambre vide :

– Il le faut, c'est plus prudent, ne prenons pas de risques : chacune sera à l'abri dans un endroit sûr, nous nous retrouverons bientôt, quand la situation sera plus claire.

Et les mois avaient passé…

Allongée sur le lit, Sonia tressaille au son de cette voix qui jaillit, brisant l'absence, tellement présente, qu'elle emplit toute la pièce. La jeune fille a la sensation inquiétante de ne plus être seule dans la chambre.

Soudain, elle est secouée par un choc violent dans le dos, suivi d'une déchirure douloureuse comme si on lui arrachait le cœur et les entrailles. Elle se redresse, les yeux écarquillés, ses mains couvertes de sueur crispées sur les draps, assaillie brutalement par une angoisse immense, le corps raidi par la douleur. Elle gémit : maman…

Des images venues de très loin l'étreignent, obsédantes. Elle a 4 ans. Elle est lovée dans les bras de sa mère, à l'abri, douceur sans fin… La voix maternelle, son beau visage, son rire tendre, ses longues caresses sur ses jambes dodues… Tout son corps de petite fille vibre de plaisir… Jouissance de l'enfance… Si lointaine… Surgissant brutalement de sa mémoire béante, puis s'enfuyant tout à coup… Perdue à jamais.

Comme la petite fille qu'elle a été, elle crie :

– Où es-tu, maman ? Viens…

Sur la chaise de paille, près de l'armoire en bois, une silhouette brumeuse se dessine et devient de plus en plus nette.

La voix maternelle retentit, plus douce, mélancolique comme un petit sanglot qui refuse de s'échapper :

– Ne nous oublie jamais, pense à nous… Je suis si loin, maintenant… Sonia, ma petite fille chérie, que fais-tu dans ce village, dans cet hôtel destiné aux vacances ? Qui est ce garçon qui t'embrasse, toi qui étais sage… Cela fait bien longtemps que nous nous sommes quittées…

– Maman ! Que dis-tu ? Où es-tu ?

Sonia défaille sur son lit, c'est la première fois qu'elle revoit sa mère, elle tend les bras.

– Maman, viens, serre-moi contre toi… T'oublier ! Je pense tout le temps à vous, à Nathalie… Pourquoi as-tu voulu que je te quitte ? Pourquoi ne m'as-tu pas gardée près de toi, avec papa ? C'était si bon quand on était tous ensemble, chez nous. Où êtes-vous donc, papa et toi ? Pourquoi vous ne me donnez jamais de nouvelles ? Reviens, ne me laisse plus jamais.

Prologue

*

Oh ! dis-moi, maman, explique-moi… Qu'est-ce qu'on nous a fait ? Pourquoi ? Maman… Où es-tu partie, avec papa ? Ils m'ont enfermée ici, ils disent qu'il faut me mettre à l'abri… Et moi, j'ai besoin de toi… Parle-moi, parle-moi encore.

Partie I

Les visiteurs du soir

I

Exode

– ANNE-MARIE, tu es rentrée ?

Louis Dreyfus accroche son feutre au portemanteau en métal doré de l'entrée. Il a quitté plus tôt que d'habitude la clinique de la rue des Acacias où il est chirurgien généraliste, il passe ses mains sur son crâne pour plaquer ses cheveux que le vent, qui souffle toujours dans la cour intérieure de ce bel immeuble de la rue du Colonel-Moll, a dérangés malgré le chapeau.

Il ouvre la porte vitrée de la salle à manger et crie :

– Vous êtes là ? Vous êtes rentrées ?

Anne-Marie sort de la cuisine qui donne sur l'entrée et pousse à son tour la porte dont les vitres vibrent lorsqu'elle la referme un peu trop fort.

– Ah ! tu étais dans la cuisine, la bonne n'est pas là ?

– Elle est partie quelques jours, elle a peur pour sa famille qui habite près de Dunkerque.

– Drôle d'idée… Tout le monde fait le chemin inverse, et elle, elle va là-bas… Tu vas bien, ma chérie ?

Il hésite puis l'embrasse rapidement :

– Anne-Marie, les Allemands ont franchi la Meuse, ils enfoncent l'armée belge dans le Nord…

– Mais on va les arrêter, il y a les Anglais, nos soldats, l'armée française qui font barrage, nous sommes protégés. Les Allemands sont tout seuls contre nous tous…

Louis Dreyfus est un homme maigre, de taille moyenne, au visage fin et régulier. Il serait séduisant si aujourd'hui ses traits n'étaient tellement creusés par la fatigue.

– J'ai opéré toute la journée, mes patients ne sont pas dans de très bonnes conditions, je dois y aller tôt demain matin.

– Demain, dimanche ?

– Oui, demain dimanche, appelle les filles, je crois que nous devons leur parler… La situation est grave.

– Tu vas les inquiéter…

– Je vais faire attention, mais ces Allemands sont d'une puissance qui fait trembler… Et ce qu'ils ont fait en Pologne ? Tu as bien vu les actualités au cinéma ?

– Mais nos armées vont les arrêter... répète Anne-Marie, le regard chaviré, pourquoi es-tu si pessimiste ?

Louis s'assoit sur le canapé, les mains jointes sur ses genoux, il regarde avec tendresse sa femme. Elle est belle, Anne-Marie. Un peu plus grande que lui, mince, racée, élégante, ses cheveux d'un blond foncé remontés en boucles sur le sommet de la tête encadrent son visage aux pommettes hautes, un peu écartées, sur lesquelles reposent deux yeux en amande pailletés de vert.

Quelle chance qu'elle ait légué ces yeux admirables aux filles. À quarante-cinq ans, elle a l'allure d'une jeune pouliche, il ne se lasse jamais de la regarder, Anne-Marie... son amour de jeunesse, sa tendre amie... Il va falloir se séparer...

Il se secoue et attire sa femme sur ses genoux, il lui parle doucement dans le creux de l'oreille :

– Ma pauvre chérie, Munich, c'était de la frime, je n'y ai jamais cru même si j'ai voulu faire semblant... Tu as vu la Nuit de cristal à Berlin ? Rien n'arrêtera les Allemands... Nos armées vont peut-être les retarder, oui... peut-être... En attendant, les Ardennes sont envahies, le Luxembourg est envahi, Liège est évacuée, les Belges sont sur les routes, en camions, en autocars, en autos, sur des charrettes, à bicyclette, des vieux, des bébés, des femmes qui accouchent toutes seules dans les fossés, et la peur, la peur partout…

Anne-Marie se blottit dans les bras de son mari.

– Comment sais-tu tout cela ?

– Mais enfin, c'est la réalité… Depuis la mi-mai on a envoyé trois divisions nord-africaines de secours mais tous ces réfugiés gênent le mouvement des troupes… Au sud d'Abbeville, la bataille fait rage, les stukas allemands multiplient des vols en piqué et bombardent les routes, c'est la terreur, les populations n'ont qu'une idée : échapper aux bombes, elles fuient, quand elles vont arriver, ce sera la panique générale, les Français ont déjà été écrasés sur la Somme et l'Aisne, cela fait plusieurs jours que les blindés allemands se battent avec les blindés français… Thouvenin, tu te souviens, le cardiologue, il a pris sa retraite en Normandie, il m'a téléphoné, il veut venir à Paris, il dit que les Allemands sont à Louviers, qu'il a vu les routes encombrées de voitures chargées de malades, d'enfants, de vieillards, de meubles, des brouettes transportant des femmes épuisées, sur le bord du chemin, il y a des chevaux morts, des voitures abandonnées, la Normandie se vide… Cette fois-ci, cela se rapproche dangereusement.

– Et notre maison de Gisors ? On ne peut plus s'y réfugier !

– Ce n'est pas le moment d'y penser. Anne-Marie, ma chérie, vous devez partir, les filles et toi, sans tarder, tant qu'il est encore temps, bientôt, ce sera la ruée vers le sud, les routes deviendront impraticables…

– Mais je ne veux pas te quitter.

Anne-Marie a du mal à retenir ses larmes, sa voix est enrouée, son mari la berce, l'œil fixe…

– Vous devez partir, nous sommes juifs, ne l'oublie pas…

– Juifs ? Mais nous sommes avant tout français ! Depuis si longtemps ! Nous sommes comme les autres, cela fait des générations que nous naissons et vivons ici, la France, c'est chez nous, nous ne sommes pas concernés… Il y a plein de baptisés dans la famille…

– Peut-être, mais on n'est jamais trop prudent, je veux vous savoir à l'abri. J'ai téléphoné à nos amis Maravelli, ils m'ont conseillé de vous envoyer quelques jours chez leur oncle à Chef-Boutonne.

– Mais c'est quoi ce pays ?

Anne-Marie s'est redressée, ses yeux brillent de colère, elle se rebelle :

– C'est quoi ? C'est où ? Mais moi, je veux rester avec toi. On ne s'est jamais quittés…

– C'est près de Niort, l'oncle a un grand grenier, il pourra vous abriter.

– Viens avec nous.

– Non, je suis médecin, on va avoir besoin de moi, il y aura des blessés, des bombardements.

Cette fois-ci, Anne-Marie sanglote.

– Mon Dieu, c'est la guerre alors ? On était si tranquilles depuis la Déclaration.

– Eh oui ! La drôle de guerre, c'est fini… Essuie-toi les yeux… Appelle les filles.

Comme Anne-Marie semble prostrée, il se lève calmement, il cherche dans sa poche un paquet de cigarettes, il tend le paquet à sa femme, ses mains tremblent légèrement.

– Tu en veux une ?

Elle secoue la tête et se recroqueville sur le fauteuil.

Dans la cour encore claire, une jeune fille a ouvert une fenêtre et ferme les persiennes malgré le soleil qui joue dans les vitres, elle chante très fort, peut-être pour couvrir le bruit métallique des volets gris de poussière qui se déplient, sa voix rebondit et résonne entre le bâtiment qui donne sur la rue et celui de l'intérieur. Puis le claquement sec du loquet de fer, le choc des battants de bois de la fenêtre, la voix s'éloigne dans l'appartement, le silence revient, le 21 de la rue du Colonel-Moll s'est de nouveau assoupi dans un calme irréel. La guerre est à quelques kilomètres, on entend la sonnerie d'un téléphone, le danger, encore invisible, est tout près.

Louis Dreyfus, les yeux fermés, aspire longuement sa cigarette, la tête renversée en arrière, puis il exhale une bouffée d'une fumée bleutée qui semble sans fin.

– Allez, dit-il.

Il ouvre la porte et appelle dans le couloir :

– Sonia, Nathalie, venez dans le salon, maman et moi nous devons vous parler.

*

Elles sont parties dans la Juvaquatre, le 5 juin 1940, les yeux rouges, à l'aube pour éviter les questions de la concierge. Louis Dreyfus l'avait promis, si elles ne remontaient pas à Paris, c'est lui qui les rejoindrait, si la guerre faisait rage, il faudra partir encore plus au sud, prendre un bateau à Marseille, aller en Afrique du Nord ou en Amérique. Pour l'instant, les médecins doivent rester à leur poste.

– Heureusement que j'ai terminé ma licence, songeait Sonia, pour l'agrég', cela va être plus compliqué, Nathalie doit entrer en première, en septembre, sera-t-on là ?

– Bien sûr, avait dit maman en haussant nerveusement les épaules.

On allait chez l'oncle des Maravelli, dentiste à la retraite, installé à Chef-Boutonne, dans les Deux-Sèvres, là où la Boutonne prend sa source.

– C'est quoi, la Boutonne ?

Nathalie ronchonnait.

– C'est une rivière, on pourra peut-être se baigner…

– Cela m'étonnerait, avait dit maman, les sourcils froncés.

Elle conduisait vite, comme si elle était poursuivie par l'ennemi. De temps en temps, elle passait le volant à Sonia qui venait de décrocher son permis.

Le 5 juin au soir, elles étaient arrivées. Le 5 juin, l'armée française est enfoncée. Le 6 juin, leur maison de Gisors s'écroule sous les bombes, en Normandie, c'est le sauve-qui-peut général.

Papa a réussi à les appeler de la clinique, il est très calme :

– Ne bougez surtout pas, les routes vont être envahies et bombardées, vous verrez, cela va être un carnage. Vous êtes bien installées dans le grenier ?

Maman mentait.

– Oh ! c'est charmant, on dort toutes les trois dans une jolie mansarde…

Sonia levait les yeux au ciel, on mourait de chaleur sous les toits, la chambre était infestée de fourmis, il n'y avait pas l'eau courante, les toilettes étaient dans le jardin sous les capucines. L'oncle avait demandé un loyer et sa femme rationnait l'eau pour se laver.

– L'oncle et la tante sont des gens délicieux, on peut rester aussi longtemps que l'on veut.

Les nouvelles arrivèrent avec leur poids de drames, des récits terrifiants de bombardements sur les routes, d'enfants perdus qui couraient dans les champs, de villes en flammes, de ponts détruits, des morts, des blessés qui gisaient sans soins. Ah ! papa avait bien eu raison...

– Heureusement que vous êtes chez nous, répétaient l'oncle et la tante... Bordeaux va fermer ses portes, la ville est surpeuplée.

Anne-Marie leur lançait un regard sombre.

– Peut-être, mais nous sommes bien inutiles, avec tous ces blessés sur les routes, moi qui suis infirmière... J'ai honte.

– Z'avez bien tort, ma petite, cela sert à rien de vouloir se rendre utile si on risque sa vie.

Sonia observait sa mère, il y avait de la haine dans ses yeux, mais papa avait dit de ne pas bouger.

Le 10 juin, Mussolini déclarait la guerre à la France.

Anne-Marie Dreyfus était révoltée.

– Un coup de couteau dans le dos, les misérables ! Comment ce Mussolini peut-il attaquer un pays qui vient d'être envahi ! Ah ! ce n'est pas difficile de déclarer la guerre à un pays vaincu, ce n'est pas loyal…

L'oncle, qui venait de rentrer, renchérit :

– Vous savez ce qu'ils font, ces enfants de salauds, ils mitraillent les réfugiés sur les routes comme les Allemands ! Quelle honteuse façon de se battre, tuer les civils !

Maman décida qu'elle ne mettrait plus jamais les pieds en Italie, un pays si beau mais peuplé de lâches, gouverné par un « Duce » qui faisait le matador mais ne respectait pas les règles élémentaires de l'honneur.

Sonia et Nathalie écoutaient, apeurées. Qu'allaient-elles devenir ?

Au bout de trois semaines, Louis réussit à les joindre au téléphone. Le message était clair : Paris était occupé, les Allemands étaient partout. Sonia et Nathalie ne devaient pas regagner la capitale, il fallait les mettre en sûreté, chacune dans un lieu différent. Nathalie irait dans la Sarthe, au Mans, chez les Dupanloup, Marguerite Dupanloup était une amie d'enfance de maman et avait été son témoin à son mariage. Elle avait quatre fils, de 22 à 12 ans, ils avaient besoin d'une petite sœur, elle passerait inaperçue dans cette grande famille. Sonia allait prendre le train pour Nice, elle logera chez les cousins Goldenberg, Christiane, la femme, était une Corrézienne bon teint, d'une famille très catholique qui s'était inclinée devant la passion qui, vingt-cinq ans plus tôt, était née entre un jeune architecte juif et une étudiante en histoire de l'art. Malgré de nombreuses tentatives, le couple n'a jamais pu avoir d'enfants. Ils étaient prêts à accueillir Sonia comme leur fille. Les parents avaient tout organisé, calculé. Les filles seraient en sûreté.

– Et toi, maman ?

Anne-Marie avait une voix ferme :

– Je rejoins votre père à Paris.

– Mais, maman, les Allemands…

– Ils ne me font pas peur, je n'ai jamais quitté votre père, ce n'est pas des Boches qui vont me faire changer… Ne vous inquiétez pas, le 17e arrondissement est calme, on aura toujours besoin de médecins et moi, j'ai mon diplôme d'infirmière. Au début de mon mariage, je travaillais avec papa, je vais recommencer.

Elle eut tout à coup un sourire radieux qui laissa ses filles interloquées.

– C'est une nouvelle jeunesse, non ?

Sonia éclata en sanglots, bientôt suivie par sa petite sœur.

L'oncle, qui traînait par là, se mit en devoir de les consoler.

– Ben quoi… Ces grandes filles qui pleurent. À quinze ans, ma petite Nathalie, on ne pleure plus, et toi, Sonia, à 21 ans, tu as le droit de pleurer seulement pour un chagrin d'amour ! C'est pas vrai, madame Dreyfus ? Tout ira bien pour vous, regardez comme vos parents sont prévoyants, organisés. Vous allez tranquillement là où ils vous disent et vous attendez la fin de…

Il laissa la phrase en suspens… La fin de quoi ?

Ils se regardèrent tous avec angoisse. La fin de la guerre ? On avait signé un armistice. La fin d'une occupation qui ne faisait que commencer ?

C'était quoi l'Occupation ? Une alliance ? Une nouvelle Europe ?

L'oncle avait réponse à tout :

– Faut faire confiance au Maréchal, il saura protéger les bons Français, on peut pas laisser les Rouges nous diriger, un renouveau de la Nation, cela fera pas de mal si les Allemands ne nous embêtent pas. Ce qui compte, c'est qu'ils nous rendent nos prisonniers, faut laisser faire le Maréchal.

Anne-Marie Dreyfus avait répondu sèchement :

– Elles ont bien le droit de pleurer, elles ont des raisons.

Les femmes s'étreignirent. Sonia eut une pensée angoissante qu'elle refoula, et si c'étaient leurs derniers baisers ?

II

Les studios du rêve

– Ce mauve-là est bien joli avec du vert céladon, tiens, tire un fil et prends cette aiguille.

Christiane a entrouvert les persiennes et le soleil du Sud se glisse entre les fentes et allume les fils de soie soigneusement rangés sur la table de la salle à manger, elle se penche au-dessus de Sonia et pose l'écheveau sur la broderie.

– Qu'en penses-tu ?

Sonia regarde le morceau de tissu noir qu'elle brode avec application depuis une semaine. Elle refrène un sourire, la voilà brodeuse maintenant ! Au début, elle n'avait cherché qu'à plaire à Christiane.

Christiane était une dessinatrice de talent qui créait des motifs pour des papiers peints que son mari, architecte, proposait à ses clients, c'était un travail qui la passionnait et elle avait acquis avant la guerre une réputation flatteuse sur la côte. Les studios de cinéma de la Victorine lui passaient des commandes pour les décors de films. Puis, insensiblement, la situation s'était détériorée, en 1941, Jean-Claude avait perdu le droit d'exercer et dut fermer son cabinet, il trouva un emploi de dessinateur industriel dans une petite entreprise appartenant à un ami. Les studios avaient peu à peu repris de l'activité, mais les décors venaient d'ailleurs, parfois même de Paris. Grâce à une habilleuse rencontrée sur la plage, Christiane recevait parfois des commandes de broderies pour des costumes car il y avait un film historique en préparation. L'un d'eux avait comme metteur en scène Marcel Carné qui avait réalisé un film avant la guerre avec Jean Gabin, *Le jour se lève*. Cette fois-ci, l'histoire se passait au Moyen Âge, avec Alain Cuny, un inconnu, et la brune Arletty. Christiane était chargée des broderies des pourpoints et des robes. Elle travaillait tard le soir et avait accumulé un tel retard que Sonia, timidement, avait proposé ses services.

– Tu sais, Christiane, à part les cours de couture de l'école, je n'ai jamais tenu une aiguille, mais si tu m'expliques bien certaines petites finitions très simples… Je peux essayer de te faire gagner un peu de temps, il ne faut pas que tu livres tes commandes en retard, ils ne te donneront plus de travail.

Christiane n'avait pas le choix. Le soir après le dîner, elle donnait des conseils de base à sa petite-cousine qui se révéla d'une habileté stupéfiante.

Sonia riait, ce qui ne lui arrivait pas souvent, s'étonnant elle-même des arabesques fleuries qui naissaient sous ses doigts car très vite elle avait abandonné les travaux de finition qui l'ennuyaient et s'était attaquée aux motifs floraux dessinés par Christiane, puis elles prirent l'habitude de discuter ensemble de l'association des couleurs, de l'harmonie des formes, de modifications qui s'imposaient. Sonia avait une imagination qui laissait les cousins pantois.

– Le métier, avait dit Christiane, c'est ce qui ne s'apprend pas. Tu vois, tu n'avais pas besoin d'apprendre, tu es douée…

Jean-Claude s'inquiétait :

– Ne néglige pas tes études, Sonia, M. Furhmayer ne serait pas content, il se donne tellement de mal pour que tu suives le programme, une agrégation de lettres, cela demande beaucoup de travail.

Sonia, la mèche sur l'œil, levait ses yeux pailletés et regardait avec tendresse le cousin de son père. Il était si bon, si attentif, touchant dans ses efforts pour remplacer Louis, le père de la jeune fille. C'est lui qui avait pris contact, dès la fin 1940, avec M. Furhmayer, un réfugié autrichien, polyglotte, érudit, qui avait été professeur à l'université de Vienne. Il était arrivé à Paris en mai 1938 après l'*Anschluss* et s'était réfugié très vite à Nice où il donnait des cours d'allemand, d'anglais, de philosophie et de littérature comparée.

Il venait deux fois par semaine faire travailler Sonia.

– Elle reste près de nous, je préfère, elle est sous ma responsabilité, il y a souvent des voyous qui traînent dans les rues, il y a même des magasins juifs qui ont été attaqués, des vitrines brisées... Je ne dis pas que c'est dangereux pour une jeune fille de se promener dans les rues, il ne faut pas être paranoïaque, mais c'est sympathique d'étudier à domicile.

Le pauvre Jean-Claude avait de moins en moins de travail et restait souvent à la maison. Il écoutait de loin les leçons de M. Furhmayer, on devinait qu'il mourait d'envie d'y participer. Le vieux professeur, souvent, se retournait et le prenait à témoin :

– Vous pensez comme moi, monsieur Goldenberg, que ce texte est fondamental ?

Le visage de Jean-Claude s'illuminait, il retirait sa pipe de sa bouche et hasardait une réponse.

Ils prirent l'habitude de dîner tous ensemble, le soir, après la leçon.

L'hiver 1940 avait été très froid et le charbon manquait. L'hiver 1941 n'avait pas été mieux, les restrictions alimentaires étaient de plus en plus lourdes, mais Sonia se sentait bien chez les cousins.

Ils habitaient un appartement lumineux dans une petite rue, la rue Cluvier, qui donnait boulevard du Tzarewitch, tout près de l'avenue Nicolas-II, en plein quartier russe. De la salle à manger, on voyait les clochers coiffés d'une croix, les coupoles vertes et dorées de la cathédrale orthodoxe Saint-Nicolas, somptueux édifice haut de plus de cinquante mètres. Au pied de l'immeuble s'étendait le jardin d'un horticulteur, la campagne et les bois de mimosas étaient tout proches.

Sonia dormait sur un lit installé dans la chambre qui servait d'atelier à Christiane, ses cahiers et ses livres se mélangeaient aux pinceaux, aux tubes de peinture, aux fils, aux tissus, aux ciseaux. Joyeux capharnaüm qui convenait parfaitement à la jeune fille et finalement cet exil aurait été une jolie aventure si elle avait pu avoir plus souvent des nouvelles de sa famille.

Au début, elle recevait des cartes interzones de Paris et du Mans. De temps en temps, une lettre cachetée, avec le risque qu'elle soit ouverte par les autorités. Les informations passaient cependant, Nathalie se plaisait beaucoup chez les Dupanloup, tous les garçons s'occupaient d'elle et la choyaient comme la petite sœur qu'ils n'avaient pas eue. La maison de la rue Saint-André était grande et elle avait une chambre pour elle toute seule, elle parlait beaucoup de Philippe qui avait dix-huit ans, trois ans de plus qu'elle et qui l'emmenait faire de longues balades dans les forêts d'Écouves ou de Clinchamp. Elle disait que la nourriture était bonne car il y avait de nombreuses fermes dans la région. Très vite, elle n'utilisa plus que des cartes interzones. Les dernières semblaient sibyllines, elle parlait du bon air de la campagne, des jolies fermes où on aimerait passer des vacances, des cachettes où on pouvait jouer… Il s'agissait de messages codés, Christiane et Jean-Claude rivalisaient d'imagination pour essayer de comprendre. Lorsque les nouvelles cessèrent, ils furent rassurants, c'était clair, les Dupanloup avaient dû cacher leur protégée dans une ferme des environs. Pourquoi ? Depuis le début de l'été 1942, il fallait être très prudent, il y avait des rafles, la police française arrêtait les réfugiés juifs et les livrait aux Allemands. Mais Nathalie était française ! L'angoisse montait d'autant plus que, depuis septembre 1941, les parents n'écrivaient plus. Ils avaient téléphoné une fois très vite en octobre, il fallait être patients et leur faire confiance, disaient-ils, ils savaient leurs filles à l'abri, ils donneraient signe de vie quand ils pourraient, que personne ne s'inquiète, tout allait très bien. Jean-Claude avait téléphoné à la clinique des Acacias, le Dr Dreyfus n'exerçait plus, on ne savait pas où il était, peut-être parti en vacances.

Jean-Claude s'était fait rassurant.

– Sonia, nous devons être raisonnables et discrets, ils sont sûrement entrés dans la clandestinité, depuis le coup de feu de Barbès, tu sais, ce jeune communiste qui a abattu un officier allemand dans le métro, ça bouge… Je vois bien ton père, ce n'est pas son genre de rester inactif. Il a raison, je devrais bien en faire autant… Sois tranquille, il va s'en sortir.

À la fin de l'année 1942, un homme, à la voix jeune, avait appelé, un soir, très tard, il avait expliqué brièvement qu'il était préférable que Nathalie n'écrive pas, c'était plus prudent, elle n'était plus chez les Dupanloup, plusieurs chambres de la maison de la rue Saint-André avaient été réquisitionnées pour loger des officiers allemands, officiellement, la petite sœur avait été envoyée en pension dans une institution religieuse, officieusement, l'homme avait chuchoté qu'elle était en sécurité, qu'il ne fallait pas s'inquiéter, on s'occupait bien d'elle, il ne pouvait rien lui arriver. Les paysans de la Sarthe cachaient beaucoup de juifs et étaient de toute confiance. La voix était ferme et convaincante, Nathalie embrassait tendrement sa grande sœur.

Sonia, la voix enrouée par le chagrin, répétait :

– Dites-lui que je pense à elle tous les jours, que je l'aime…

– Oui, je le lui dirai mais je dois vous quitter, c'est risqué de téléphoner. Soyez patiente, vous reverrez votre sœur, je m'y engage…

Qui avait téléphoné ? Pourquoi ce mystère ? Pourtant, il y avait quelque chose de rassurant dans ce message, instinctivement Sonia devina qu'elle pouvait le croire. Les cousins avaient hoché la tête, c'était déjà bien beau d'avoir eu des nouvelles, Nathalie était cachée, bien cachée, n'était-ce pas l'essentiel ?

Cela n'empêchait pas Sonia d'être révoltée. La famille s'était séparée pour que tout le monde soit à l'abri, mais il n'avait jamais été envisagé de rester sans nouvelles…

Ne plus rien savoir… Cela semblait à la jeune fille insupportable, un gouffre se creusait en elle, fait d'une absence physique, de regrets, elle avait perdu ses repères, ses liens les plus naturels avec la vie, il lui semblait que la nuit était tombée sur le monde.

Elle ne savait plus où elle était, à la fois là-bas, au loin avec les absents et en même temps en elle, très profondément en elle, pour se protéger. Son équilibre avait volé en éclats, elle ne pouvait vivre en ignorant où était l'autre, en étant incapable de l'imaginer dans un cadre précis, accomplissant des gestes familiers.

On lui a arraché son père, sa mère, sa sœur, elle n'entend plus leur voix, elle ne peut plus les toucher, leur parler, les regarder. Elle a besoin d'un mot, d'une toute petite phrase sur une lettre : Je vais bien. Une ou deux paroles soufflées au téléphone : Je pense à toi.

Un tel silence, c'était la mort.

Qui la délivrera de ce silence ?

Le soir, elle pleurait sans bruit dans son oreiller. Christiane, avec son chignon défait et sa robe de chambre douce et usée, l'entendait et venait s'étendre à côté d'elle. Elle soufflait : « Je suis là, tu sais, tu n'es pas toute seule, moi aussi, j'ai besoin de toi. » Elle la pressait sur sa volumineuse poitrine qui n'avait jamais allaité.

Mais Sonia avait 20 ans et malgré tout la vie reprenait chaque matin avec ses surprises, ses espoirs, ses projets. Les études mais aussi les broderies. Au fil des jours, Sonia s'enhardissait et dessinait à son tour des fleurs et des arabesques qu'elle montrait à Christiane.

La cousine s'émerveillait.

– Mais tu as un réel talent, inné... Quelle chance tu as...

Elle la conseillait, la guidait, lui faisait lire d'anciens livres qui lui avaient servi quand elle était étudiante. Cette nouvelle occupation passionnait Sonia, elle y consacrait tous ses loisirs, heureuse d'aider Christiane à rapporter de l'argent à la maison.

Un vendredi matin, alors qu'il fallait livrer une série de broderies à Michèle, la costumière qui était leur voisine, celle-ci téléphona. Elle était malade, avait de la fièvre, elle ne pourrait se rendre aux studios de la Victorine qui étaient loin, Sonia, jeune et sportive, ne pourrait-elle se charger de ce travail et livrer elle-même les travaux que le metteur en scène attendait ? La jeune fille, qui étudiait d'arrache-pied depuis le matin, car M. Furhmayer lui avait donné de nombreuses recherches sur la poésie symboliste, n'hésita pourtant pas. L'idée d'aller dans un studio de cinéma l'enthousiasmait.

– Là-bas, ma petite, tu demandes M. Carné, son film doit s'appeler *Les Visiteurs du soir*, à l'accueil, on te renseignera, tu trouveras facilement même si ce sont de grands studios.

Sonia partit à bicyclette, le cœur en fête, elle allait peut-être apercevoir des vedettes, des artistes, mais surtout Michèle lui avait dit que les dialogues étaient écrits par un poète, Jacques Prévert. Pénétrer dans ce milieu de l'imaginaire et de la création : le cinéma ! Cette usine à fabriquer du rêve… La jeune fille pédalait avec allégresse. Tout n'était pas perdu. Il y avait la guerre, l'Occupation, les arrestations mais ici, à Nice, des hommes, des femmes, des enchanteurs inventaient un univers féerique, fait de poésie et de légendes. L'avenir et ses menaces s'éloignaient, il n'y avait plus qu'un présent irréel et ses inventions, des images magiques arrivées de nulle part qui reconstruisent le monde. Sonia pédale vers les studios de la Victorine, elle se prépare au plus beau des voyages.

*

L'atmosphère est fébrile, des hommes vont et viennent, portant des panneaux, des appareils, des outils, il y a du bruit, des appels, des coups de marteau, des lumières qui tournoient, des sifflements, des câbles noirs qui traînent sur le sol. On monte certains décors qui viennent d'arriver, des menuisiers scient du bois. Le producteur, un ancien banquier, s'appelle André Paulvé, on ne le sait pas encore, mais il va produire les plus beaux films du cinéma français. Pour l'instant, c'est l'Occupation, il a refusé de travailler pour les maisons de production à la solde des Allemands, il a fondé sa propre société, *Discina*, il a rassemblé des poètes, des acteurs et s'est lancé dans une histoire d'amour aux allures mythologiques, en plein Moyen Âge. Un film historique, en costume, la censure allemande ne pourra pas les accuser de faire de la propagande.

Marcel Carné, un petit homme brun, rondouillard, distant, au crâne dégarni, reçoit Sonia, il regarde les broderies et hoche la tête, il parle peu.

– C'est vous ?

– Ma cousine et moi.

– Bon... Bon... Et la costumière, elle va manquer longtemps ? Nous sommes en retard.

– Sûrement pas, monsieur, mais aujourd'hui, elle a de la fièvre.

– Il faudra montrer à Trauner... Attendez, ne partez pas. Mounier veut vous voir, il vient juste d'arriver de Paris. Ne bougez pas, je vais le chercher.

Mounier est arrivé. C'est un homme froid d'une quarantaine d'années, pas très grand, maigre, le visage fin mais émacié, les cheveux plaqués en arrière, le front un peu dégarni, il a l'air fatigué mais son regard est profond. Il regarde les broderies.

– Oui, cela nous intéresse. Je prépare pour la sortie du film une très belle brochure en couleurs, avec le résumé du scénario, des photos des acteurs et des enluminures comme sur les anciens parchemins, vos motifs peuvent nous aider, inspirer les dessinateurs.

Il lui dit, sans la regarder :

– Je meurs de soif, il fait chaud dans ce pays... Moi, je suis du Nord... Vous venez prendre une bière ?

– Je n'aime pas la bière.

– Eh bien, vous prendrez une grenadine !

Au bar du studio, il se présente :

– Jean-Marie Mounier. J'ai souvent besoin de bons dessinateurs pour mon matériel de promotion, les clichés publicitaires. Tenez, voilà votre grenadine, buvez tant que c'est frais… Comment vous appelez-vous ? Sonia Dreyfus… Ah oui ! Dommage…

Il prend un air entendu :

– Pas question pour vous de remonter sur Paris. Ici, cela ne pose pas trop de problèmes, Alexandre Trauner, un Hongrois d'origine juive, un artiste exceptionnel qui s'occupe de nos décors, est caché dans l'arrière-pays, à Tourrettes-sur-Loup… avec le compositeur Joseph Kosma qui se fait appeler Georges Mouqué… Ce sont des amis de Carné et de Prévert, ils ne risquent pas grand-chose… Du moins, nous le pensons.

Il avale sa bière et fait une petite grimace :

– Pas terrible. Tenez, voici ma carte, on ne sait jamais, un jour la guerre finira. Si vous êtes à Paris, téléphonez-moi.

Sonia jette un coup d'œil rapide sur le carton et sursaute :

– Vous habitez rue du Colonel-Moll, moi aussi…

Pour la première fois, Jean-Marie Mounier sourit :

– Quelle coïncidence ! Nous ne nous sommes jamais rencontrés. Il faut dire que cet immeuble est grand. J'habite au cinquième dans le bâtiment qui donne sur la rue.

– Moi, au troisième, mais dans le bâtiment sur cour, donc pour sortir, vous ne traversez jamais la cour, seul endroit où nous aurions pu nous croiser…

Une vague de mélancolie submerge la jeune fille, elle hésite, puis hasarde :

– Il y a eu beaucoup de changements ?

– Oui, la rue des Colonels-Renard, en face, ils ont ouvert une boîte *Le Père Noël,* très mal fréquentée… Rue Lauriston, ce n'est pas très loin, il y a la Gestapo, avec des truands français qui jouent le jeu de l'occupant. Il vaut mieux éviter… Des collaborationnistes[1] se sont installés dans des appartements laissés vacants.

Jean-Marie Mounier hésite. L'appartement de Sonia n'était-il pas occupé par des collaborationnistes ?

– Vous habitiez le troisième sur cour, dites-vous ? Non, je ne vois pas, c'est calme, de ce côté-là.

Mais Sonia voit une seconde de trouble dans son regard, il pense, comme elle, que l'appartement a été réquisitionné.

---

1. Pendant la guerre, on appelait ainsi les collaborateurs.

Il lui sourit paternellement :

– Vous êtes bien, à Nice, ma petite... J'espère qu'il va y avoir du travail, il faut que survive un cinéma français libre, loin des Allemands...

Il se penche vers elle et dit à voix basse :

– Vous savez, à la fin du film, les deux amants sont changés en statue de pierre par le diable, mais le diable, à sa grande fureur, continue d'entendre leur cœur qui bat, qui bat... C'est comme la France, elle est emprisonnée, mais son cœur continue de battre... On peut tout faire dire à une histoire d'amour. La censure allemande n'y pourra rien...

Il jette une pièce sur le comptoir du petit bar. Il a repris son air sévère, il la quitte courtoisement, en lui disant :

– C'est bien ces broderies que vous faites avec votre associée, continuez, moi, je rentre à Paris, si on se sert de vos dessins, je vous le dirai.

Sonia reste seule dans le brouhaha, étourdie par ce brusque rappel de la rue du Colonel-Moll. Si elle revoit cet homme, elle aura peut-être de nouvelles informations sur son ancien quartier. Elle erre plusieurs minutes avant de retrouver sa bicyclette. Deux jeunes gens la hèlent en riant :

– Alors, beauté, on laisse comme cela son vélo, et si on vous l'avait volé ? C'est grand, vous savez, un studio, il y a plein de gens qui entrent et qui sortent… Petite étourdie, venez plutôt prendre un verre avec nous, vous ne voulez pas faire de la figuration dans le film ?

Elle fait non de la tête et s'enfuit, son cœur bat la chamade. La joie de voir son travail apprécié par des gens du cinéma… Le bouleversement d'avoir rencontré un locataire de son immeuble… Elle regarde l'heure. Quatre heures ! Et elle n'a pas fini ses recherches sur les poètes et le symbolisme, M. Furhmayer sera mécontent.

*

M. Furhmayer arriva très en retard. Il n'était pas seul, un garçon blond l'accompagnait.

– Madame Goldenberg, je suis venu avec Simon Polsky dont je vous ai parlé l'autre jour, je tenais à vous le présenter.

Christiane pose sa broderie sur la table de la salle à manger.

– Ah ! cher monsieur Furhmayer, restez dîner tous les deux, ce soir, c'est la fête.

– La fête ?

Jean-Claude, qui rentrait des courses, s'étonnait.

– Notre travail et nos dessins ont beaucoup plu à ces gens qui font le film, aux studios de la Victorine. Sonia est allée livrer les tissus cet après-midi, il y a même un monsieur qui emporte quelques motifs à Paris pour les montrer à ses dessinateurs. Cela ne nous fera peut-être pas gagner un sou de plus, mais j'avoue que cela me fait plaisir. Nous serons payées le mois prochain, du moins c'est ce qu'ils ont dit à Sonia, cela tombe bien, non ?

Jean-Claude, toujours inquiet :

– On a de quoi faire un dîner de fête ?

– On va se débrouiller, n'est-ce pas, Sonia ?

Sonia bredouille, elle ne sait pas faire la cuisine et préparer un repas est toujours pour elle une épreuve.

*

Les soirées du mois de juillet sont longues et claires, ils ont dîné sur le balcon, on avait trouvé des œufs, des pommes de terre, il restait de la farine, et Simon avait fait des crêpes.

– Mais non, madame, ne vous inquiétez pas, c'est ma spécialité, ma mère les fait très bien, elle m'a appris… Elle, elle fait des gâteaux au fromage, comme en Pologne, mais quand il n'y a pas de fromage, en adaptant un peu la recette de la pâte, on peut faire des crêpes… Vous n'avez pas de fromage ?

Non, on n'avait plus de fromage. Les tickets de rationnement, cela ne dure pas longtemps.

D'où vient-il ce Simon que M. Furhmayer avait l'air de tellement apprécier ?

Il fumait, appuyé sur la rambarde du balcon, il savait faire les crêpes, il a dit à un moment qu'il était né en France à Paris, deux ans après l'arrivée de ses parents dans la capitale, ils vivaient faubourg du Temple. M. Furhmayer lui donnait des cours d'anglais…

– Il est doué pour les langues, ce garçon, il parle russe et se débrouille en allemand, mais c'est un malin, il veut parler… La voix du vieux professeur devient un chuchotement, il veut parler anglais…

Le Viennois ajuste ses lunettes et passe sa main dans ses cheveux gris, frotte sa grosse moustache poivre et sel, Jean-Claude dit souvent en riant qu'il ressemble à Einstein :

– Entrons dans le salon, sur le balcon, on peut nous entendre.

Même à l'intérieur, il continue de chuchoter :

– Le préfet Ribière est antisémite, il est à la solde de Vichy, ce n'est pas bon pour nous, les juifs étrangers réfugiés dans le Sud… Et en ce moment, sur la côte, il y a de plus en plus de réfugiés. Tu ne manques pas de travail, hein, Simon ? Simon travaille au Comité d'assistance aux réfugiés qui s'est installé à côté de la synagogue du boulevard Dubouchage.

– Que faites-vous ? demande Jean-Claude qui n'a jamais mis les pieds dans une synagogue.

– Nous distribuons des subsides aux réfugiés qui n'ont aucun moyen pour survivre. De riches familles juives de la côte nous aident, je vais souvent tirer les sonnettes pour demander une aide financière… Ce n'est pas très amusant mais c'est indispensable. Des organismes officiels nous aident aussi : l'American Jewish Joint Committee[1], la Croix-Rouge internationale, les Secours suisses aux enfants, des associations chrétiennes… Enfin, toutes les bonnes volontés… Parce qu'il y en a… Heureusement…

Christiane apporte le café.

– Parfaitement, du café, lance-t-elle, toute fière, c'est une amie qui a un grand jardin et des arbres, elle ramasse des glands, les fait griller, elle rajoute je ne sais pas trop quoi, quelques grammes de chicorée qui lui restent et voilà… Allez, buvez… Comment vous le trouvez ?

Il y a un petit silence… La voix de Simon s'élève, pleine de gaieté :

– Chaud…

On rit. Christiane cherche quelques biscuits, Jean-Claude interroge le jeune homme avec sympathie.

---

1. Comité juif américain, créé en 1906 aux États-Unis, pour venir en aide aux juifs à travers le monde.

– Mes parents sont polonais, d'un petit patelin près de Varsovie. Ils sont arrivés à Paris en 1918, tout de suite après la Première Guerre mondiale. Le pays avait besoin de main-d'œuvre, tant d'hommes étaient morts. Je suis né deux ans plus tard…

– Vous avez la nationalité française ?

– Oui, je suis né ici, mes parents ne l'ont pas depuis très longtemps, ils étaient pauvres, ils ne connaissaient personne, à part les juifs polonais du quartier. Mon père a commencé par vendre des chaussettes et des caleçons longs sur une planche au métro Kremlin-Bicêtre, il n'avait qu'un rêve : nous envoyer à l'université. Cela n'a pas été possible, pour moi, du moins. Pourtant, les finances de la famille ont commencé à s'améliorer quand il est devenu ouvrier fourreur, il allait chercher les peaux et faisait les manteaux à domicile, cela s'appelle « chambre maître »… Dix mille francs le manteau de vison. En 1938, au moment de Munich, il a deviné qu'il ne fallait pas rester dans la capitale, on s'est réfugiés avec ma petite sœur dans la Creuse, on habitait dans la même rue que les gendarmes, on a été gentiment reçus comme de simples réfugiés, les enfants du pays aimaient beaucoup les gâteaux de ma mère.

– Vous avez quitté la Creuse ?

– Mon père voulait que je devienne rabbin, moi je voulais m'inscrire au Parti communiste, nous n'étions pas sur la même longueur d'ondes. Très vite, je n'ai eu qu'une envie, m'engager dans la M.O.I., la Main-d'œuvre immigrée, j'espérais faire partie des bataillons de la jeunesse communiste, j'ai su pour l'attentat de Barbès réussi par Pierre Georges[1], j'ai compris que la bataille allait commencer. J'ai voulu m'enrôler chez les francs-tireurs mais j'ai rencontré un type des jeunesses sionistes, il m'a convaincu de descendre dans le Sud pour m'occuper des réfugiés juifs. C'est cela l'urgence du moment, m'a-t-il dit. La lutte armée, ce sera pour plus tard. Et voilà, conclut Simon avec un sourire tranquille que dément l'éclat froid de sa pupille.

– La situation est moins calme que vous ne le croyez, confie tout bas le professeur, la deuxième quinzaine de mars, de jeunes extrémistes du P.P.F.[2] ont attaqué des boutiques juives, des passants, sur la promenade des Anglais, le quai de Verdun, la place Masséna, le 17 avril, les vitres de la synagogue du boulevard Dubouchage ont été brisées, le 1er mai, des jeunes sont entrés avec des matraques et ont blessé des fidèles…

1. *Le futur colonel Fabien.*
2. *Parti populaire français. Parti fasciste fondé par Jacques Doriot en juin 1936.*

– J'en ai entendu parler, reconnaît Jean-Claude, mais nous, nous n'avons jamais rencontré le moindre problème.

– Vous êtes français, vous n'avez pas d'accent, vos papiers sont en ordre, vous n'avez pas le type sémite, fait remarquer Simon. Sonia, avec ses yeux – il se tut un instant, embarrassé, il hésita, puis reprit –, avec ses yeux et ses cheveux clairs, n'attire pas l'attention.

Il avait brusquement rougi.

Christiane éclate de rire :

– Vous voulez dire que Sonia est trop jolie pour avoir des ennuis !

Sonia fronce les sourcils.

– Voyons, Christiane, ce n'est pas du tout ce que monsieur a laissé entendre…

Le professeur eut un petit rire silencieux.

Jean-Claude se lève, il a un visage soucieux, mais sa voix est chaleureuse :

– Revenez quand vous voulez, Simon, mon garçon, c'est un plaisir de discuter avec vous. Tenez, venez dans la bibliothèque, choisissez des livres.

– Je n'en prendrai qu'un seul, monsieur, vous savez, le temps n'est plus à la lecture ! Je viendrai vous le rendre à la fin de la semaine.

– Et vous resterez dîner avec nous et le professeur… (Christiane était souriante.) J'espère que Sonia aura rattrapé son retard, elle a des examens à préparer.

Simon se retourne lentement et regarde fixement la jeune fille de son regard gris qui peu à peu s'éclaire :

– Travaillez bien, mademoiselle, vous qui avez la chance de faire des études.

Le professeur Furhmayer balaie l'air d'une main nerveuse.

– Taratata… mon cher Simon, attends la fin de la guerre, tu verras, je ferai de toi l'homme le plus érudit de ta génération…

Simon eut un sourire étrange où se mélangeaient un espoir mal refréné et une profonde mélancolie. Il avait un teint clair et les traits ronds de son visage auraient pu lui donner un air adolescent s'il n'avait eu dans ses yeux un éclat métallique, pénétrant, d'une âpreté glacée. Il émanait de lui un air d'autorité hardie. En d'autres temps, il aurait été jovial.

– Merci, professeur, un jour peut-être…

*

Simon revint deux ou trois fois chez les Goldenberg. Il arrivait sur une vieille moto bruyante qu'il garait dans la cour intérieure de l'immeuble pour éviter qu'on ne la lui volât. Il apportait des fleurs, un paquet de cigarettes, une bouteille d'huile.

– Il doit faire du marché noir, disaient les cousins.

– Tout le monde en fait, répondait Sonia.

C'était vrai. Si on ne voulait pas mourir d'inanition, surtout à l'âge de la jeune fille, il fallait bien faire quelques entorses au règlement. Si on se contentait du rationnement, on avait le droit à un demi-œuf par mois !

Lorsque Simon demanda à Christiane l'autorisation d'emmener Sonia se promener dans l'arrière-pays à moto et de profiter de l'occasion pour aller faire quelques courses chez des fermiers qu'il connaissait, la cousine eut un grand sourire et fouilla dans son sac pour donner un billet aux jeunes gens.

Ils partirent toute la journée, Simon lui expliqua qu'il créait des contacts dans les villages les plus reculés pour cacher, lorsque le moment viendra, des enfants juifs, orphelins ou séparés de leurs parents.

– Je vous demande simplement le secret le plus absolu.

Elle inclina la tête, flattée de sa confiance.

Il eut un éclair de gaieté dans les yeux.

– En échange, on se tutoie, quand on a confiance, on se tutoie.

De leur périple dans les fermes, ils ramenèrent un poulet, un saucisson, un sac de pommes de terre, dix œufs et de la salade un peu montée, mais on la ferait cuire. Les Goldenberg furent ravis et Simon prit l'habitude de venir une fois par semaine faire une promenade à moto dans l'arrière-pays avec Sonia. Lorsque l'argent arriva des studios de la Victorine, Christiane prépara un repas qui leur parut somptueux, et qu'ils partagèrent avec le professeur.

– On aurait pu inviter les voisins, regretta Christiane.

– Cela n'aurait pas été très prudent, on dénonce facilement ceux qui font du marché noir, répondit Simon.

– Mais on ne fait pas du marché noir ! (Sonia s'indignait.) On va faire les courses parce que l'on a faim. (Elle eut un sanglot dans la gorge.) On a bien le droit d'avoir faim, non ?

Les autres ne répondirent pas.

La vie était encore douce. Sonia aimait l'odeur des genêts dans la campagne, ils avaient ramassé des cerises sur les arbres, en cachette et en riant comme des enfants, ils avaient cueilli du tilleul sur les branches des arbres, guetté les pêches et les prunes qui n'étaient pas encore mûres.

Le professeur était devenu moins exigeant avec Sonia, comme s'il pressentait que vivre et se promener devenait urgent. Les broderies des costumes étaient achevées. Les chemins qui menaient aux fermes éloignées bruissaient du murmure des insectes, les cigales craquetaient sans se lasser, oui, la vie pouvait être belle, encore.

Un après-midi, ils étaient assis côte à côte dans un pré et mangeaient des cerises volées dans un verger quand, saisis d'une stupeur presque effrayée, ils suspendirent leur geste, les petites sphères rouges se balançant au bout de leurs doigts immobiles, ils étaient victimes d'une hallucination, trop de soleil sans doute.

Au loin dans la campagne, des chevaliers en pourpoints, des soldats moyenâgeux casqués traversaient dans un roulement de sabots les champs enveloppés d'un nuage doré de poussière et de brins de paille.

Ébahis, ils fixèrent longtemps les silhouettes irréelles qui s'amenuisaient et disparurent au détour d'un bois. La campagne, arrachée au rêve, reprit alors une allure paisible, les herbes folles se balançaient en douceur, les insectes reprenaient leurs rondes, toute la nature semblait complice de la disparition de ces images fantastiques.

Sonia chercha le regard de Simon, celui-ci semblait plongé dans un état de stupéfaction qui le clouait, hagard et immobile, sur l'herbe sèche. Il se passa une main sur les yeux.

– Je crois que j'ai une insolation, souffla-t-il d'une voix altérée, il faut que nous buvions, que nous nous mettions à l'abri... Tu as vu quelque chose, toi, Sonia ?

La jeune fille se reprit la première.

– Tu sais bien que l'on tourne, à Nice, un film qui se passe au Moyen Âge, il y avait peut-être, quelque part, des caméras que nous ne pouvions pas voir... Et de loin, oui... le tableau était surnaturel...

Simon, toujours si sûr de lui, la regarda d'un air égaré.

– Ce n'est pas possible, j'ai eu l'impression de vivre un moment de folie, j'ai perdu pendant quelques minutes tout contact avec le réel... Peut-être as-tu raison...

Sonia eut un sourire rêveur. La magie du cinéma qui déchire la réalité s'évade du scénario, traverse l'écran pour faire irruption dans la vie, l'image qui devient concrète, tangible et s'empare de leur vie... Elle eut un soupir de ravissement.

– Allez, viens, Simon, tu vas demander un verre d'eau fraîche à un paysan du coin et tout va rentrer dans l'ordre.

*

Le soir, le professeur Furhmayer les écouta en souriant.

– C'étaient les cavaliers du film que l'on tourne en ce moment à Nice qui se rendaient à Vence, à l'auberge du Prieuré, c'est le lieu de rendez-vous de toute la région… Le patron est un brave, il m'arrive d'y aller, je sais que chez lui, je suis en sécurité, il y a des juifs comme moi, des artistes comme Alexandre Trauner, on discute tard dans la nuit, on rit, on mange ce qu'il y a… Le scénariste Jacques Prévert y est souvent, c'est un boute-en-train qui boit un peu trop et chahute beaucoup. Là-bas, les gens sont gais, intelligents, on oublie la guerre et les Allemands… Pourvu que cela dure…

*

Le 20 juillet 1942, Sonia reçut une invitation qui l'étonna et la ravit :

> *La société* Discina *convie Mlle Sonia Dreyfus au cocktail offert à l'occasion du tournage des* Visiteurs du soir, *un film de Marcel Carné, le 25 juillet 1942 au studio de Saint-Maurice.*
> *Invitation valable pour deux personnes.*
> *À partir de 17 heures.*

Christiane et Sonia partirent à bicyclette, avec une demi-heure d'avance, pour avoir le temps de se recoiffer et de mettre de l'ordre dans leur toilette.

Dans une grande salle, sur des panneaux, étaient affichés des dessins représentant les personnages et leurs costumes, elles s'approchèrent et découvrirent, ravies, leurs motifs de broderies. Au centre, un vaste buffet servi par des jeunes femmes en robes noires et tabliers blancs, dans un angle, un orchestre avec des violoncellistes et une harpe, bientôt les invités se pressèrent autour des assiettes qui se vidèrent en un clin d'œil. Les femmes étaient élégantes et portaient des chapeaux de paille ou des turbans, quelques acteurs dans leurs costumes se promenaient au milieu des invités, le comédien Fernand Ledoux, qui transpirait dans son long manteau bordé d'hermine, sortait prendre l'air dehors, des curieux allaient admirer le château médiéval à la blancheur immaculée construit à la demande du metteur en scène.

Jean Mounier était là et s'approcha de Sonia :

– Vous êtes contente, mon petit, vous avez vu les costumes ?

Sonia tendit la main vers Christiane et la présenta.

– Nous travaillons ensemble.

– C'est bien, c'est bien, avait marmonné Mounier qui était déjà loin.

Autour d'elles, le murmure continu des conversations à bâtons rompus, les phrases happées au passage :

– Pour certaines scènes, si tu voyais, mon vieux, les tables sont couvertes de fruits somptueux, les figurants se servent dès qu'on a le dos tourné… Bah ! Tout le monde a faim…

– Pas facile, Carné, il pique des colères… Il n'est pas souvent aimable.

– Faut le connaître, c'est un timide et un solitaire…

Sonia et Christiane s'attardaient devant les dessins, elles étaient roses d'émotion.

– Ils rendent bien, tu ne trouves pas, Christiane ? La robe, là, tu te souviens, on avait refait trois fois le motif…

– Oui, c'est émouvant de le voir sur le personnage, comme tout cela est somptueux, féerique…

Pas facile de partir à bicyclette, de reprendre pied dans le présent. À peine rentrées, fébriles, ravies, elles racontèrent leur soirée à Jean-Claude. Le verdict tomba, triste et sans appel :

– Tout cela, c'est du cinéma. La guerre n'est pas finie.

Christiane eut le dernier mot :

– Tu as raison, mon chéri, il vaut mieux vivre au Moyen Âge, même en compagnie du diable.

*

Le 26 août 1942, tout bascula. Pendant la nuit, la police française fouilla les hôtels et arrêta plus de cinq cents juifs étrangers qui furent conduits à la caserne d'Auvare. Le 1er septembre, on les fit monter dans un train pour Paris.

Le professeur Furhmayer, juif et étranger, dénoncé, avait été arrêté. Sonia avait tenté de l'apercevoir à la gare, au moment du départ. Il lui avait semblé deviner sa silhouette, reconnaître le visage barré de la grosse moustache, elle s'était hissée sur la pointe des pieds et avait agité la main, elle avait apporté un paquet de biscuits, elle criait, elle l'appelait par son nom. Un gendarme français la repoussa paternellement :

– Ne restez pas là, mon petit, ce n'est pas prudent, ne criez pas comme cela… (Et comme Sonia le regardait sans comprendre, il dit à voix basse mais ferme :) Ils vont vous piquer, vous allez vous faire prendre, filez…

Le soir, Simon passa après le dîner, il avait un visage fermé.

– On les envoie à Drancy, ils vont partir pour des camps de travail en Allemagne.

– Mais le professeur est trop vieux pour travailler en usine, ils ont arrêté les vieux, les enfants…

– Oui, la population de Nice commence à bouger, à s'indigner, des tracts en faveur des juifs circulent… Mais ceux qui ont été arrêtés sont partis. Qui sait quand nous les reverrons.

La voix de Jean-Claude, qui était resté silencieux, s'éleva :

– Qui sait si nous les reverrons, un jour…

Christiane et Sonia se mirent à pleurer doucement. Simon tendit une cigarette à Jean-Claude.

– C'est la dernière.

*

La vie reprit. Sonia étudiait seule. Simon venait deux fois par semaine. Les Goldenberg l'attendaient avec impatience. Ils reprirent leurs voyages dans l'arrière-pays, mais ils ne riaient plus. Ils se rendirent dans des couvents, on les accueillait aimablement. Simon discutait, prenait des notes, laissait des papiers, signait des billets. Et puis, ils rentraient, souvent sans parler, les sacoches de la moto pleines de victuailles longuement marchandées. Une petite partie était pour les Goldenberg, l'autre pour les protégés du comité.

– Le monde a faim.

Simon était grave, il était tendre aussi.

– Ne t'en fais pas, Sonia, toi, tu ne crains rien.

Et Sonia ne savait si c'était parce qu'il était là pour la protéger, ou si c'était parce qu'elle était une jeune fille de bonne famille, française depuis des générations, qu'elle avait de beaux yeux et qu'elle n'avait pas l'air juive. Elle n'avait jamais mis les pieds dans une synagogue puisque ses parents étaient libres-penseurs et ne voulaient pas entendre parler d'éducation religieuse. Elle était pourtant allée dans l'église de sa rue, l'église Saint-Ferdinand-des-Ternes. L'après-midi, en sortant de ses cours, elle entrait dans le bâtiment sombre et désert. Une odeur d'encens flottait sous la voûte mêlée à celle des cierges qui flamboyaient dans l'ombre. Elle fixait leur flamme capricieuse et cherchait à deviner le caractère sacré du monde. Cet endroit tranquille lui semblait un lieu d'abandon et de refuge qui l'aidait à affronter la vie. Il était à cinq minutes de chez elle, elle aimait s'y abriter et méditer. Elle ne se sentait ni juive ni chrétienne, elle était une enfant du quartier, tout simplement. Dans un quartier, il faut toujours un endroit pour prier ou réfléchir. Elle, elle ne savait pas prier et elle n'en éprouvait pas le besoin. Ce qui lui manquait, c'était une explication du monde, du temps qui passe, de l'amour, de la mort. Personne ne lui répondait et elle s'enfonçait dans le silence. Faudrait-il traverser ainsi la vie ?

*

L'été s'achevait dans une angoisse mélancolique.

Parfois, Sonia rêvait aux studios de la Victorine, elle aurait aimé y retourner, revoir ce Mounier.

Avait-il montré ses dessins ? À Paris, ils avaient aimé ? Et dans la rue du Colonel-Moll, il y a toujours des collaborationnistes ? Et son père, Louis Dreyfus, il la laisserait travailler dans le cinéma ? Et maman, elle aimerait sa nouvelle activité, elle qui s'extasiait quand, petite, elle dessinait à main levée les oiseaux qui venaient picorer les miettes qu'elles leur jetaient, assises sur un banc de la place Saint-Ferdinand-des-Ternes ?

Simon venait souvent rue Cluvier, il ne la quittait pas des yeux. Christiane, fine mouche, avait été claire.

– Ce garçon est amoureux de toi. Que dois-je faire, Sonia ? Que ferait ta maman ? Tu vas avoir vingt et un ans…

– Oui, Christiane, je suis une grande fille.

Amoureux, Simon ? Il ne lui avait jamais rien dit, juste ce regard d'acier qui tout à coup, lorsqu'il se posait sur elle, devenait fixe et prenait une couleur de tourterelle. Une chaleur reposante s'emparait alors de son corps, elle était désirée, elle était donc vivante, elle souriait. Simon levait une main comme pour une caresse puis lentement la laissait tomber. Il y a un temps pour les caresses, ce temps-là n'était pas arrivé. L'été était loin maintenant. Octobre avait roussi la campagne, les fraîcheurs de novembre s'annonçaient. Cette année encore, le charbon allait manquer, on aurait froid…

*

– Il y a des gens qui dansent dans les rues !

Jean-Claude enlève son imperméable et le jette sur une chaise, il semble abasourdi.

Sonia lève la tête de ses cahiers, depuis que son vieux professeur a disparu, elle travaille d'arrache-pied, comme si les progrès qu'elle pouvait réaliser allaient faire revenir l'absent.

Il y a des gens qui dansent dans la rue. Hier, 8 novembre 1942, les Alliés ont débarqué en Afrique du Nord. Ils sont là, de l'autre côté de la mer, ils sont devenus des voisins, ils vont arriver, ils débarqueront, s'installeront dans la zone libre, et petit à petit repousseront les Allemands. La Libération approche.

Il y a des gens qui dansent dans la rue. Les Américains arrivent. On les attend.

L'euphorie a duré trois jours.

Les Goldenberg ne dansaient pas, ils attendaient, vaguement heureux, méfiants. Attentifs au grondement des avions, qu'allaient faire les Allemands ?

La réponse n'a pas tardé, ils envahirent la zone libre.

Simon débarqua un soir, tard, il était presque minuit. Sonia et Christiane étaient en robe de chambre, pourtant le visiteur ne s'excusa pas, il semblait très excité :

– Nice va être occupée par les Italiens. L'armée du Duce a envahi sept départements à l'est du Rhône et s'installe en Corse…

– Les Italiens !

Sonia poussa un cri de rage et de peur. Elle les avait vus à l'œuvre, sur les routes pendant l'exode de juin 1940, ils mitraillaient les réfugiés qui fuyaient sur les routes…

– En es-tu sûre ? interrogea Simon avec calme, techniquement, cela me paraît difficile, les avions italiens n'avaient pas une autonomie de vol suffisante pour traverser la France, je veux dire qu'ils ne pouvaient décoller avec assez de carburant pour faire autant de kilomètres.

– Je les ai vus, enfin pas moi, mais des témoins m'ont raconté…

– Que t'ont-ils raconté ? Leur panique ? Leurs impressions ? De toutes les façons, il vaut mieux avoir l'armée italienne que les nazis.

– Pourquoi ?

– Ils sont moins féroces, quoi que tu en dises.

Jean-Claude alluma une lampe et fit signe à Simon de s'asseoir.

– Ils ont tout de même voté des lois raciales en 1938…

– C'est vrai… Mais d'après mes amis, ils n'ont pas l'antisémitisme chevillé au corps comme certains Français… Oui, ils ont voté ces lois, mais le Duce avait une maîtresse juive[1]. Les juifs avant la guerre étaient très bien intégrés à la population, pour eux, l'Italie n'était pas un pays de transit mais leur terre natale, certains sont arrivés avec les Romains, ils faisaient vraiment partie de la nation, bien sûr, l'Italie, c'est le pays du pape, mais seuls quelques catholiques fanatiques font preuve réellement d'antisémitisme. Au comité Dubouchage, il y a des juifs italiens, ils sont plutôt rassurants, certains d'entre eux ont fait partie du parti fasciste… Enfin, c'est compliqué, mais tout vaut mieux qu'une occupation allemande, vous pouvez en être persuadés. Lorsque les nazis mettront les pieds à Nice, ce sera la fin, j'en suis convaincu. Trop de juifs se réfugient sur la côte, c'est dangereux. Les Français de Vichy et les Allemands sont furieux, ça, nous le savons, c'est pourquoi nous organisons l'avenir.

Christiane eut un regard alarmé.

– Vous croyez vraiment, Simon ?

– Oui, madame et c'est une chance pour vous qui n'êtes pas juive d'avoir de la famille dans un village perdu de la Corrèze… En attendant, m'autorisez-vous à emmener Sonia dimanche, faire un pique-nique sur la plage ?

1. *Margherita Sarfati, peintre de talent.*

– En novembre, il ne fait pas très chaud.
– On se couvrira.

C'est Sonia qui avait parlé. Un dimanche à la mer avec Simon… C'était une jolie idée qui lui plaisait.

*

Ce dimanche-là, il l'avait embrassée. Il ne lui avait rien dit, il ne lui avait pas dit qu'il l'aimait, il ne lui avait fait aucune déclaration, aucun compliment, ils étaient assis sur les galets et son regard aigu ne la quittait pas, l'enveloppait, sa pupille grise dilatée de désir, puis il a tendu un bras et l'a attirée à lui, sans un mot. Elle aurait pu se débattre, se dégager d'un coup de reins, elle n'en a pas eu envie, elle l'attendait, elle l'a laissé faire, elle a laissé sa main courir sur ses épaules, sur son cou, au creux de son décolleté, elle a senti son souffle s'emballer, devenir de plus en plus fort, elle avait l'impression que tout le monde allait entendre cette respiration du garçon devenue folle, mais elle était bien, elle se sentait moins seule. Elle posa sa tête sur sa poitrine, avec confiance, ensemble, ils regardèrent la mer. Derrière la ligne d'horizon, il y avait les Américains. Elle frissonna, la plage était humide, il retira sa veste et la posa sur ses épaules. Instantanément une chaleur réconfortante pénétra son corps, la chaleur de Simon était en elle, leurs deux corps partageaient cette intimité confortable, Sonia était envahie par une torpeur amoureuse et séduisante. Un homme était à ses côtés, elle ne marchait plus seule. Elle ne dirait rien aux cousins, c'était son secret et elle n'aurait pu le confier qu'à sa mère. Mais Anne-Marie Dreyfus était loin. Entre elle et sa fille, il y avait des milliers d'Allemands, avec leurs uniformes, leurs tanks, leurs armes. Elle se serra contre Simon qui la renversa. Un froid humide transperça son dos, les galets heurtaient son corps qui se laissa engourdir, elle aima cet abandon. Elle ferma les yeux, ils n'avaient pas besoin de mots, juste cet abandon, ces mains qui frémissaient, cette douceur pleine de violence qui chassait l'avenir et donnait au présent un accent éphémère de bonheur. Elle se sentit désarmée et vivante.

III

Le temps des Italiens

Au bout de quelques semaines, Sonia comprit que Simon avait eu raison de se féliciter de l'arrivée des Italiens, les nouveaux occupants refusaient d'appuyer la politique antisémite de Vichy et des nazis. En décembre, ils s'opposent à ce que la mention « juif » soit inscrite sur les papiers d'identité et les cartes de ravitaillement, ils suppriment le port de l'étoile jaune[1]. La police de Vichy veut enregistrer et arrêter les juifs étrangers, les Italiens s'y opposent et ordonnent qu'ils soient relâchés, ils interdisent leur expulsion de la zone italienne et veulent être les seuls à décider de leur sort.

– Ils ont même placé des carabiniers pour protéger la synagogue de la police française, souligne

1. *Décision du consul général italien à Nice, Alberto Calisse, du 27 décembre 1942.*

Simon qui, comme presque tous les soirs, est venu rendre visite aux Goldenberg.

Les cousins ouvrent des yeux stupéfaits, Simon continue :

– Le comité où je travaille a ouvert le centre d'accueil du boulevard Dubouchage, dirigé par un étudiant polonais, Ignace Fink. Figurez-vous que la police de Vichy n'a pas manqué d'organiser une rafle juste devant l'entrée du centre, où se pressaient les réfugiés, c'était trop tentant, il y a eu de la bagarre, le colonel Bodo, commandant des carabiniers, a fait libérer les juifs qui avaient été arrêtés et a placé des piquets de soldats devant notre centre, avec ordre d'arrêter les policiers français en cas d'intervention. Nous allons travailler avec les Italiens.

Les juifs redevenaient des gens normaux à qui l'on demandait seulement de se plier au règlement. Les forces d'occupation collaborèrent efficacement avec le centre d'accueil Dubouchage. Celui-ci distribuait des permis de séjour aux juifs étrangers réfugiés et les communiquait aux Italiens. Les titulaires de ces papiers passaient automatiquement sous protection italienne, ce qui suffisait à bloquer toute mesure répressive de la police française. La IVe armée installée en France était bien décidée à imposer sa loi.

Jean-Claude interrogeait inlassablement Simon :

– Comment expliquez-vous qu'un pays fasciste, allié des nazis, ayant en 1938 voté des lois raciales, ait ce comportement ?

– C'est vrai, les juifs de la Côte d'Azur sont mieux traités que les juifs italiens dans leur propre pays ! Il y a plusieurs explications. L'armée italienne veut imposer son autorité dans les départements qu'elle occupe, elle n'admet pas que la police française intervienne et se mêle de ses affaires, le règlement de la situation des juifs doit être uniquement de sa compétence. Si les gens de Vichy veulent organiser des rafles, elle s'y oppose, libère les prisonniers, c'est une façon de montrer son autorité…

« Mais il y a autre chose… que nous ressentons quand nous avons affaire à cette IVe armée, à ses officiers… Ils ne sont pas fascistes, ils ne sont pas antisémites, et souvent on devine une germanophobie latente dans leurs rangs… Lorsque la police française, en décembre, a voulu expédier des juifs dans le département de la Drôme, occupé par les Allemands, les Italiens s'y sont opposés catégoriquement. Ils ont averti leur ministère des Affaires étrangères, qui a répondu qu'il était inadmissible que les autorités françaises expulsent des réfugiés sur des territoires occupés par l'Italie. Le commandant de la place de Nice a reçu l'ordre d'interdire aux préfets français d'interner des populations juives. »

Les cousins Goldenberg et Sonia n'en croyaient pas leurs oreilles.

– Avouez, Simon, que c'est étrange… Comment savez-vous tout cela ?

– Le comité Dubouchage travaille étroitement avec des personnalités italiennes, il y a des fuites, je vous le dis : la plupart des Italiens ont une réelle sympathie pour les juifs, ils sont indignés par les persécutions allemandes, ils n'aiment pas Vichy. Il ne faut pas confondre le gouvernement fasciste avec les militaires, ils ont eu des officiers juifs, et puis l'armée a traditionnellement une fidélité au roi, un esprit de charité et d'humanisme issus d'une longue tradition chrétienne. Je finis par penser qu'elle ne partage pas la politique de Mussolini, ils sont au bord d'une guerre civile, il y a beaucoup de résistants dans le Piémont qui sont en contact avec des juifs résistants de Nice et d'ailleurs.

« Mais surtout, il y a l'action d'un banquier juif italien très puissant, Angelo Donati. Nous lui devons énormément. Il a beaucoup d'influence sur les chefs militaires et la diplomatie de son pays. Cet homme connaît tout le monde à Rome, au ministère des Affaires étrangères, au ministère de la Défense.

– Mais enfin, Simon, comment un juif italien peut-il avoir toutes ces relations ?

– Il a été un fasciste convaincu, un partisan de la première heure de Mussolini, le régime lui avait confié des charges très importantes, voilà pourquoi il connaît tant de gens haut placés, il a des contacts partout, il conseille les autorités militaires italiennes, il a même des contacts avec les Alliés. Jusqu'en 1939, il était le président de la chambre de commerce franco-italienne, il est chevalier de la Légion d'honneur, avec toutes ses relations, il aurait pu fuir aux États-Unis, il est resté. Pourtant il est recherché par les Allemands. On m'a dit qu'il s'était entendu avec les Alliés, qu'il a obtenu leur autorisation pour louer plusieurs navires et embarquer les juifs du Sud de la France, il négocie avec son gouvernement pour que l'Italie les laisse passer, nous devons même faire imprimer secrètement dans les caves du Vatican des papiers qui serviront de passeports à la frontière italo-française. Les bateaux d'Angelo Donati devraient permettre à des milliers de Juifs de fuir vers l'Italie, l'Afrique du Nord, la Palestine. Donati mobilise tout le monde, les diplomates, les militaires, les policiers en faveur des juifs, il fait venir de l'argent d'Amérique, l'argent de l'American Jewish Joint Committee qui est versé à notre comité pour venir au secours des plus pauvres.

Sonia écoutait Simon avec inquiétude. Elle s'interrogeait, tous ces réfugiés arrivés de tous les coins de l'Europe pour se mettre sous la protection de l'armée italienne, qu'allaient-ils devenir ? Où allaient-ils aller ? Ils étaient si nombreux…

Mais les autorités occupantes décidèrent d'organiser de manière pratique et logique leur séjour. Humanisme ? Désir de se montrer différents des nazis et des Français ? Conseils efficaces d'Angelo Donati ?

Le résultat, inattendu, insolite, était là.

Les Italiens chargèrent les représentants du centre Dubouchage de répertorier des hôtels et des chalets, vidés par les hostilités, dans des lieux de vacances de montagne, à la frontière franco-italienne pour y installer les juifs « en résidence assignée ». Le comité d'accueil Dubouchage s'occupait de financer les loyers et se chargeait du fonctionnement. Simon avait été désigné pour faire la liaison entre les Italiens, Nice et les villages de montagne.

Grâce aux fonds du comité, les chambres d'hôtel, les villas, les chalets permettaient aux réfugiés d'être logés dans de bonnes conditions. Les propriétaires voyaient d'un bon œil cette arrivée inattendue d'argent alors que le tourisme s'était effondré et que la guerre les avait ruinés. Les affaires, qui furent si florissantes avant 1939, reprenaient timidement, sous une autre forme, un peu d'argent tombait dans leurs escarcelles, les plus pauvres se serraient dans une pièce pour libérer des chambres, des greniers qui, loués, assuraient des revenus, peut-être modestes mais inespérés. Une économie parallèle se mettait en marche.

Et les juifs débarquèrent dans la montagne.

Ils furent les bienvenus malgré leur air hagard, leurs valises trop lourdes, leurs nombreux gosses, leurs vieux drôlement habillés, leur langue bizarre qui ressemblait un peu trop à l'allemand mais que personne ne comprenait, leurs rites et leurs coutumes inconnus, leur religion mystérieuse.

Tout le monde s'y retrouvait, dans ce marché, bien organisé, approuvé par l'armée d'occupation. Une sorte de tranquillité paisible se frayait un passage dans un monde bousculé qui tentait de vivre. Étonnés, les paysans du terroir français et les juifs errants se regardaient, se reconnaissaient : des hommes, des femmes simples qui voulaient juste se poser sur un bout de terre et travailler dur. Assurément, ces nouveaux arrivés n'étaient pas des touristes comme les autres. Ils étaient discrets, craintifs, courtois, reconnaissants. Ils cherchaient à se rendre utiles, tous avaient un savoir-faire, artisanat, travail de la terre, musique... Certains même étaient savants, d'autres artistes... Chacun avait beaucoup à apprendre de l'autre.

Les deux populations, après s'être observées, se tendirent la main.

Christiane et Jean-Claude écoutaient avec attention les récits de Simon.

– Dommage que ces stations de montagne soient réservées aux étrangers... regrettait la cousine, au moins là, les juifs sont en sécurité, proches des fermes, il doit toujours y avoir à manger... Sonia y serait bien.

– Mais je ne veux pas vous quitter !

C'est Simon qui prit la décision.

– Vous avez raison, madame, dans un de ces pays, je pourrai bien veiller sur elle... Nice est trop peuplée, il y a des juifs partout, les Allemands le savent, les gens de Vichy sont furieux, cette ville peut d'un jour à l'autre se transformer en piège. En cas de danger, partez en Corrèze... Moi, je me charge de Sonia.

Les Goldenberg hésitaient. Leur petite-cousine pourrait venir avec eux en Corrèze ?

– En Corrèze, il y a les Allemands, Tulle, près de votre village, est occupée... Vous, madame, vous êtes du pays, on vous recevra bien, vous trouverez toujours un parent, un ami pour cacher votre mari. Moi, je garde Sonia en zone italienne, c'est plus sûr. Je vais lui faire faire de faux papiers, elle sera belge. Une carte d'identité pour elle, c'est trois cents francs, ce n'est pas très compliqué. Il me faut une photo… Je vais l'installer à Saint-Martin-Vésubie, là, il y a de la place, des chambres d'hôtel disponibles, les Martinois sont de braves gens.

Christiane s'était occupée de tout. La photo pour la carte d'identité, les chandails de laine pour la montagne, les chaussures, les grosses chaussettes…

Simon avait rappelé qu'il fallait aussi un maillot de bain, là-haut, l'été, on se baigne dans les torrents.

– Et voilà une enveloppe avec de l'argent, tant que tu peux, paie ton loyer, il y a des familles dans le besoin qui passent avant nous. C'est ta part des gains que nous avons faits avec le studio de cinéma… Après la guerre, on reprendra nos activités, tu verras…

Simon avait acheté une canadienne d'occasion.

– C'est un modèle pour un jeune garçon, mais il te va très bien. Prends un sac de montagne que tu accrocheras dans ton dos.

– Oui… Oui… s'était exclamée Christiane, j'ai fait de l'alpinisme, j'ai tout conservé…

Elle allait et venait dans l'appartement, agitée mais optimiste.

– Nous avons choisi la bonne solution, je crois qu'on peut faire confiance à Simon, suivre ses conseils, il est bien placé, dégourdi… Tu seras bien raisonnable, n'est-ce pas, ma chérie ? Ta mère m'approuverait, j'en suis sûre…

Anne-Marie Dreyfus… Elles se regardèrent en silence, puis Christiane souffla :

– Elle a pris le maquis, elle a bien fait… Paris est trop dangereux.

– Elle s'est cachée…

– Elle a pris le maquis, elle se bat dans l'ombre, je me souviens d'elle quand elle était infirmière, c'est une lutteuse… Elle nous racontera, à la Libération. Parce que, enfin, c'est une question de temps… Les Alliés sont de l'autre côté de la Méditerranée, les Allemands vont se perdre en Russie… Tu verras, nous nous retrouverons tous.

Elle prit Sonia dans ses bras. Comme elles s'étaient attachées l'une à l'autre ! Celle qui n'avait pas eu d'enfants et celle que l'on avait séparée de sa mère.

– Pourquoi… Pourquoi…

Sonia pleurait. Pourquoi les quitter ?

– C'est plus prudent. Je pressens que les événements peuvent se précipiter, je veux te savoir à l'abri.

Christiane mit en ordre les boucles claires de sa petite-cousine.

– Tu as les mêmes cheveux que ta mère, comme vous êtes belles, toutes… Allez, ma grande, il ne faut pas traîner, demain Simon va passer de bonne heure. Viens, Jean-Claude nous attend.

*

Quand le sourire est-il revenu ? Elle ne saurait donner de date précise. Tout a été à la fois calme et précipité.

Calme, cette mélancolie jaillie de très loin dans le brouhaha des souvenirs, le rire plein de lumière de sa mère, la voix grave et rassurante de son père, le bavardage cristallin de Nathalie. La rue Cluvier, la tendre Christiane et *Les Visiteurs du soir*. Calme, cette mémoire qui peuple l'absence, habite ses pensées et pourtant doucement s'éloigne…

Précipités, ces rencontres, ces amitiés, ces visages inconnus, un peu mystérieux qui viennent brusquement à elle et l'emportent. Sans s'en rendre vraiment compte, elle glisse dans une autre vie, en un mouvement inattendu auquel elle s'abandonne. Quelque chose de vivant s'ouvre en elle, la met à nu. Dans ce village perché dans la montagne, loin des siens, elle est traversée par un flot qui vient de son enfance, d'anciennes émotions ayant, sans qu'elle le sache, parcouru les années pour resurgir, lumineuses, intimes, presque impudiques. Vertiges silencieux qui l'étreignent, l'enlacent et débordent.

La vie n'est jamais comme on l'attend.

On reste d'abord prudemment perché sur son bord, en équilibre, on cherche, on hésite, on se retient puis un éclat imprévu et puissant vous happe, vous fait entrevoir un abîme magique. Il faut plonger et l'aventure commence. On abandonne un peu de soi et on s'envole.

Saint-Martin allait métamorphoser Sonia à son insu, la frapper en un point secret qu'elle avait ignoré et que la vie, la guerre peut-être, allaient lui faire découvrir. Comme si elle était projetée dans un éblouissement loin d'elle-même, en un lieu flamboyant où elle est, sans le savoir, espérée.

*

Sonia a vu le village peu à peu se remplir, des jeunes, des vieux, des familles entières, des mères isolées avec leur enfant, kaléidoscope hétéroclite qui rassemblait des Allemands, des Tchèques, des Autrichiens, des Polonais, des Ukrainiens, des Roumains, des Hongrois… Tous juifs. Tous réfugiés fuyant le nazisme.

Saint-Martin était devenu une tour de Babel. Toutes les langues bruissaient dans l'air frais des montagnes et surtout ce yiddish qu'elle entendait pour la première fois, langue des juifs de l'Europe centrale, mélange d'allemand, de slave et d'hébreu.

Les nouveaux arrivés venaient de tous les coins de France, certains avaient déjà séjourné dans les camps de concentration du Sud, d'autres avaient quitté la ville ou la bourgade où ils s'étaient réfugiés, d'autres encore avaient fui l'avancée allemande et arrivaient de Hollande, de Belgique, du Luxembourg, la majorité était clandestine, parlait parfois un français maladroit, mélangé au patois local, mais tout le monde se comprenait.

Il y avait des médecins et des avocats, des ingénieurs et des hommes d'affaires, des professeurs et des étudiants, des commerçants, des artistes, des musiciens, des tailleurs, des ferronniers, des cordonniers, des menuisiers, des fourreurs, des vendeurs de chevaux, des diamantaires. Les uns savaient travailler la terre, le bois, le cuir, d'autres maniaient les chiffres et les textes, les uns étaient très pauvres, d'autres étaient fortunés et cachaient de l'or et des diamants dans la doublure de leurs vêtements, des femmes étaient élégantes et portaient volontiers de beaux chapeaux, et des robes fleuries, d'autres étaient vêtues de longues jupes informes et de châles sombres. Ils avaient tous les âges, du nouveau-né aux très vieux parents. Certains étaient très pratiquants et allaient, vêtus de manteaux longs et sombres, d'autres, vêtus de shorts, étaient totalement libres-penseurs. Ils arrivaient des grandes villes ou des villages juifs des campagnes polonaises, les *shtetls.* Les uns étaient de riches familles élégantes de Vienne, Berlin ou Varsovie, les autres venaient de pauvres petits pays perdus que l'on ne pouvait même pas trouver sur une carte. Les uns étaient polyglottes et cultivés, les autres ne parlaient que yiddish mais savaient lire et écrire comme tous les juifs, même les plus pauvres.

Toutes ces différences sociales, religieuses, économiques n'avaient plus d'importance à Saint-Martin-Vésubie.

Ils étaient tous juifs, ils n'avaient plus besoin de cacher leur identité, d'éviter de parler leur langue en public, ils étaient libres d'être eux-mêmes, reconnus officiellement et traités normalement par des autorités bienveillantes, ce qui ne leur était plus arrivé depuis un temps infini…

Ils avaient le droit de musarder dans les rues, de s'installer sur les terrasses des cafés, de discuter ouvertement en yiddish, de faire des courses sans se cacher, de prendre un verre dans les cafés, de jouer aux échecs dans les squares, de flâner dans les jardins. Les soldats italiens, les chasseurs alpins, les « Alpini », les « Bersaglieri » avec leur grand chapeau à plumes arpentaient les rues étroites du village, tranquillement, ils ne traquaient personne, ils croisaient des juifs, indifférents ou cordiaux, ne les arrêtaient pas pour leur demander leurs papiers. Il suffisait de respecter le couvre-feu qui était à neuf heures. Jusqu'à 9 heures du soir, chacun vivait à sa guise.

Cette extraordinaire situation, cette incroyable surprise, cette liberté inimaginable, pour ces errants qui depuis si longtemps avaient dû apprendre à n'exister que dans la clandestinité et la crainte, firent exploser une exubérance et un espoir qui les soudèrent tous ensemble et les entraînèrent à dépasser leurs différences. Toutes les barrières sociales, géographiques, religieuses furent balayées. Une ambiance de soulagement heureux mêlé à une joie étonnée envahit le pays sous l'œil à la fois attendri et compatissant de la population martinoise. Cette arrivée en masse d'étrangers favorisait le commerce, bien sûr, mais elle bouleversait l'atmosphère du pays. Les habitants eurent petit à petit envie d'aider ces fugitifs avec lesquels ils nouaient des liens d'amitiés et d'entraide. Ils découvraient, eux, gens de la montagne, ayant rarement quitté leur vallée, des pays lointains, des coutumes, des musiques, des chants qu'ils n'auraient jamais eu l'occasion de connaître en d'autres temps. Sympathie, curiosité, espoir, tout se mêlait pour favoriser une ambiance étourdissante, un cosmopolitisme plein de gaieté et de fraternité, une espérance utopique en un monde différent.

Tout le monde oublia la guerre, le temps d'un été. Ils avaient tant de revanches à prendre sur la vie. S'arrêter enfin, poser son baluchon ou sa valise luxueuse… Et vivre normalement, retrouver les anciens plaisirs d'une époque lointaine où ils avaient le droit d'exister.

Mme Savino était la première à se féliciter de cette aventure. Elle aimait beaucoup Sonia qui s'occupait des devoirs des jumelles.

– Saint-Martin doit bien avoir en temps normal mille six cents habitants, aujourd'hui nous avons près de mille deux cents visiteurs, bien différents des touristes d'avant-guerre… Ces gens sont touchants, tout simplement… Ils connaissent le prix de la vie. Ils méritent bien qu'on les aide…

Simon, qui montait régulièrement de Nice, avait lui-même été contaminé par cette épidémie de bonheur euphorique et illusoire. Il souriait, tout à coup, malgré les charges qui pesaient sur lui.

– Tu vois, ici, on respire.

Son visage changeait, ses traits devenaient plus jeunes, il se détendait, riait avec les jeunes réfugiés, prêt à s'embarquer dans une balade dans la montagne, un pique-nique du côté du lac Cerise, ou à assister à un combat de boxe organisé dans un chalet.

Il grimpait parfois dans la chambre de Sonia et sa pupille devenait fixe, ses traits se figeaient de désir.

– J'ai promis à tes cousins de te protéger.

Il avait comme un regret dans sa voix. Il l'enlaçait et la renversait sur le lit, l'embrassait longuement mais se redressait toujours.

– Il y a un temps pour tout, Sonia. Après la guerre, j'irai voir tes parents, ils sont peut-être en France depuis des générations…

– Depuis Henri IV !

Et Sonia riait. Cela ne faisait pas de différence à Saint-Martin.

– Bon, depuis Henri IV, mais moi, je vais leur ramener leur fille saine et sauve. Je te présenterai à ma mère… Et on se mariera…

Cet été-là, à Saint-Martin, personne ne doutait de la vie.

D'ailleurs, depuis qu'il y avait les Italiens, il se passait de drôles de choses.

Angelo Donati s'était lié avec un moine, un capucin, le père Marie Benoît qui, avant la guerre, vivait à Rome, au Vatican.

– Tu sais ce qu'il a dit ce curé, enfin ce moine ? Il a affirmé que les chrétiens sont les fils spirituels d'Abraham et qu'aucun d'eux ne doit participer aux mouvements d'antisémitisme. Il veut aller voir le pape pour lui parler de nous.

Sonia ne répondait pas. Simon, agacé, s'éloigna d'elle.

– Abraham, tu sais qui c'est tout de même !

– Vaguement…

– Mais enfin, Sonia, tu as perdu tes racines, ton identité, tu m'as dit que tu avais fait plein d'études, que tu préparais une agrégation de lettres !

– La Bible n'est pas au programme.

– Tu aurais pu t'informer, tout de même ! Tes parents ne t'ont donc rien appris ?

– Écoute, oui, je sais à peu près qui est Abraham, sa femme stérile trop vieille, je sais aussi qu'il a eu un enfant avec une esclave et que lorsque Dieu a permis à sa vieille femme d'enfanter à son tour, il a chassé l'esclave dans le désert avec son petit… Tu trouves cela moral, toi ?

– Mais ce sont des symboles, des indications qu'il faut apprendre à interpréter, pour comprendre la puissance de Dieu… Et les erreurs des humains…

– Cela ne me convainc pas… Tu es pratiquant ?

– Non, tu le sais bien, je suis communiste, mais je ne veux pas contrarier mes parents…

– Moi, je me méfie des religions, j'ai appris l'histoire et j'ai compris que depuis les croisades, elles jettent les hommes les uns contre les autres au lieu de les réunir. De la religion au fanatisme, il n'y a qu'un pas, c'est mon père qui me l'a appris, je ne veux pas contrarier mon père.

Ils se levèrent du lit et Sonia se recoiffa devant la glace.

– Viens, Simon, allons sur la place regarder jouer à la pétanque.

– Je n'aime pas les boules.

– Mais si, tu verras comme ils sont drôles, pour les joueurs, rien n'est plus grave qu'une partie de pétanque.

Sur la place, sous les platanes, les carabiniers italiens, les juifs et les villageois disputaient des parties de boules acharnées.

Un homme qui regarde sa boule qui roule sur la terre battue, parée des reflets de la lumière d'un début d'été, oublie tout, suspendu au cheminement de la sphère de métal. Plus rien n'existe, ses soucis, ses drames, ses angoisses sont balayés le temps d'une partie. Des exclamations fusent :

– *Porca miseria, l'ho mancata*[1] *!*

– Ah ! Misère, à un demi-centimètre près, je l'avais…

Les juifs répètent les mots qu'ils ont appris et qui leur sont utiles au cours de ces compétitions tendues, où tout s'efface : la nationalité, la guerre, le danger, la pauvreté, la peur du lendemain.

La petite bille de bois, le cochonnet, suscite tous les espoirs, elle devient, pour quelques minutes, le centre du monde, l'unique objet d'intérêt. Les

---

1. Sacrebleu, je l'ai ratée !

échines sont pliées, le regard est fixe, le front plissé par l'attente… Le bruit sec de la boule qui heurte le cochonnet déclenche un concert d'exclamations, de rires et de regrets. Et la partie s'achève. Le villageois regagne sa maison, le juif rentre dans son logis, le soldat remet son béret et boucle sa ceinture. Tout le monde se sépare, reprend son rôle, mais les cœurs sont plus légers. Quelques enfants jouent encore à cache-cache en criant, dans le soir qui tombe, des villageoises passent avec leurs sarraus fatigués, des jeunes filles en robes claires sous leurs manteaux usés, bras dessus, bras dessous, se promènent sous le regard brillant des soldats, les silhouettes noires de vieux juifs s'inclinent courtoisement devant des paysannes en galoches.

Le maire a donné l'autorisation d'installer une synagogue au chalet des Pervenches, route de Venanson. Parfois, des jeunes juifs entraînent leurs amis martinois à une cérémonie religieuse pour leur expliquer leurs rites et ceux qui sortent de l'église le dimanche matin conversent fraternellement avec ceux qui fêtent le sabbat.

Sonia a conservé l'habitude d'entrer méditer dans les églises, cela lui rappelle Paris et les temps heureux. Le pays était plein de chapelles qu'elle aimait découvrir, la chapelle de Sainte-Croix, que l'on appelle la chapelle des Pénitents blancs, celle, minuscule, de la Miséricorde, qui est celle des pénitents noirs, l'église baroque de l'Assomption qui date du XVIIe siècle, elle aimait y admirer les tableaux d'un peintre niçois qu'elle se promettait de faire connaître à ses parents quand ils se retrouveraient après la guerre. Car maintenant, elle en était persuadée, la guerre finirait, les Allemands seraient chassés et toute la famille se retrouverait à Paris, rue du Colonel-Moll.

Elle vivait dans un état d'heureuse béatitude. Il lui semblait entendre et voir les prières en hébreu, en latin, en français, en yiddish s'enfuir dans la montagne, grimper sur les cimes des arbres et se mélanger pour ne faire plus qu'un chant qui résonnait dans l'azur.

Il y a une petite rue, la rue du Docteur-Cagnoli, étroite et moyenâgeuse, qui traverse le village en son centre. Les juifs l'appellent joliment la rue du Petit-Ruisseau parce qu'en son milieu est creusé un étroit canal où courent les eaux de pluie avec un clapotis cristallin. Lorsqu'un orage se déchaîne, elle enfile des bottes et court rue du Petit-Ruisseau pour écouter la chansonnette de l'eau et voir ses reflets scintiller dans le canal, que certains villageois appellent la « gargouille ». Souvent elle entraîne avec elle Josiane et Jacqueline, les jumelles, et elles rient sous la pluie, oubliant les reproches que Mme Savino ne manquerait pas de leur faire.

La place de l'Hôtel-de-Ville est pleine de charme, même quand il n'y a pas de partie de boules, les vieilles maisons de pierre aux balcons de bois sont coiffées de toits de lauzes qui leur donnent ce côté sévère et nostalgique des pays de montagne. Élégant et lourd d'histoire, le palais Gubernatis de style Renaissance, avec ses fenêtres en ogive, rappelle que Saint-Martin fut une étape obligée sur la route du sel qui reliait la mer et Nice aux princes de Savoie. Là-bas, dans la montagne, il y a d'anciens chemins muletiers aujourd'hui bien connus des contrebandiers qui traversent les cols, ils ont servi pendant des siècles à transporter l'impôt sur le sel, la gabelle.

*

Sonia avait trouvé un travail, un jour, en faisant la queue chez le boulanger. Une femme âgée, élégante, appuyée sur une canne, semblait fatiguée. Sonia lui demanda ses tickets et lui proposa de faire la queue pour elle et d'acheter sa ration de pain. Puis elle la raccompagna chez elle, au chalet des Roses. C'était une très belle maison, à l'extérieur du pays, dans le quartier résidentiel, là où des villas de style Liberty déclinent leurs beautés languissantes, enfouies dans des jardins luxueux faits pour le plaisir et les vacances. Certaines sont flanquées de tours rondes ou carrées, d'entrées ornées de colonnades à l'italienne.

Sonia aide la vieille dame à monter un escalier peint en bleu qui mène à la porte d'entrée protégée par une marquise.

Dans le salon, un homme âgé qui lisait un livre, assis sur un fauteuil d'osier, se lève et vient à leur rencontre.

– Elle n'est pas tombée ? Je lui avais dit de me laisser faire les courses.

– Allons, David, tu sais bien qu'il faut que je marche un peu... Mademoiselle a voulu me raccompagner, c'est très gentil de sa part. Judith a fini ses devoirs ?

M. et Mme Weill sont de riches Viennois qui ont loué la villa pour eux et leur petite-fille dont ils ont pour l'instant la charge.

– J'ai eu un professeur viennois...

M. Weill sort trois verres.

– Vous prendrez bien un verre d'orangeade ? Un professeur viennois ! Qu'est-il devenu ?

Le silence s'installa dans la pièce. Sonia eut brusquement envie de pleurer.

Mme Weill s'assit près de la jeune fille. Elle parlait doucement :

– Comment s'appelait-il ?

– C'était le professeur Furhmayer.

La vieille dame ferma les yeux un instant. Quand elle les rouvrit, Sonia vit qu'elle avait des prunelles noires, très brillantes.

– Ce fut le professeur de mon fils, à l'université… Quelle coïncidence ! Comment va-t-il ?

– Ils l'ont arrêté au mois d'août, l'année dernière, souffla Sonia d'une voix enrouée.

Le couple resta silencieux. Puis Mme Weill interrogea doucement :

– Si vous avez étudié avec le professeur, vous devez être une brillante étudiante.

– Je préparais une agrégation de lettres, il m'a beaucoup appris.

– Écoutez, Sonia, je peux vous appeler Sonia ? Notre fils et notre belle-fille sont partis en Californie pour préparer l'arrivée de toute la famille. Ils ont trouvé une maison à Los Angeles et cherchent un travail dans un studio. Nous devions les rejoindre avec leur fille, Judith, mais les Allemands ont envahi la France et nous nous sommes réfugiés ici. Dès que nous pourrons, nous irons les rejoindre. En attendant, Judith doit préparer son bac, elle est inscrite à un cours par correspondance, l'École universelle, accepteriez-vous de l'aider à faire ses devoirs ? Votre prix sera le nôtre.

Sonia, ravie, inclina la tête et les grands-parents appelèrent Judith.

L'adolescente avait les yeux noirs de sa grand-mère, un air un peu capricieux, des cheveux courts et bouclés. Elle était élégamment vêtue d'une jupe blanche plissée et d'un chemisier brodé.

– Je peux bien travailler toute seule…

– Ma chérie – M. et Mme Weill parlaient ensemble –, Mlle Sonia a étudié avec un des professeurs les plus brillants de Vienne, ce sera plus agréable pour toi d'être guidée par quelqu'un de compétent.

Judith fronça les sourcils, prit un air boudeur et regarda Sonia.

– On pourra aussi aller se balader, vous devez connaître des jeunes, ici, mes grands-parents ne me laissent jamais sortir.

– Si tu es gentille avec mademoiselle, si elle est contente de tes progrès, on verra.

Sonia eut un gentil sourire.

– Vous verrez, elle travaillera bien, et je l'emmènerai se baigner dans le torrent.

Ils se quittèrent cordialement et Sonia prit l'habitude de venir deux heures tous les matins donner des répétitions à sa petite élève qui se révéla plus docile que prévu. Ce qu'elle voulait, c'était sortir avec Sonia et rencontrer des jeunes de son âge… Pour cela, elle était prête à étudier et à faire tous les progrès du monde.

– Pourriez-vous m'apprendre à danser, Sonia ?

– On va voir, le bac, c'est l'année prochaine, et tu as pris du retard.

La gamine se pencha vers Sonia, les mains appuyées sur ses cahiers qui s'amoncelaient en désordre sur son bureau.

– L'année prochaine ? Je serai en Californie… Mon bac ! Mes grands-parents ne se rendent pas compte… Il faut que je sache danser pour aller en Amérique…

*

Sonia, à l'heure de la sieste, brodait. Josiane et Jacqueline lui avaient montré les deux robes de coton blanc que leur mère avait confectionnées pour leur communion privée et la jeune fille leur avait proposé de broder leur corsage. Les gamines avaient joint leurs mains d'un air extasié quand elles virent les dessins que Sonia sortit de son sac de montagne, c'étaient les motifs qu'elle avait dessinés pour les pourpoints des *Visiteurs du soir*.

Sonia, pliée en deux sur son ouvrage dans la salle à manger de la pension, travaillait sans relâche. La cérémonie était à la fin de la semaine. Les jumelles, à peine rentrées de l'école, se précipitaient auprès d'elle, admiraient son ouvrage et poussaient des cris de joie, elles seraient les plus belles du village. Mme Savino était confuse.

– Regardez le mal que vous vous donnez, mademoiselle Sonia, vous allez vous abîmer les yeux…

Sonia enfilait son aiguille, un éclair de gaieté dans l'œil. Deux petites filles dans un village de montagne avec des robes brodées comme des châtelaines du Moyen Âge ! Les rêves étaient à portée de main…

*

La veille de leur communion, les jumelles dans leur robe neuve, entièrement brodée de blanc et de rose, dansèrent dans la cuisine de l'hôtel. Les pensionnaires, massés devant la porte, les regardaient, attendris, des applaudissements fusèrent, le maréchal des carabiniers qui venait souvent jouer aux cartes avec des réfugiés, annonça qu'il se rendrait à l'église, plusieurs pensionnaires déclarèrent qu'ils en feraient autant. Mme Savino s'essuyait les yeux avec son tablier. Si son mari, qui était prisonnier en Allemagne, était là, son bonheur serait total

Sonia souriait, perdue dans ses souvenirs… Les studios de la Victorine… Le film était-il sorti ? Avait-il eu du succès ? Arletty, elle était belle, dans sa robe ? Pensait-on encore à elle, là-bas ?

Mme Savino la remerciait et lui parlait.

Mais oui, bien sûr, elle irait à l'église, les petites seraient les plus belles. Josiane et Jacqueline, les bras gracieusement en l'air, vinrent à elle et grimpèrent sur ses genoux. Quatre petits bras frais entourèrent son cou, deux bouches la couvraient de baisers.

– Merci… Merci… On va te faire un câlin, un grand câlin…

Sonia serra les petites filles contre elle et un nuage de tendresse les envahit toutes les trois.

Mme Savino expliquait qu'il y aurait un déjeuner avec un menu spécial. Les jeunes Polonais de l'annexe, champions du marché noir, étaient partis, le matin, dans la montagne, acheter tout ce qu'ils pouvaient aux fermiers. Tout était si cher au village, il fallait faire la queue pendant des heures… Ils avaient ramené des œufs, quelques légumes, des champignons sauvages, des cerises pour le clafoutis et pêché des truites dans les torrents. Ils avaient négocié avec des contrebandiers italiens du riz, du lard et du parmesan. Mme Savino, qui avait acheté une chèvre qu'elle gardait dans la cour, avait du lait.

La première communion des petites sera un festin et une fête superbe.

– À la hauteur des broderies de la charmante Sonia, disait l'officier italien qui adorait les cérémonies religieuses et les fêtes de famille.

Et ce fut une journée magnifique.

Simon arriva sans s'annoncer, on lui fit une place autour de la table. Il avait une lettre des cousins pour Sonia, il riait, il était de bonne humeur. On sortit du tabac, on chanta en italien et en patois. Les jumelles entonnèrent des cantiques en se dandinant dans leurs belles robes.

Quelqu'un dit :

– Ces robes, quelle merveille, on les dirait sorties d'un film…

Sonia, qui avait un peu trop bu, éclata de rire en regardant ses doigts écorchés par les heures de broderie.

*

La jeunesse avait l'habitude de se retrouver devant la mairie. Hans, un Allemand, qui avait été à la Légion étrangère et donnait des cours de boxe aux garçons pour qu'ils sachent se défendre, était l'animateur du groupe. Il entraînait tout le monde, il avait transformé un bassin pour les truites en une petite piscine où il donnait des cours de natation, faisait faire de la gymnastique. Il organisait des excursions en montagne, repérait les chemins les plus secrets et dessinait des plans.

– Cela peut toujours servir… Si, un jour, il faut s'en aller, traverser la montagne pour rejoindre l'Italie et ensuite la Suisse…

Un nuage passait… La guerre était toujours là, seule la présence des Italiens leur assurait une relative tranquillité. On ne savait pas ce que l'avenir préparait, personne ne savait… Personne ne voulait savoir.

*

– Ce n'est pas la peine de se ronger les sangs, le destin, c'est le destin… On verra bien ce que nous réservent les événements. Jusque-là, on s'en est bien sortis… Il n'y a pas de raison pour que cela ne continue pas…

Larissa Norsakov était une superbe fille aux cheveux flamboyants, une Russe arrivée toute petite avec ses parents et sa sœur dans les années 1920 à Paris. Le père avait beaucoup d'argent et avait acheté une belle propriété à Saint-Martin pour les vacances d'été. Dès 1941, ils avaient quitté Paris et s'étaient réfugiés dans leur villa. Avec sa sœur, Bella, elles étaient de vrais boute-en-train, même si elles ne se mélangeaient pas toujours aux autres et restaient dans leur jardin fleuri où elles recevaient beaucoup d'amis.

Larissa voulait profiter de la vie. Elle balayait de sa longue main soignée les tracas, les menaces, les soucis. Elle se plaignait de ses parents, vieux, ronchons et malades qui la dérangeaient sans cesse.

– La jeunesse passe si vite. Je n'ai vraiment pas envie de faire la garde-malade ou la demoiselle de compagnie.

Sonia se laissait séduire par son entrain, sa beauté, son élégance. Tous les jeunes n'avaient pas ce même optimisme et quelques-uns étaient choqués par les propos des sœurs Norsakov. Certains avaient perdu une partie de leur famille, un père, une sœur, un fiancé arrêtés dans une rafle dans la zone occupée et même dans la zone libre, d'autres avaient passé des mois éprouvants dans des camps de concentration, mais ces deux Russes, snobs et hautaines, avaient un scintillement, une aura qui donnaient le goût et la curiosité du plaisir. Elles fascinaient ceux qui avaient souffert, parce qu'elles leur faisaient entrevoir une vision du monde qui leur échappait.

Assise sur les galets, scintillante dans son maillot de bain rouge, Larissa tendait son visage vers le soleil, les paupières baissées, un sourire à peine dessiné sur ses lèvres.

– Je voudrais descendre à Nice acheter du rimmel et une pince à épiler. Dans ce patelin, on ne trouve rien. Mes parents ne veulent pas, ils sont fatigants, mon Dieu qu'ils sont fatigants ! Ils ont peur de tout. Ils parlent de la Russie, de tout ce qui s'est passé là-bas, avant qu'ils n'arrivent à Paris, moi, le passé, cela ne m'intéresse pas, il n'y a que le présent qui compte. Dis donc, Sonia, tu ne pourrais pas demander à ton petit ami, le beau Simon, qui arrive en bondissant sur sa vieille moto… Il ne pourrait pas m'acheter du rimmel, je lui donnerai l'adresse…

Sonia sourit, amusée.

– Je peux toujours lui demander, mais ne te fais pas trop d'illusions…

– Tu es russe, toi aussi… Tu t'appelles Sonia…

– Non, nous sommes tous nés en France, dans la famille, depuis bien longtemps, mais ma mère adore la littérature russe.

– Ah ! oui ! Ta mère… Elle n'est pas avec toi… Moi, il y a des moments où j'aimerais bien être loin de ma mère…

Sonia soupira avec agacement, ces Russes étaient des écervelées…

– Sonia, viens donc à la villa, demain après-midi, on écoutera de la musique, il y aura quelques amis et la dame anglaise qui est comme nous en résidence assignée, parce que c'est une Anglaise, et que les Anglais, que j'ai toujours beaucoup aimés, sont les ennemis des Allemands, des Italiens et des Français.

Elle se mit à rire doucement.

– Tu y comprends quelque chose toi ? Moi, la seule chose que je comprends c'est que je suis juive et que les officiers italiens sont charmants quand ils nous font la cour… Le reste… Je préfère ne pas y penser… Tu viendras demain, n'est-ce pas ? Je t'attends.

On entendait le murmure affolé des insectes dans la touffeur de l'été, les pépiements des oiseaux et les cris des garçons et des filles qui s'éclaboussaient dans l'eau du torrent.

Lorsqu'ils se sont tous quittés sur la place, Larissa est passée à côté de Sonia :

– Tu viendras ? Je t'attends demain…

IV

Danser le fox-trot

SONIA AVAIT HÉSITÉ. Les Weill l'avaient gardée à déjeuner, ils avaient toujours peur qu'elle ne mange pas assez chez Mme Savino.

Mme Weill baissait la voix :

– Nous sommes bien obligés, vous comprenez, mademoiselle Sonia, avec ces tickets de rationnement, on ne peut pas se nourrir, il y a toujours des jeunes gens serviables qui, le matin, partent dans la montagne et nous ramènent des produits que vendent les paysans, c'est assez cher, je le reconnais, mais Judith et vous, vous avez besoin de vous nourrir convenablement. Tant que nous en avons les moyens…

De la villa des Roses, on voyait les tourelles de la demeure des Russes.

– Madame Weill, Judith a très bien travaillé. Je suis invitée, en face, chez les Norsakov, on va écouter de la musique, danser entre nous. Laissez-moi emmener votre petite-fille, cela la distraira, elle sera contente…

La vieille dame ne fit pas de difficultés, et Judith, folle de joie, monta en chantant dans sa chambre mettre une jolie robe.

*

Assis sur un fauteuil de cuir, M. Norsakov regardait ses filles danser le fox-trot avec la petite Judith et de jeunes Niçois de passage. La vaste véranda que les pins du jardin protégeaient du soleil était poussiéreuse, un grand désordre y régnait, des samovars ternis s'alignaient sur des meubles rustiques de montagne, des bancs de bois côtoyaient des fauteuils de satin, des boîtes de laque noire écaillée richement décorées étaient posées sur un vaisselier avec des photos, M. et Mme Norsakov en tenue de soirée, les deux filles, enfants, en maillot de bain, sur la plage de Deauville, un portrait de Larissa du studio Harcourt… Une atmosphère romantique et décadente flottait dans les rayons tamisés du soleil qui réussissaient à se frayer un passage entre les branches des arbres.

Sonia s'était assise près du vieil homme et lui tenait compagnie car elle le trouvait triste et pitoyable dans sa robe de chambre en soie.

– J'ai tellement de rhumatismes, mon enfant, que je ne peux plus bouger et ma pauvre femme qui ne quitte pas sa chambre… Son cœur… Vous comprenez…

À Paris, M. Norsakov, dans les années 1930, avait été producteur de cinéma…

– J'avais des associés, on a fait des affaires, de belles affaires… Quand les recettes étaient bonnes, on partait tous faire la fête à Deauville, on allait au casino… Et là, certains perdaient tout ce qu'ils venaient de gagner. Je faisais attention, j'avais des charges… mais enfin, c'est vrai, moi aussi j'ai perdu de belles sommes, c'est plus fort que nous, les Russes, nous sommes joueurs.

Il renversa la tête en arrière, les yeux clos, tirant sur une vieille cigarette qu'il économisait soigneusement.

– Les cigarettes, au marché noir, c'est devenu inabordable. L'autre jour, un jeune Niçois en vacances est venu me proposer des cigarettes, cent cinquante francs, la cigarette ! Vous n'en parlez à personne, n'est-ce pas, jeune fille…

Le vieil homme était heureux d'avoir une interlocutrice qui l'écoutait, ses filles depuis longtemps prenaient la fuite dès qu'il remuait ses souvenirs.

– Monsieur (Sonia rougit tout à coup), vous connaissez les studios de la Victorine ?

– Si je connais les studios de la Victorine ? Évidemment, encore l'année dernière, j'y suis passé voir des amis…

– Oui, l'année dernière, on y tournait un film de M. Carné.

L'œil du vieil homme se mit à étinceler.

– Bien sûr, bien sûr… Une légende, un mélange entre la femme de Loth de la Bible et Tristan et Yseult. Avec Alain Cuny, Arletty et la petite Déa… Il a eu un immense succès à Paris, ils ont fait une grande première, le 4 décembre, au cinéma Madeleine, vous devriez aller le voir, moi je n'ai vu que des photos. Un film en costumes, dans un lointain Moyen Âge… On les a bien eus… Ah… Arletty, elle est au mieux avec les Allemands, dommage, je l'aimais beaucoup, quelle personnalité ! Vous vous souvenez d'elle dans *Hôtel du Nord* ?

Sonia l'observait, elle ne savait pas s'il avait toute sa conscience, il était perdu dans ses rêves. Quelle coïncidence de se retrouver avec un vieil homme faisant partie de cette population hétéroclite qui fabriquait des songes avec des machines noires et magiques qu'on appelait des caméras ! Elle ferma les yeux, elle revit Christiane penchée sur ses dessins, triant les fils de couleurs, inventant avec elle des costumes de fées. Quelle est la frontière entre l'imagination et le réel ? Suffirait-il d'aller au cinéma, de lire des poèmes pour que s'effacent les dangers et la noirceur du monde ?

– Les décors sont de Trauner, la musique de Kosma, des juifs comme nous. Ah ! Mon petit ! Ce film de Carné, *Les Visiteurs du soir*, quel triomphe ! Même l'infâme Rebatet[1] a été bienveillant. Ce n'est pas un hasard, c'est le signe que, dans ce pays, le goût du beau et du grand n'est pas mort. C'est la preuve qu'après la mort, comme après le désastre de juin 1940, il y a encore quelque chose, tout n'est pas fini. On peut espérer en un paradis – ou un enfer. On peut espérer en un Dieu cinématographique que l'on peut prier, en qui on peut croire. Les Français, j'en suis sûr, n'en demandaient pas plus pour reprendre espoir après la défaite. Les amants enchaînés, c'est la France enchaînée. Moi, je suis si fatigué…

M. Norsakov éteignit son morceau de cigarette.

– Je fumerai le reste ce soir, après le dîner. Voulez-vous rester dîner avec nous, jeune fille ? Cela distrairait mes enfants. Ma pauvre femme prend ses repas dans sa chambre. Je vais sonner et avertir notre petite bonne.

Sonia se leva et déclina le plus gentiment possible l'invitation.

---

1. *Critique du journal collaborationniste et antisémite* Je suis partout, *auteur de* Les Décombres *(élu livre de l'année) où il désigne les juifs, les politiques et les militaires comme responsables de la débâcle de 1940, il a accusé Prévert et Carné d'avoir favorisé la défaite à travers des films trop noirs comme* Quai des brumes *et* Le jour se lève.

– Il faut que nous rentrions, M. et Mme Weill attendent Judith, ils vont s'inquiéter.

Il se leva, soufflant, gémissant, se redressa puis, tout à coup étonnamment souple et élégant, il se pencha et lui baisa la main.

C'était la première fois qu'un homme lui baisait la main, elle fut flattée, séduite.

– Oui, je sais, on ne baise pas la main d'une jeune fille qui n'est pas mariée… mais c'est un hommage à votre beauté. Oui, vraiment, là, dans cette pénombre de fin d'après-midi, avec ce rayon de soleil qui s'est perdu dans vos cheveux bouclés, et vos yeux, vos traits, vous avez l'air d'un Botticelli. En d'autres temps, je vous aurais engagée pour être l'héroïne d'un de mes films… Tiens, dans *Les Visiteurs du soir*, vous auriez été parfaite à la place de Marie Déa.

Cette fois-ci, Sonia rougit.

M. Norsakov eut un petit rire rentré, à la fois ironique et nostalgique.

– Mais ma vie est finie, je ne ferai plus jamais de films…

– Oh ! monsieur ! Pourquoi dites-vous cela ? Quand la guerre sera finie…

Il l'interrompit :

– Quand la guerre sera finie ? Mais, ma petite enfant, nous ne serons plus là.

Sidérée, la jeune fille fixa le visage buriné, le grand nez qui fut autoritaire, les bajoues mal rasées, les cheveux gris et rares… Du fond de ses entrailles monta une peur violente, irraisonnée, qu'elle refréna de toutes ses forces. Ce vieil homme était fatigué, il n'avait plus confiance dans la vie, c'était normal. Elle, après la guerre, elle serait là, et Larissa… Et Bella… Et Judith…

La voix enrouée murmura à côté d'elle :

– Je ne voulais pas vous attrister. Je suis un vieux radoteur.

Larissa la raccompagna à la grille du jardin, elle riait mais elle était mélancolique.

– Toi alors ! Je t'invite pour qu'on s'amuse et tu ne parles qu'à papa. Tiens, s'il n'y avait pas la guerre, je jouerais dans un de ses films, je deviendrais une star, une vedette, tu vois ? Une vedette de cinéma… Oh ! Comme cela aurait été bien… Comme j'aurais aimé ! Je suis sûre que j'ai du talent… L'Anglaise n'est pas venue, dommage, elle a toujours de si jolis chapeaux… Heureusement il y a eu Judith, elle est douée pour la danse, cette petite. La prochaine fois, on lui apprend le paso doble. Pense à mon rimmel… Oh ! Et puis, emmène-nous dans vos bals, allez, ne fais pas l'étonnée. Avec les jeunes du pays, vous allez, la nuit, danser dans des granges abandonnées, cela doit être si amusant !

Larissa lui sembla tout à coup touchante dans son acharnement à vouloir être heureuse, elle surprit, tapi dans le regard bleu de la jolie rousse, un éclat de désespoir. Chacun se défendait du malheur comme il le pouvait, Larissa n'avait comme arme que ce désir entêté d'avoir 20 ans et de nier la guerre. Sonia n'aurait pas la cruauté de lui refuser un bal rustique dans une grange abandonnée.

– Demain à 9 heures du soir, place Saint-Jean. Soyez prudentes, Bella et toi, il y a le couvre-feu mais, après le dîner, les soldats italiens jouent aux cartes, il suffit de ne pas faire de bruit. C'est la grange de la grand-mère de Jeannot, le fils de l'épicier.

*

La grange, dans le vallon de la Madone, s'élève au milieu d'un champ de luzerne. Le jour, elle dort au soleil comme un gros animal abandonné, bâtisse nostalgique et déserte.

Au crépuscule, elle se métamorphose.

Sous le toit en bardeaux de mélèze, une dizaine de petites lanternes l'éclairent joyeusement. Les sauterelles, les mouches et les mulots prennent la fuite, un grand espace en terre battue est balayé, des troncs d'arbre servent de bancs, une planche de bois repose sur ses tréteaux sortis de l'ombre et la musique se lance à l'assaut des poutres où se prélasse une dernière araignée curieuse.

La nuit, c'est le bal.

Débouchant des jardins et des sentiers, une bande de jeunes garçons et filles se faufilent en riant, s'interpellent, ils se tiennent par la main en courant tant ils ont hâte d'aller danser. Toute la journée, ils ont travaillé, aidé les parents aux champs, dans les ateliers, dans les magasins, certains ont étudié, d'autres reviennent d'une longue excursion dans la montagne, personne n'a oublié le rendez-vous du soir : le bal clandestin dans la grange de la grand-mère de Jeannot.

Les voix fusent dans toutes les langues. Un puzzle sonore vibre dans le silence de la montagne, des mots qui ont voyagé, des paroles venues de loin caracolent en plein champ. La porte de bois est grande ouverte et le groupe joyeux envahit la grange où flotte l'odeur sèche des herbes folles chauffées par la chaleur de la journée.

Katya, la petite Polonaise qui habite dans l'annexe de l'hôtel des Remparts, serre contre elle sa balalaïka. Depuis son départ de la Pologne, l'instrument ne l'a pas quittée, mais jamais elle n'a autant joué que cet été-là, à Saint-Martin. C'est toujours elle qui ouvre le bal. Elle s'assoit sur un tronc d'arbre, et ses doigts agiles et fermes dansent sur les trois cordes tandis qu'elle chante d'une voix forte qui surprend et entraîne.

– *Chodz tanczyc*[1] ! Sonia, suis-moi…

Simon est venu ce soir, à Saint-Martin, il a dîné avec la famille Savino, il n'y avait pas grand-chose mais on s'est partagé les petits fromages confectionnés grâce au lait de la chèvre.

Il adore danser et entraîne Sonia sur la terre battue.

– C'est un tango que je connais depuis que je suis petit, écoute…

Sonia sourit sous ses boucles retenues par un ruban bleu. Danser, cela fait tellement de bien, elle oublie tout, elle ne sait plus d'où elle vient et où elle va, elle ne pense plus ni à demain ni à hier, elle se laisse emporter par son corps qui se plie aux notes de la balalaïka, elle écoute son cavalier qui fredonne au creux de son oreille une chanson inconnue aux mots rauques. Le bal du soir lui fait tourner la tête… À Paris, elle n'a jamais dansé avec une telle ardeur. Une amnésie heureuse l'envahit, plus rien n'existe que cette horde bigarrée de garçons et filles, que cette insouciance éphémère qui l'engloutit avec chaque soupir de la musique.

La peau chaude et mal rasée de Simon s'appuie contre sa joue, il souffle des mots qu'elle ne comprend pas mais qui ne l'étonnent pas. Depuis qu'elle est à Saint-Martin, elle s'est habituée à entendre

1. *Viens danser, en polonais.*

vibrer dans l'air des conversations, des appels, des cris en des langues obscures mais réconfortantes. Elle aime sentir autour d'elle ce foisonnement bariolé, cette rencontre inespérée entre des hommes, des femmes, des enfants rassemblés par l'exil. Comment font-ils pour se comprendre, tous ? Pour être si unis ? Comment expliquer ce petit miracle qui s'épanouit dans un village de haute montagne ? Avec les gens du pays, ils forment cette communauté insolite, gaie, sans frontières où une curiosité bienveillante sert de lien entre des hommes et des femmes que rien ne disposait à se rencontrer.

Elle laisse Simon la serrer un peu plus fort et la chaleur de leurs deux corps la rassure. Sans Simon, où serait-elle ? En Corrèze ? À Nice ? Rien ne valait l'atmosphère électrique et chaleureuse de Saint-Martin.

Les lèvres chuchotantes du garçon s'égarent dans son cou :

Vi besté geven
Ven der yaugint
Is geven in der
Naden es gélégen
Of in tich ?[1]

---

1. *Où étais-tu / Lorsque la jeunesse était là ? / Et que la dot / S'étalait sur la table ?*

– Simon, qu'est-ce que tu me chantes là ?

– C'est un tango… en yiddish…

Les notes de la balalaïka égrènent la dernière strophe :

In dé your ens
Zenen avek
Vat fèn ounts !

Simon la renverse en arrière et lui traduit la dernière phrase :

Et les années ont fui loin de nous !

– C'est le tango des juifs russes. Au siècle dernier, dès l'âge de 18 ans, on expédiait les jeunes juifs faire leur service militaire en Sibérie pour le tzar et cela pouvait durer quinze ans ! Ce tango est une complainte, celle d'une jeune fille qui accueille son fiancé de retour d'une si longue absence.

– Allez, Paulo, à ton tour, prends ton accordéon…

Les cris partent dans tous les sens. Paulo, le fils du cordonnier, une mèche sur l'œil, joue quelques accords puis il passe son instrument à un grand garçon roux, un Polonais du nom de Marek, qu'on a surnommé Lulu, personne ne sait pourquoi.

Larissa et Bella sont arrivées en retard, elles ont des robes en soie fleuries avec des manches ballon, un corsage moulant et une jupe froncée et des jupes souples qui laissent voir leurs jambes quand elles dansent.

Plié sur l'accordéon, la tête penchée, Lulu entame une valse fascinante :

Tum-bala, tum-bala, tum-balalaïka
Tum-balalaïka
Schpil balalaïka
Schpil balalaïka
Tum-balaïka, freylik zol zayn ![1]

Rose, la fille du boulanger, dans sa petite robe de cotonnade à pois bleus, rouge d'excitation, se balance en suivant le rythme.

– Oh ! les amis ! Apprenez-moi à danser comme vous, moi aussi, je veux valser.

Un grand garçon maigre, à l'air sérieux, s'avance et s'incline devant la jeune fille intimidée.

– Je me présente, David Liberman, je crois que je peux vous apprendre, venez.

Il glisse son bras sous ses épaules, la tête baissée vers leurs pieds et il explique, guide ses pas, ploie

1. *Joue de la balalaïka / joue de la balalaïka / Et que tout soit joyeux !*

sa taille, la fait tourbillonner. La gamine rit de bonheur, elle s'abandonne, les jambes agiles.

La petite Rose qui rend la monnaie, trie les tickets d'alimentation, range les pains tristes de la guerre, les cheveux saupoudrés de farine, sourit aux clients qui ont fait une si longue queue, ce soir, la petite Rose est une princesse. Ce garçon la fait valser, comme dans les films qu'elle n'a jamais vus, comme dans les feuilletons des *Veillées des chaumières* que parfois une voisine lui prête. Il ne parle que pour lui donner la mesure et la féliciter, son regard est mélancolique, il est si différent des jeunes du pays avec qui elle a grandi, si mystérieux avec ce très léger accent qui ponctue chacune de ses paroles, si poli, si romantique, Rose a la tête qui tourne… Rose valse, elle oublie le fournil où dès l'aube s'agite son père, les longues journées de travail, les petits frères à surveiller, les soirées à repriser près de la cheminée, le voisin qui la coince dans le jardin quand elle va ramasser la salade dans le potager… Ce soir, Rose valse avec un bel inconnu.

– Si vous voulez, mademoiselle, nous pourrons continuer nos leçons au prochain bal. D'habitude, je n'y vais pas… Mais si vous êtes là… je reviendrai volontiers…

L'accordéon s'emballe, Lulu, tête penchée, est plié en deux, et de grosses gouttes de sueur perlent sur son front, il a les yeux fermés, lui aussi rêve. À quoi ? À son pays, là où il a grandi ? À sa famille, lui qui est seul à Saint-Martin ? À sa fiancée qu'il a dû quitter ? À Katya, la petite Polonaise avec qui il va parfois se baigner dans le torrent et qui joue si bien de la balalaïka ?

Bal clandestin, bal du rêve, de l'évasion, de l'oubli. Une seule chose compte, ce soir, ils ont 20 ans.

Simon a saisi Sonia par la taille et la hisse sur la table de bois où s'éparpillent les restes de leur pique-nique.

Ils valsent tous les deux, leurs corps emportés par le même élan, leurs pieds ont des ailes. Avec une aisance magique, ils dansent entre les assiettes, un saucisson roule par terre, un verre se brise, le bras de Simon serre la taille de Sonia de toutes ses forces, il la tient, elle est à lui, il ne la lâchera jamais, il la courbe, il l'écrase, l'emporte. Autour d'eux, les autres chantent, dansent, applaudissent. Des Russes claquent du talon, l'un d'eux, danseur d'opéra, s'est emparé de Larissa, l'a installée sur ses épaules et la fait virevolter comme un papillon. Larissa est ivre de joie, ses cheveux de feu s'écroulent autour de son visage cramoisi, elle se transforme en ballerine, en fée, en star, les bras tendus vers les autres comme pour les remercier d'ovations qu'elle seule entend. Une poussière dorée par la lumière des lanternes s'élève du sol et tourbillonne. L'accordéon s'arrête brusquement dans un dernier accord et la voix puissante de Lulu s'éteint. Simon et Sonia restent suspendus, en plein milieu de la table, étourdis, troublés, le souffle court. Larissa continue de danser toute seule, perdue dans ses songes, sans musique, dans l'ombre. Ses lèvres bougent en silence.

Simon saute à terre, prend sa cavalière dans ses bras, puis il arrange les boucles de cheveux de la jeune fille.

– Je me souviens de tes boucles sages à Nice, ici, tu frises comme un cabri, tu as une tignasse superbe, on dirait un casque d'or.

Un garçon crie :

– *Tum-balala*... C'est une valse magnifique, je danserai des heures sur un air comme cela ! Allez, Lulu, on recommence !

Le chant venu des steppes réunit en une seule mélodie tous les garçons et les filles, ceux qui ne parlent pas yiddish, tapent dans leurs mains et accompagnent de leurs voix les mots inconnus. Les Saint-Martinois ont les yeux pleins d'étoiles, eux qui n'ont jamais quitté leur montagne s'embarquent avec leurs amis dans un voyage imaginaire. Des couples se remettent à danser quand, tout à coup, la porte de la grange s'ouvre violemment sur un coup de pied et deux chasseurs alpins italiens, la plume de corbeau plantée sur leur chapeau, font irruption. Leur torche balaie le sol et les coins sombres de la grange.

– Personne ne bouge !

Simon parle bien l'italien, il l'a vite appris en collaborant avec les autorités occupantes. Il s'avance vers celui qui semble le chef :

– On ne fait rien de mal, on joue de l'accordéon, on danse, on mange les tartes que les filles ont faites cet après-midi…

Le militaire grogne :

– Et le couvre-feu ? Vous avez oublié ? Et ça ? (Il se baisse et ramasse un saucisson.) *Mercato nero*[1] ?

Simon se fait charmeur.

– En voulez-vous ? C'est un produit du pays, qu'on nous a donné, dans la montagne, c'est très bon.

Le soldat hésite une seconde puis glisse le saucisson dans sa poche :

– Confisqué…

Son collègue se met à rire et ajoute, dans un français approximatif :

– Ils dansent, ils chantent, ils ont de la chance… C'est beau, leurs chansons, on les entendait du pont de la Madone, dans le silence de la nuit, c'était impressionnant… Mais tout de même, faut pas oublier le couvre-feu.

---

1. *Du marché noir.*

C'est un grand garçon dépenaillé, il regarde l'assistance avec une ironie empreinte d'indulgence :

– De la musique... Il faut bien chanter pour vivre.

L'autre fronce les sourcils et grommelle :

– Le règlement, c'est le règlement, je ne tiens pas à avoir des ennuis... Un couvre-feu, ça se respecte, les juifs doivent respecter le couvre-feu de 21 heures, *porca miseria*[1]... On ne leur demande pas grand-chose. Il reste du saucisson ? Allez, passez-moi tout, c'est pas légal, cette affaire. Et demain, les juifs, les étrangers seront convoqués chez le lieutenant Dao Ormena, il décidera de leur sort. Donnez-nous vos cartes de ravitaillement, vous les reprendrez quand vous aurez vu le lieutenant. Quant aux Français, qu'ils se tiennent tranquilles. Ils ont le dimanche après-midi pour danser... Les jeunes filles peuvent même venir danser avec nous à l'hôtel Terminus, les demoiselles juives aussi, si elles ont une autorisation. En attendant, filez... *Andatevene*...

Simon traduit les dernières phrases à ceux qui n'ont pas compris, garçons et filles rangent la table et les tréteaux, éteignent les lanternes. C'est la fin du bal. Les chasseurs alpins les surveillent et ferment la porte derrière eux.

---

1. *Sacrebleu !*

Simon prend la main de Sonia, ils dévalent un chemin caillouteux, traversent deux ou trois jardins et se retrouvent dans la rue du Barri, devant l'hôtel des Remparts.

– Tu crois qu'ils sont tous rentrés ? Tu crois qu'on pourra encore danser ? D'habitude personne ne vient dans le vallon de la Madone, nous n'aurions pas dû chanter si fort.

Sonia se met à fredonner tout bas :

– *Tum-balala... Tum-balalaïka...* J'ai cet air-là dans la tête, je vais m'endormir en chantant...

Simon ne répond pas, il serre Sonia contre lui dans le noir.

– Embrasse-moi.

– Voyons, Simon, c'est le couvre-feu.

Elle rit doucement mais tend ses lèvres.

– Je peux monter ?

La voix de Simon a changé.

Sonia se dégage gentiment et recule.

– Tu es fou, tout le monde nous verra, va dormir chez un de tes amis polonais, toi aussi, tu dois être fatigué, demain on se retrouvera pour aller au quartier général des Italiens.

Elle le pousse tendrement sur l'allée qui mène à l'annexe et souffle doucement :

– À demain, Simon.

*

Le soleil du matin colore d'une patine dorée les toits des maisons, une brume cotonneuse flotte encore, accrochée aux flancs des montagnes, cette journée de juin s'annonce belle. Au loin, on devine la rumeur des deux torrents qui folâtrent avant de se rencontrer sous le pont pour se mélanger dans un fracas assourdissant.

Simon attend Sonia devant l'hôtel des Remparts.

– Allez, viens, il faut aller voir les Italiens à l'hôtel Terminus, il y a déjà la queue…

La porte de l'hôtel est fermée et s'ouvre à chaque fois qu'entre l'un des hommes et des femmes qui attendent leur tour pour que les carabiniers tamponnent leurs papiers et cochent leur nom sur un registre.

À l'intérieur de l'hôtel, une grande salle avec des portes-fenêtres qui donnent sur le jardin, des carabiniers debout fument, l'un d'eux, assis devant une table, pointe les noms avec nonchalance. Il lève les yeux sur Simon et Sonia, il sursaute et marmonne dans un mauvais français :

– Ah ! Simon Polsky et la *signorina* Dreyfus, vous faites partie de la bande d'hier soir, allez à côté, le lieutenant vous attend.

Sonia frissonne mais Simon lui serre la main.

– Celui-là est un âne, mais avec le lieutenant Dao Ormena, on peut toujours s'expliquer, sois tranquille…

Gian Piero Dao Ormena porte un uniforme impeccable, debout devant la fenêtre, il leur tourne le dos et regarde la montagne, en les entendant pénétrer dans la petite pièce qui lui sert de bureau, il se retourne.

– Ah ! vous voilà, vous manquiez à l'appel, vous deux… Vous savez ce que c'est un couvre-feu ?

La voix, bien timbrée, est sévère.

Sonia, maussade, garde les yeux baissés et contemple le bout de ses espadrilles, offertes par le cordonnier juif qui travaille dans la boutique de la rue du Petit-Ruisseau.

– Enfin, Polsky, avec tes responsabilités, aller danser, le soir, en pleine guerre, dans une vieille grange ! Tu n'as pas autre chose à faire ? En bas, le comité Dubouchage n'a donc pas besoin de toi ?

– Mon lieutenant, vous savez très bien que je fais bien mon travail, que je suis à votre disposition pour tous les renseignements qui peuvent vous être utiles concernant la gestion des séjours des juifs à Saint-Martin. Pour le reste, c'est ma vie privée.

– Ta vie privée ne doit pas t'empêcher de respecter le règlement. Réfléchis, si je suis obligé de t'arrêter, tu crois que cela va les arranger en bas ? Et Angelo Donati, tu ne crois pas qu'il peut avoir besoin de toi ? Lui ou sa secrétaire ? Vous devez vous organiser sérieusement. Il y a ce nouveau préfet, André Chaigneau, qui a été nommé à Nice, il est prêt à vous soutenir. Il faut que vous en profitiez. Chaigneau se refuse à ce que nous soyons les seuls à vous protéger, il veut que les autorités françaises se joignent à nous, sautez donc sur l'occasion. Il peut vous aider dans vos (il hésite), disons dans vos projets… Le temps presse, crois-moi…

Il parle un français parfait. Le lieutenant se tourne vers Sonia qui ne relève pas la tête. Il consulte un papier.

– Voyons, Sonia Dreyfus, belge, née à Bruxelles… De quoi vivez-vous ? Le comité vous loue une chambre à l'hôtel des Remparts, je vois…

Sonia a un geste d'humeur et se redresse :

– Puisque vous savez tout…

Elle regarde enfin l'officier, il est très grand et athlétique, elle reste saisie. Jamais elle n'a vu des yeux bleus aussi clairs, deux petits lacs de glace d'un azur limpide. Elle est troublée, presque gênée, ces yeux-là ont quelque chose d'irréel, presque maléfique. Sous la couronne de cils noirs, ils semblent deux flammes froides. Des yeux insolites, presque incongrus qui vous percent et mettent à nu, des yeux qui voient tout et vous fouillent jusqu'à ce que l'on se sente troublé, gêné.

– Évidemment, je sais tout, alors de quoi vivez-vous ? De couture ? De broderie, vous tricotez ?

Vous aidez les fermiers aux champs, vous avez vendu vos bijoux ?

– Rien de tout cela, je donne des leçons à la petite Judith Weill, elle a 15 ans, elle est ici avec ses grands-parents qui étaient diamantaires à Amsterdam, ils ont loué la villa des Roses…

– Des leçons, vous êtes professeur, si jeune ?

Brusquement, il semble la découvrir.

– Je prépare une agrégation de lettres.

Il a un petit sifflement et sourit. Ses yeux ont l'air moins glacés, comme si leur bleu se réchauffait et gagnait en couleur.

– Une littéraire ! J'adore la littérature française, j'ai beaucoup lu vos auteurs du XIXe. En Italie, nous n'avons pas la tradition du grand roman comme les Français ou les Russes. J'ai dévoré Balzac mais mon préféré, c'est, bien sûr, Stendhal. Et j'aime Verlaine, Lautréamont, Rimbaud et Baudelaire, je suis fou de Baudelaire…

Il devient intarissable. Sonia, surprise, l'écoute. Simon ronge son frein, agacé par cette conversation dont il se sent exclu.

Le lieutenant se met à réciter sur un ton bien différent du débit saccadé qu'il avait adopté pour l'interroger.

Le cœur content, je suis monté sur la montagne
D'où l'on peut contempler la ville en son ampleur,

Hôpital, lupanar, purgatoire, enfer, bagne

Où toute énormité fleurit comme une fleur
Tu le sais bien, ô Satan, patron de ma détresse
Que je n'allais pas là pour répandre un vain pleur ;

Mais comme un vieux paillard…[1]

Le lieutenant s'arrête brusquement :

– Excusez-moi, ce n'est peut-être pas un poème pour une jeune fille…

Sonia a un rire narquois et enchaîne :

Je voulais m'enivrer de l'énorme catin
Dont le charme infernal me rajeunit sans cesse

– Nous pouvons disposer, mon lieutenant ?

Simon frotte bruyamment ses chaussures sur le sol. Son regard est devenu métallique. Il prend la main de Sonia d'un air de propriétaire.

Dao Ormena lui jette un regard agacé.

– *Si, si, andate pure e pensate d'essere più prudenti*[2].

Il s'incline devant Sonia, il baisse la voix et souffle :

1. *Charles Baudelaire, « Épilogue »,* Le Spleen de Paris.
2. *Oui, oui, allez et pensez à être plus prudents.*

– Ce fut une joie de vous rencontrer, continuez d'étudier la poésie.

Simon ouvre la porte avec fracas, les soldats, de l'autre côté, lèvent des yeux étonnés, il sort sans saluer, le lieutenant n'y prend pas garde, il observe cette jeune juive qui connaît si bien Baudelaire, il lui glisse, d'un ton naïvement moralisateur :

Tout de même, Baudelaire, ce ne sont pas toujours des poésies pour jeunes filles, vous en savez sûrement d'autres, Musset par exemple et Victor Hugo, *Lorsque l'enfant paraît...*

– J'adore Baudelaire, mais je dois vous quitter, la petite Judith m'attend, permettez-moi de vous féliciter pour votre français parfait.

– Ma famille a toujours été de culture française comme beaucoup de gens à Turin. Au début du siècle, l'aristocratie, chez nous, parlait français, l'homme qui a fait l'unité de l'Italie, Cavour, parlait français et piémontais, il ne parlait pas italien. Parler français est une habitude que certaines familles ont conservée.

Simon est revenu dans la pièce, il maugrée avec un agacement qu'il ne réussit pas à cacher :

– Alors, tu viens, Sonia, tu vas être en retard...

Dao Ormena a un sourire ironique :

– Elle arrive, Polsky, ne t'énerve pas.

*

Mme Weill, appuyée sur sa canne, arrose son massif de roses. Elle avance à petits pas lents en prenant garde de ne pas trébucher et observe les gouttes d'eau qui glissent sur les pétales et brillent comme des perles translucides. Tous les jours, à cinq heures, elle se consacre à ses roses qui sont les plus belles de ce quartier résidentiel.

En bas du chemin, la grille de la porte d'entrée grince et elle lève les yeux. Le jeune Simon est là qui ouvre brutalement le battant de fer. Il monte vers elle en courant, ses traits sont creusés de sillons profonds, son visage, bronzé par le soleil et la montagne, est crispé.

– Madame Weill, je vous ai apporté vos faux papiers avec les photos, rangez-les soigneusement... Sonia est chez vous ?

M. Weill qui lisait assis sur un fauteuil d'osier le remercie avec effusion.

– Sonia ? Elle est partie se baigner avec Judith, merci, merci, cher Simon... Voulez-vous boire quelque chose ?

Simon refuse brusquement :

– De quel côté sont-elles parties ?

– De l'autre côté du pont de la Madone, vous les rejoindrez vite...

Le jeune homme salue brièvement et s'en va en courant. Le couple se regarde avec inquiétude, ce n'est pas son genre, à ce garçon, de partir de manière si cavalière...

M. Weill regarde leurs faux papiers tout neufs d'un air résigné, les photos sont réussies, c'est au moins une petite satisfaction.

– Range-les, je te prie, dit-il en les tendant à sa femme.

*

Judith se baigne avec les enfants du pays dans le torrent, on entend leurs cris et leurs rires, il fait chaud, les vêtements traînent en désordre sur les galets humides, des insectes immobiles battent des ailes, comme suspendus dans l'atmosphère, l'eau étincelle joyeusement dans un chapelet de gouttes scintillantes. L'été, dans toute son allégresse.

À l'écart, Simon et Sonia chuchotent, penchés l'un vers l'autre.

– À la synagogue Dubouchage, souffle le jeune homme, alors que j'étais venu travailler avec des membres du M.J.S.[1], j'ai parlé avec un militant qui fait partie d'un réseau parallèle, indépendant, le réseau Marcel, il m'a raconté une histoire invraisemblable, tu m'entends ? Une histoire de fous.

1. Mouvement de jeunesse sioniste qui, avec les Éclaireurs israélites et l'Organisation de secours aux enfants, l'O.S.E. (œuvre humanitaire juive créée en 1911 en Russie), constituait le comité Dubouchage.

(Simon frissonne.) Il paraît que le fondateur du réseau, Abadi, qui vient de Damas, mais qui est un intellectuel, ayant fait de longues études en France et se fait appeler Marcel, a rencontré un aumônier des troupes italiennes du front de l'Est, don Giulio, c'est une amie de Donati qui les a mis en contact.

Sonia a un geste de rejet, on est bien, ici, à Saint-Martin, on s'est arrangés avec les Italiens. Toutes ces rumeurs qui circulent, elle n'a pas envie de les écouter, elle ne veut pas laisser gâcher ces moments heureux, inespérés, qui lui sont offerts.

– Au fait, Simon, tu as pu trouver le rimmel de Larissa ?

– Ne m'ennuie pas avec ces stupidités, je n'aime pas ces filles russes, superficielles, coquettes et inconscientes, tu ferais mieux de les éviter.

Sonia fronce les sourcils, elle n'apprécie pas qu'on lui donne des ordres, elle est assez grande pour choisir ses amies.

Elle ouvre la bouche pour le dire vertement à Simon, mais elle s'arrête brusquement en voyant son visage tendu, presque hagard.

– Simon ? Qu'as-tu ?

– Il y a des bruits qui courent… Insensés… On dit que Abadi a rencontré l'aumônier italien dans une chambre d'hôtel, sans témoins, en secret. Le prêtre aurait raconté des histoires effroyables, en

Pologne, on massacrerait tous les enfants juifs, sans exception…

Sonia, la figure tendue, a un geste agacé :

– Tu ne vas pas croire ces bêtises, c'est de l'intoxication.

– Écoute, ce prêtre aurait dit : « Je vais retourner en Russie et je vais mourir, mais il faut que quelqu'un m'entende, que quelqu'un sache. Savez-vous ce que deviennent les enfants déportés par les nazis ? Ils sont massacrés jusqu'au dernier, sans distinction d'âge, d'origine ou de sexe. Je reviens de là-bas, j'ai vu ce que les Allemands faisaient aux petits enfants et je n'ai rien pu faire… moi… un prêtre. » Le prêtre pleurait, dit-on, Marcel, lui-même, n'en croyait pas ses oreilles. « Voyons, mon père, la barbarie a des limites, je ne peux pas vous croire… »

Sonia secoue la tête nerveusement :

– Tu ne vas pas te mettre à avaler tout ce que l'on raconte. Ces histoires ne tiennent pas debout. Ce pauvre homme est traumatisé par son séjour sur le front de l'Est, il est à bout de forces, ne te laisse pas impressionner. Les Allemands ne sont pas là, nous dépendons des Italiens…

– Oui… les Macaroni… Tu crois qu'ils sont de taille à s'opposer aux Allemands ? Cela m'étonnerait.

– Mais puisqu'ils sont alliés, sois un peu logique, Simon… Tout cela, c'est de la propagande pour déstabiliser l'ennemi, pour semer la panique chez les juifs et les amener à commettre des imprudences. Ma grand-mère me disait bien qu'en 1870 on racontait que les Prussiens mangeaient les petits enfants !

– Peut-être... Mais les Italiens m'inquiètent, avec eux, rien n'est jamais clair, leur pays est divisé, affaibli, c'est un royaume au bord de la guerre civile, et ce Mussolini est dangereux...

« En tout cas, les Allemands arrêtent les enfants, on le sait, je l'ai vu... Mais de là à tuer tout le monde, à s'attaquer à de petits innocents, c'est vrai, cela n'a pas de sens...

Simon répète, le regard fixe :

– Cela n'a pas de sens, l'Europe est civilisée... Pourtant les nouvelles ne sont pas toujours bonnes. En Yougoslavie, en Dalmatie, le gouverneur italien, fasciste, mais détestant les Allemands, aurait envoyé une lettre à Rome évoquant des représailles féroces contre les juifs en Pologne. Il est scandalisé à l'idée que l'Italie, berceau de la chrétienté et du droit, comme il l'affirme, s'associe à de pareils crimes...

– Tu dis toi-même que ce type déteste les Allemands... La Yougoslavie, c'est loin, ce sont des racontars, on est en France.

– Justement, on est en France. La rafle du Vél d'Hiv' à Paris, la rafle d'août 1942, à Nice, que j'ai vue de mes propres yeux, c'est bien la France, non ?

Sonia baisse la tête, elle en a assez de cette conversation qui l'angoisse, elle hasarde :

– Si les choses tournent mal, on s'enfuira dans la montagne… Ou bien on s'embarquera sur un des bateaux d'Angelo Donati… Les Italiens nous aideront…

– Peut-être, peut-être… Allez, pensons à autre chose… Tu es bien ici, tu profites bien de l'été, du bon air ? Attends, j'ai quelque chose pour toi…

Il sort des feuillets froissés de sa poche.

– Il n'y a pas que les officiers italiens qui s'intéressent à la poésie. Tiens… Prends, c'est pour toi. C'est un ami résistant qui me les a confiés, ce sont des poèmes qui vont être publiés clandestinement en septembre dans une imprimerie de Saint-Flour. L'auteur s'appelle François la Colère, il paraît que c'est un écrivain parisien qui s'est réfugié dans le Sud… Ces poèmes serviront de tract et on les fera circuler.

Sonia se met à lire à voix haute :

Je vous salue, ma France aux yeux de tourterelle[1]
Jamais trop mon tourment, mon amour, jamais trop
Ma France, mon ancienne et nouvelle querelle
Sol semé de héros, ciel plein de passereaux

---

1. *Louis Aragon,* Musée Grévin. *Pour la première fois, un nom polonais est cité : Auschwitz (Publication en automne 1943).*

La jeune fille continue de lire en silence puis reprend d'une voix chavirée :

– Et celui-là, *La Rose et le Réséda*… je l'ai lu, le mois dernier, dans un journal marseillais. Comme je suis contente d'avoir le texte ! Merci, merci, Simon, écoute :

Celui qui croyait au ciel,
Celui qui n'y croyait pas
Tous deux adoraient la belle
Prisonnière des soldats

Sonia a des larmes aux yeux… Simon lui jette un regard intrigué.

– Tu aimes tant que cela la France ?

– Évidemment, j'y suis née, comme mes parents, mon grand-père a été blessé à Verdun par les Boches…

– Mais tu es juive, Sonia…

– Je suis française avant d'être juive. Je suis surtout française. Ma famille est en France depuis Henri IV, elle vient d'Alsace… On a émigré à Paris parce qu'on ne voulait pas être allemands, on a choisi la France.

Henri IV, cela ne disait pas grand-chose à Simon.

– Ma famille est en France depuis vingt-cinq ans pourtant, crois-moi, si les nazis nous mettent la main dessus, ils ne feront pas la différence entre toi et moi.

Simon détourne les yeux. Sonia l'intrigue et le fascine. Bien sûr, elle est jolie, avec ses cheveux clairs bouclés, ses yeux en amande, ses traits réguliers aigus et sa grande bouche charnue mais des jolies juives, il y en avait plein à Saint-Martin. Sonia, elle, faisait partie d'une élite intellectuelle installée en France depuis des générations, d'une bourgeoisie aisée, intégrée, élégante, elle fréquentait l'université. À côté d'elle, il se sentait plus immigré que d'habitude. Ils n'ont ni le même passé, ni la même histoire, ni la même culture. Ils sont juifs tous les deux mais ne se ressemblent pas, c'est pour cela qu'elle l'attire avec une telle force. Elle ne parle pas yiddish, elle ne pratique pas, elle n'évoque jamais Israël, elle a un père communiste et athée. Drôle de juive, drôle de fille qui pleure en lisant des poèmes. Il la veut. Ses parents doivent être résistants et se cacher. Quand la guerre sera finie, il leur ramènera leur fille et même s'ils étaient là depuis Henri IV, ils lui diraient merci et le béniraient, lui qui n'avait pas son bac mais taillait si bien les peaux de renard et de vison, depuis l'âge de 14 ans, qui n'avait que son certif mais avait dévoré tous les livres de la bibliothèque de son quartier. Sa mère, elle aussi cachée dans la campagne aux fins fonds de la France, que dira-t-elle quand il lui amènera à la Libération une fiancée qui récite des poèmes à la place des prières, ne sait pas faire les gâteaux, ne mange jamais de viande kasher ?

Il entoure de son bras les épaules de la jeune fille, il voudrait qu'elle s'abandonne, juste un petit peu… Non, elle reste droite, le regard flottant sur l'eau du torrent.

– Ce soir, tout le monde se retrouve place Saint-Jean, on va danser. Je t'attendrai, Sonia.

– Je ne sais pas si je viendrai, je suis fatiguée, en ce moment…

Simon sursaute.

– Tu n'as pas envie de danser ?

– Si, bien sûr. Je viendrai peut-être. Tout le monde sera là ?

Simon a un geste de rage.

– Tout le monde, je ne sais pas, mais moi, je serai là.

Il la renverse dans l'herbe et l'embrasse avec rage. Sonia se dégage souplement :

– Simon, arrête, Judith peut nous voir… D'ailleurs, nous allons rentrer, les grands-parents Weill nous attendent, ils vont s'inquiéter… Merci pour ces poèmes, merci de tout mon cœur.

Elle l'embrasse rapidement sur les lèvres et se lève. Elle appelle avec de grands gestes sa petite élève et lui tend une serviette.

Elle a le cœur lourd et la gorge nouée, elle ne sait pas si c'est l'émotion qu'ont fait naître les poèmes ou une angoisse enfouie, déclenchée par l'évocation de ces terribles et incroyables rumeurs.

Son regard croise celui de Simon et se détourne. Elle ne veut pas voir dans les pupilles d'acier de son ami l'ombre sourde qui les menace.

*

Sonia a un soupir d'agacement. Cela fait plusieurs jours qu'elle se surprend à attendre avec impatience la convocation quotidienne à l'hôtel Terminus. Souvent, lorsqu'elle passe devant le quartier général des Italiens, elle glisse un regard curieux, guettant la porte qui s'ouvre et laisse entrevoir la grande salle où les soldats sont debout, en train de fumer, ou traversent la pièce à grands pas affairés. Elle a la sensation ambiguë de chercher un visage familier, pourtant, elle ne connaît personne parmi les troupes d'occupation. Personne ou presque.

Elle fait la queue dehors, sa carte à la main, elle oublie de bavarder avec Larissa et Bella, elle est troublée sans savoir pourquoi. Devant elle, un vieil homme vêtu d'une veste râpée salue le rabbin qui débouche de la rue Rumpelmayer et s'approche de l'hôtel. La porte s'ouvre et se ferme avec régularité, les juifs entrent et sortent, les voix italiennes résonnent et se taisent, un rythme sonore et régulier anime la rue.

Sonia a deviné, elle cherche le lieutenant.

Simple curiosité, c'est le seul Italien à qui elle ait adressé la parole. Ils ont récité Baudelaire. En quelques instants, cet homme lui a permis de renouer avec les émotions et les souvenirs refoulés. Son passé s'est glissé entre eux.

Elle a les yeux baissés et suit le mouvement des doigts du carabinier qui coche son nom dans le grand cahier noir, lorsqu'elle lève son regard pour se diriger vers la sortie, elle le voit, appuyé à la porte-fenêtre qui l'observe. Il est là, immobile. Elle esquisse un sourire, il répond à peine, elle s'éloigne, déçue. Dehors sur la place, il fait beau, les filles ont mis des robes claires avec des manches courtes et des jupes souples, on discute du programme de la journée, des jeunes ont créé une troupe de théâtre, les répétitions vont avoir lieu bientôt. Sonia entend mais n'écoute pas. Des garçons vont suivre le cours de boxe, la jeune fille s'éloigne et va se promener dans sa rue préférée, marchant comme une enfant rêveuse, le long du ruisseau qui creuse le mitan de la rue Cagnoli.

Ce soir, tout le monde va danser dans les locaux déserts de la colonie des anciens combattants, elle rejoindra Simon, elle doit se changer les idées, cesser de penser à ses parents, à sa sœur, à ses cousins. Depuis que cet Italien, en quelques vers, lui a rappelé sa vie d'avant, les souvenirs tambourinent dans sa tête. L'angoisse la tourmente. Où sont-ils, tous ? Christiane lui écrit souvent, mais elle n'a aucune nouvelle, elle ne peut lui parler que de Nice et de la vie de tous les jours. Ils attendent encore un peu, pour ne pas trop s'éloigner d'elle, mais ils ont le projet de se réfugier en Corrèze. Trop de juifs à Nice, cela finira mal, dit Jean-Claude.

Ce soir, elle valsera dans les bras de Simon.

Et peut-être demain verra-t-elle à l'hôtel Terminus la haute silhouette du lieutenant italien…

*

Dans la chaleur de l'après-midi, Sonia quitte la villa des Roses. Elle a déjeuné une fois de plus chez les Weill. La vieille dame est très fatiguée et s'efforce de le cacher. Judith ne rêve que de retourner danser le fox-trot chez les Russes, il y a de l'électricité dans l'air. Sonia a corrigé les devoirs de son élève, encore trop de fautes. M. Weill est fâché. Pas de baignade, cet après-midi. Judith doit faire ses devoirs avec plus d'application. Sonia lui a donné des leçons supplémentaires et, après avoir commenté les nouvelles du pays avec ses hôtes, elle décide d'aller faire une promenade dans la montagne.

Elle a besoin de solitude, de grand air, elle veut réfléchir à cette vie qui est devenue la sienne, ce mélange de gaieté et de tourments qui la font tantôt trembler, tantôt sourire, vacillant entre l'espoir et l'anxiété.

Sonia voudrait comprendre. Elle ne sait plus où elle en est, ballottée entre tant de sentiments contradictoires dont elle a à peine conscience. Troublée. Étonnée. Avide d'un bonheur qu'elle cherche et qui ne cesse de s'éloigner.

Une aventure étrange lui est arrivée, elle ne sait comment définir cette dérive des sentiments. Il lui semble que quelque chose d'elle s'enfuit et l'abandonne. Elle va courir un grand risque, elle en a l'intuition, elle va peut-être se briser.

Elle s'éloigne sur la route, incertaine, le cœur étonné, comme si elle s'enfonçait dans un futur inconnu qui allait l'enlever. Elle ignore ce qui l'attend, elle ne fait que sentir ce qui, en elle, se tend et se déchire.

Elle marche, elle laisse Saint-Martin et le monde derrière elle. Elle marche, elle a un peu peur.

Elle grimpe jusqu'à l'entrée de la vallée, là où le torrent n'est encore qu'un simple filet argenté qui bondit sur les rochers. De chaque côté, les hautes montagnes aux flancs verts veillent, rangées côte à côte, profils tourmentés, crêtes alignées en désordre, découpées dans la lumière. Dans un élan éternel, elles s'élancent vers les nuages et dominent des fonds chaotiques et secrets.

Sous ses espadrilles usées, l'herbe sèche crisse, le bourdonnement des insectes emplit l'air. Le sentier devient de plus en plus escarpé avant de s'ouvrir sur une clairière minuscule où les herbes folles viennent lécher les premiers troncs d'une forêt de sapins.

Elle s'arrête et respire profondément, elle sait enfin où elle va.

V

Le lieutenant

UN HOMME EST ASSIS et regarde la montagne. Ses manches de chemise sont retroussées, sa vareuse soigneusement rangée à côté de lui. Il tourne la tête en entendant le froissement des espadrilles sur l'herbe sèche.

Sonia reçoit sans broncher l'éclat bleu en plein visage, dès qu'elle avait aperçu la silhouette de dos, elle avait su.

– N'ayez pas peur, *signorina*, venez vous asseoir, la vue est magnifique...

Le lieutenant étale sa veste sur l'herbe et esquisse un geste de bienvenue, puis il se lève et s'incline. Il l'aide à s'asseoir et lève le bras vers les montagnes.

– Là-bas, c'est l'Italie, si vous étiez un oiseau, vous y seriez en quelques heures...

Si Sonia était un oiseau...

Il s'accroupit à côté d'elle, un brin d'herbe au coin de la bouche. Sonia se raidit, l'Italie, quelle

Italie ? Celle du fascisme, des couvre-feux, des permis de séjour, des soldats... Ou celle de Dante et de Boccace, de Pétrarque ou Leopardi... Elle s'inquiète déjà.

– Nous n'avons peut-être pas la même Italie...

Il hoche sa tête brune et son regard se voile. Il ne répond pas tout de suite puis murmure, comme s'il se parlait à lui-même :

– Il faut avoir confiance, un jour, on retrouvera l'Italie, la vraie, héritière des traditions libérales et du *Risorgimento*[1]. Il y a des hommes qui travaillent dans ce sens. Nous vivons une époque terrible, mon pays vole en éclats. Nous sommes fragiles...

Son regard balaie les montagnes, puis se pose sur elle.

– Vous préparez une agrégation de lettres, laissez-moi vous féliciter. Chez moi, les jeunes filles font des gâteaux en attendant de se marier, elles jouent un peu du piano et brodent. Où avez-vous étudié à Bruxelles ? Un de mes oncles vit là-bas...

Sonia sursaute. C'est vrai, avec ses faux papiers, elle est belge. Elle a même un certificat de baptême que Simon a pu se procurer auprès d'une paroisse amie en même temps qu'une deuxième

1. Mouvement nationaliste, idéologique et politique qui aboutit à la formation de l'Unité italienne, en 1870, dont le maître à penser était Giuseppe Mazzini.

carte d'identité au nom de Suzanne Vidal. Cela peut toujours servir.

Elle fixe, perplexe, le lieutenant Dao Ormena. Elle a l'envie irrépressible d'être de nouveau elle-même, de retrouver son histoire.

– J'ai fait mes études à la Sorbonne. Je suis née à Paris, j'habite 21 rue du Colonel-Moll, mes papiers sont faux mais je voulais aller à Saint-Martin.

Il interroge, un petit sourire détend ses lèvres :

– Pourquoi ?

Elle tressaille et répond comme une petite fille :

– Parce que.

– Parce que, *Signorina,* à Saint-Martin, vous êtes protégée par les carabiniers et les chasseurs alpins italiens. Les juifs l'ont bien compris. La IVe armée dont je fais partie n'a pas d'officiers antisémites, nous avions même des officiers juifs de valeur... Ne mélangez pas la racaille des Chemises noires, les *Camice nere* fascistes, avec les soldats. Le premier devoir du soldat est de veiller sur la population civile, sur les femmes, sur les enfants, les vieillards. Nous ne pouvons nous associer à la politique de votre pays, de Vichy. Quant aux Allemands, jamais, jamais l'Italie, pays de la chrétienté, ne s'associera à ces brutalités, cela ne fait pas partie de notre culture, à nous, les officiers. Nous devons être les défenseurs des droits de chaque individu... À mon école polytechnique de

Turin, j'ai eu un professeur d'électromécanique juif remarquable. L'école hébraïque est de grande qualité, la synagogue…

Sonia le coupe :

– Je ne pratique pas, à Paris, j'allais me recueillir dans une église parce que l'endroit me plaisait, mon père, médecin, n'y voyait aucun inconvénient, ce qu'il n'aurait pas aimé, c'est que je décide de pratiquer une religion quelle qu'elle soit. Dans ma famille, on se méfie des religions qui jettent les peuples les uns contre les autres. Moi, je suis juive, cela passe au-dessus des nationalités, au-dessus des pays, c'est une morale, un humanisme.

Elle s'arrête, inquiète. Avait-elle trop parlé ?

Quelle idée de révéler son identité à cet Italien catholique !

Mais le lieutenant la regarde avec bienveillance.

– Moi aussi, je ne suis pas croyant, j'allais à la messe, le dimanche, pour faire plaisir à ma mère (Il sourit) et regarder les filles… Mais j'aimerais beaucoup avoir la foi en quelque chose, en quelqu'un, j'aimerais pouvoir prier quand un de mes soldats meurt, mais je ne sais plus prier, il ne me reste que la poésie.

Sonia sent une excitation joyeuse l'envahir, cet homme tient le discours qu'elle a envie d'entendre, dommage qu'il soit italien, dommage que l'on soit en guerre avec son pays… Mais au fond, dans ce village de montagne, loin de tout, cela a-t-il de l'importance ? Assis, côte à côte, ils contemplent une nature grandiose et tourmentée et l'interrogent sans espoir de réponse. Ils sont au-dessus des conflits des hommes, seuls avec leurs doutes.

– Aujourd'hui, on arrête des femmes et des enfants. (Le lieutenant parle d'une voix basse, ses deux bras repliés sur ses genoux écartés, le regard fixé sur la terre couverte d'herbes sèches.) C'est l'enfer…

– Vous savez quelque chose ?

Il sent son inquiétude et répond doucement :

– La guerre, c'est toujours l'enfer, ma ville, Turin, est bombardée sans cesse par les Anglais, des quartiers entiers sont en ruine, il y a des morts, des blessés, les gens s'enfuient dans la campagne. C'est l'enfer… À la Sorbonne, *signorina* Sonia, vous avez lu Dante ?

Au-dessus de la montagne, un arc-en-ciel enjambe les crêtes… Il y a eu un orage en Italie… Parler avec cet homme lui semble une résurrection, une joie tellement plus forte que l'étourdissement qui l'envahissait quand elle dansait le tango ou la valse dans leurs bals clandestins ou le plaisir qu'elle goûtait en se plongeant dans l'eau glacée des torrents. La vraie vie est là, à la lumière des poèmes. Elle récite :

Tant que le vent, comme à présent se tait
La ville où je naquis jadis se trouve
Sur le rivage où le Pô, escorté
De ses affluents vient chercher la paix
Amour, qui flambe dru en un cœur noble
Embrasa celui-ci pour le beau corps
Que l'on m'ôta et j'en frémis encore.

Il continua d'une voix grave :

Amor, ch'a nullo amato amar perdona
Mi prese del costui piacer si forte
Che, come vedi, ancor non m'abandonna
Amor condusse noi ad una morte[1]...
L'Enfer, Dante, Chant V...

– Oui, l'amour tragique de Paolo et Francesca da Rimini. Je ne suis jamais allée à Rimini...

– C'est sur l'Adriatique, une très belle plage de sable fin, immense...

Ils se taisent et ce silence les unit, les battements des ailes des oiseaux qui jouent dans les noisetiers les arrachent à peine à leur rêve.

---

1. Amour, dont la loi veut que tout aimé/Aime en retour, de sa beauté me prit/Si fort, tu vois qu'il ne m'a point quittée/Amour nous a conduits à même mort.

Sonia se tourne vers le lieutenant italien et lit dans son regard l'admiration et le désir. Elle frissonne de plaisir et en a honte.

Elle se décide à rompre la douceur de l'instant et interroge :

– Dao Ormena, c'est un nom original…

Il éclate d'un rire jeune et libre, clair comme l'eau de la cascade qui, au loin, dévale la falaise.

– Ma famille vient d'Elva, un village de la vallée Maira, dans le Piémont. À Elva, tout le monde s'appelle plus ou moins Dao. La légende raconte que mon village fut fondé par trois légionnaires romains envoyés par César Auguste, l'un d'eux s'appelait Davos qui devint, au cours des générations, Dao. Par la suite, pour se distinguer les uns des autres, les Dao ajoutèrent un deuxième nom, c'est ainsi qu'il y a dans le pays des Dao Castellana, des Dao Laoste, des Dao Castès et… des Dao Ormena… Moi, je m'appelle Gian Piero Dao Ormena, mon père s'appelle Gian Carlo Dao Ormena.

– Quelle belle histoire, votre famille remonte à César !

– C'est ce que dit la légende.

– J'aime les légendes.

C'est plus fort qu'elle, elle a besoin de se confier, elle raconte *Les Visiteurs du soir*, ses dessins, ses broderies, le cinéma aussi, c'est une légende.

Il l'écoute sans la quitter du regard, immobile, suspendu à sa voix, mais ils ont tous deux compris que ce qui se passe entre eux n'a pas besoin de mots.

Pourtant, il faut s'expliquer, il faut abattre la muraille que la guerre a élevée entre eux, entre la France et l'Italie.

– Mon père a fait la bataille de la Marne, il y a été blessé… Dans ma famille, déserter est impensable, on doit servir le roi… Mais notre roi est un fantoche… J'ai été appelé, je suis officier, je dois servir, je n'ai pas le choix… Enfin, peut-être l'aurai-je… Si je retourne à Elva… Là, il y a les partisans. Je ne devrais pas vous raconter tout cela, mais vous avez eu confiance en moi, j'ai confiance en vous…

– C'est loin Elva ?

– Un petit peu… (Il la regarde longuement) J'aimerais vous y emmener un jour, c'est très haut dans la montagne, il n'y a pas de route, on y accède à pied ou à dos de mule. Mais dans cette contrée, loin de tout, isolée, les murs des maisons sont peints de scènes religieuses, il y a une chapelle célèbre dont les fresques ont plus de 400 ans… On vit encore là-bas comme aux siècles passés, quand il n'y avait que le cheval, l'âne ou les mules pour se déplacer, l'eau des sources pour se désaltérer et le champ de terre pour se nourrir.

Sonia se perd dans un songe, elle se voit déambuler entre des granges aux murs multicolores, dans un village de montagne où les Romains de l'Antiquité sont venus planter leurs racines, un pays où la guerre n'existe pas, où les juifs entreraient dans les chapelles pour admirer les fresques et faire leurs prières. Un pays de paix où chacun aurait sa place, où régneraient l'entente et la générosité… Rêve impossible ?… Pourtant n'est-ce pas ce qui se passe à Saint-Martin ?

Il souffle tout doucement :

– Viendrez-vous ?

Elle ne répond pas. La présence de cet homme, si proche, fait naître en elle un fracas intérieur qu'elle a peur de ne pas dominer.

Elle se lève d'un mouvement nerveux.

– Il faut rentrer…

– Ne rentrons pas ensemble, on va *chiacchierare*, on va jaser.

– Cela m'est bien égal, lieutenant…

Elle tend la main.

– Venez…

*

Elle n'alla pas au bal, prétextant une grande fatigue… La nuit, elle se retourna dans son lit, elle se sentait fébrile, angoissée. Au petit matin, elle avait pris sa décision, elle voulait cet homme, il était beau et doux, il récitait des poèmes, il lui parlait d'un monde inconnu, loin des Allemands, à l'abri des armes et de la violence. Il fallait aussi qu'elle se l'avoue, elle avait envie de lui, de sa peau contre la sienne, de sa bouche qui raconte si bien, elle avait envie qu'il la serre dans ses bras, l'étreigne, la rappelle à la vie. Elle a vu au fond des pupilles si claires un éclat, une lumière qui ne la trompait pas. A-t-on le droit d'imaginer de pareilles choses quand on est juive, quand il y a la guerre ? Et Simon ? Simon lui rappelait tous les dangers, Simon qui savait tant de choses et les taisait pour ne pas l'inquiéter, Simon lui faisait peur, il portait en lui le destin et la fatalité des juifs auxquels elle voulait échapper. Elle eut honte d'elle et pleura. Elle se leva au petit matin et attendit avec impatience le moment où elle se rendrait à l'hôtel Terminus montrer comme chaque jour ses papiers aux Italiens.

Derrière le carabinier, assis devant le grand registre où les noms juifs s'alignent par ordre alphabétique, elle le voit tout de suite. Son cœur se met à battre, elle s'efforce de le calmer mais il lui échappe, mène sa vie, tambourine dans sa poitrine. Elle a peur qu'on l'entende, elle se sent rougir, tourne les talons et s'enfuit.

Il la rejoint rue Cagnoli.

– *Signorina*, je voulais vous demander, ce soir, à l'hôtel Terminus, il y aura un petit concert, un pianiste et un ténor amis montent de Turin, voulez-vous venir ?

Il la regarde droit dans les yeux et sa voix est ferme :

– Oh ! Venez, Sonia, je vous prie, *la prego*.

Elle réfléchit vite, le soir, des officiers italiens viennent jouer aux cartes à l'hôtel des Remparts, elle peut bien aller à l'hôtel Terminus. Simon l'a avertie qu'il partait en mission dans la campagne, nouer des contacts avec des paysans. Elle va s'ennuyer, toute seule, elle est curieuse de savoir ce que font les soldats italiens après le couvre-feu. Souvent, elle a entendu des éclats de rire, de la musique et aperçu, lorsque, par intermittence, la porte de l'hôtel s'ouvrait, les jupes ondulantes des jeunes filles, des réfugiées et des Saint-Martinoises, qui dansent au son d'un piano réquisitionné par l'occupant. Larissa lui avait raconté que, plusieurs fois, elle avait échappé à la surveillance de son père pour aller danser en cachette avec les Italiens, le soir, à l'hôtel.

– Et le couvre-feu ?

– Ne vous inquiétez pas, avec moi, vous êtes à l'abri, je viendrai vous chercher à neuf heures et je vous raccompagnerai à minuit... Comme *Cenerentola,* comme Cendrillon.

Il sourit.

Il lui semble qu'il a souri avec tendresse.

*

Les soldats fumaient, enveloppés dans des nuages épais qui brouillaient leur image.

Le lieutenant ordonna d'ouvrir les fenêtres et d'aérer, le ténor ne pourra jamais poser sa voix dans une atmosphère aussi lourde. On bougonna, remua des chaises, quelques jolies femmes juives et deux dames anglaises avaient rejoint l'assistance. Au fond, timides et discrets, David Liberman et la fille du boulanger, parée de sa robe des dimanches, s'étaient assis sur des tabourets de bois. David parlait à l'oreille de Rose en lui désignant le piano. On savait qu'il aimait la musique et qu'il avait acheté une mandoline à un soldat italien qui avait perdu au jeu. Une réfugiée polonaise, Mme Stella Bukowska, professeur de piano, lui donnait des cours de solfège gratuits, et le garçon avait trouvé une dent de peigne qui lui servait de plectre pour gratter les cordes, l'histoire avait fait le tour du pays.

Les musiciens arrivèrent en retard et Gian Piero Dao Ormena se précipita pour les accueillir, leur montrer le piano et leur présenter quelques sous-officiers au sourire ravi. Sonia se rendit compte que les musiciens étaient reçus à la fois comme des stars et des amis. On les aidait avec empressement à s'installer, à ouvrir leur partition. Un tout jeune soldat se proposa pour tourner les pages, le ton montait, plein de joie et d'impatience.

Le ténor bomba le torse, écarta les jambes pour trouver son équilibre, toussa plusieurs fois et balaya en souriant la salle d'un œil dominateur. Le pianiste tira sous lui une chaise sur laquelle il se tortilla pendant de longues minutes afin de prendre ses aises et trouver la position qui lui convenait. Il plaqua quelques accords sous des murmures ravis et releva sa tête qu'il avait inclinée sur les touches blanches et noires. Il échangea un regard avec le chanteur qui esquissa un bref geste de la main, l'index tendu comme pour marquer la mesure.

La voix du chanteur éclate et fait vibrer les vitres des fenêtres :

La donna è mobile
Qual piuma al vento
Muta d'accento
E di pensier[1]

1. *Air célèbre de* Rigoletto *de Giuseppe Verdi.*

Sonia regarde les visages des Italiens, ils ont du mal à rester tranquilles, leur tête oscille en cherchant à suivre avec plus ou moins de bonheur le rythme de la mélodie, leur corps s'agite, leurs paupières à moitié closes les isolent dans leur bonheur, leurs souvenirs... Bientôt, certains accompagnent en sourdine le chanteur, les poings serrés comme pour obliger leurs mains à rester immobiles.

Lorsque le chant s'achève, les applaudissements crépitent, des exclamations joyeuses retentissent : *Bravi, bravi.*

Les morceaux d'opéra les plus célèbres se succèdent. Tantôt, il règne un silence religieux, tantôt l'assistance fredonne et rit de plaisir.

Un cri fuse :

– *Il Nabucco, il Nabucco...*

Ils tapent des pieds par terre, claquent dans leurs mains, certains se lèvent.

– *Il Nabucco...*

Dao Ormena, qui s'était assis à côté de Sonia, se penche vers elle :

– Ils vont chanter le chœur des Hébreux, à Babylone, enchaînés et contraints aux travaux forcés... par le tyran Nabuchodonosor, un air magnifique de Verdi. Au XIXe siècle, les Italiens le chantaient, en tenue de soirée, debout dans les salles d'opéra, pour manifester leur désir de liberté, au nez et à la barbe des Autrichiens qui occupaient leur pays.

Les soldats continuent de crier :

– *Il Nabucco... il Nabucco...*

Le ténor passe un mouchoir sur son visage et fait plusieurs gestes d'apaisement. Il commence à chanter, sa voix s'élève doucement, comme un murmure :

Va, pensiero, sull'ali dorate ;
Va, ti posa sui clivi, sui colli,
Ove olezzano tepide e molli
L'aure dolci del suolo natal !

Puis, elle s'enfle de plus en plus :

Oh mia patria si bella e perduta

Toute la salle est debout et chante, beaucoup d'hommes ont les larmes aux yeux...

Gian Piero souffle :

– Ce chant est si beau, si fort, qu'il a failli être notre hymne national... Tous les Italiens le connaissent...

Lui aussi semble ému.

Sonia est troublée : voilà donc l'armée ennemie qui chante le chœur des Hébreux prisonniers du tyran ! Tous unis dans la même espérance, la même exigence de liberté… Autour d'elle, les soldats reprennent inlassablement le chant, il semble ne jamais vouloir s'arrêter, leurs voix puissantes, pas toujours en accord entre elles, envahissent l'hôtel, s'enfuient dans la rue pour appeler tout le pays à la révolte, les Français et les juifs… Il faut briser les chaînes…

Sonia, à son tour, est bouleversée.

Le pianiste joue debout, sa chaise renversée, le visage congestionné, le dos plié, une mèche folle sur le front…

Le lieutenant explique :

– Dans cet opéra, le tyran se repentira, libérera les juifs, reconstruira le temple de Jérusalem… Cela m'étonnerait que nos tyrans à nous se repentent…

Il a un soupir et joint sa voix à celle des autres.

Sonia comprend alors que la musique coule dans les veines des Italiens, elle ferme les yeux et se laisse envahir par le chant magnifique.

Ils mirent du temps à retrouver leur calme, on servit à boire, on apporta un fauteuil au ténor qui faisait sa coquette et s'attachait à parler un français aux consonnes tonitruantes pour faire la cour à deux ou trois dames de Saint-Martin qui n'en revenaient pas d'avoir l'opéra à domicile.

– Il faut un chœur pour chanter ce morceau si célèbre, heureusement que tous ces braves soldats se sont joints à moi.

Il but puis avala une pastille pour la gorge. Il aperçut les boucles folles de Sonia :

– *Signorina bella*, vous avez aimé ?

La jeune fille sourit : oui, elle avait aimé. Elle marmonna en rougissant quelques mots d'italien :

– *Si, si, molto bello…*

Le pianiste s'était mis à jouer de nouveau, accompagné à l'accordéon par un chasseur alpin. Sonia reconnut une valse nostalgique que les Italiens chantaient souvent dans les rues de Saint-Martin.

Ricordi quelle sere
Passate al Valentino
Col Biondo studentino
Che ti stringeva sul cuor[1]

Un jeune juif s'approcha du ténor et lui parla à l'oreille. Le chanteur écarta les bras et lui fit une accolade, puis il prit la parole :

– Écoutez, tous, ce soir est exceptionnel, notre ami Jacques est luxembourgeois, il était le premier

1. *Souviens-toi de nos soirées/Que nous passions au Valentino/Avec le petit étudiant blond/Qui te serrait sur son cœur. Le Valentino est le grand parc de Turin (N.d.A.).*

violon de l'orchestre de Radio-Luxembourg, nous avons avec nous un violon, il va nous jouer le grand air de la *Norma, Casta Diva*...

Le pianiste sortit un violon de son étui le tendit au Luxembourgeois qui s'en empara avidement. Depuis combien de temps n'avait-il pas touché un instrument de musique ? Il en caressa le bois, régla les cordes, soupesa l'archet.

Il y eut un silence religieux dans la salle et le son magnifique du violon s'éleva, ensorcelant. Les yeux du musicien brillaient de larmes, tout son corps ondoyait, se courbait, s'élançait en suivant la musique.

Lorsqu'il eut achevé, le silence continua, plus fort que tous les applaudissements. Jacques s'inclina et dit :

– C'est, pour moi, une résurrection.

Le pianiste le serra longuement contre lui.

Sonia était étourdie, la grande salle de l'hôtel Terminus était devenue étouffante, elle eut envie de partir, elle chercha des yeux le lieutenant, il parlait avec le ténor, presque à voix basse, le visage du chanteur s'était assombri et avait pris un air accablé, sans doute donnait-il des nouvelles de Turin, ou de Gênes, qui avait été ravagé par un bombardement... Dao Ormena sentit le regard de la jeune fille, il prit congé en tapotant l'avant-bras de son interlocuteur comme pour le consoler, le temps n'était plus aux chansons.

Il s'approcha d'elle.

– Je vous raccompagne…

En quittant l'hôtel, Sonia se sentit envahie de nostalgie. Elle se rappela une phrase de Nietzsche : « Sans la musique, la vie serait une erreur… » Les Italiens avaient raison.

Dans la rue du Barri, ils s'arrêtèrent à quelques mètres de l'hôtel des Remparts.

– Vous êtes en retard, *Cenerentola*, murmura le lieutenant, il est une heure du matin…

– Oui, toute cette belle musique m'a tourné la tête. Je ne connaissais pas ce magnifique air de Verdi.

– Est-ce possible ? (Gian Piero Dao Ormena semblait stupéfait.) Ah ! Ces jeunes Françaises ! Je ferai votre éducation musicale, si vous le voulez bien…

Il se baissa et approcha ses lèvres de la petite oreille :

– Dites, dites-moi que vous le voulez…

Sonia ferma les yeux, elle lutta pour ne pas se glisser contre la poitrine du soldat, elle se sentait si lasse, cette soirée de musique lui faisait monter les larmes aux yeux… Il n'y avait pas que les persécutions, les mauvaises nouvelles, la violence… La vie qui ne connaissait que les chants de guerre était une erreur. Une vague de joie l'envahit, Dao Ormena lui avait permis de changer d'univers, elle se hissa sur la pointe des pieds et l'embrassa sur la joue.

– Merci, souffla-t-elle.

*

Le lendemain, chez l'épicier Raibaut de la place du Marché, dans la longue queue qui attend pour acheter quelques victuailles, on bavarde ferme :

– Ils en ont fait du boucan, les Italiens, hier…

– Tu parles, ils aiment mieux pousser la chansonnette que se battre et c'est tant mieux pour nous…

– C'était bien beau ce qu'ils chantaient, moi, j'avais ouvert les fenêtres pour les entendre. Il y avait un air qui me donnait la chair de poule…

– Ah ! *Boudiou*… Ils m'ont fait oublier la guerre toute la soirée… Ma voisine était allée les écouter… Dommage que les Ritals aient interdit la chasse, sinon, ils seraient plutôt faciles à vivre.

– Ben, c'est ceux du Piémont, c'est la même terre que la nôtre, c'est des gens des montagnes, ils sont plus proches de nous que les Français de la côte ou des plaines… Leur patois ressemble au nôtre.

– Et en plus, ils chantent !

Des rires éclatent… C'est une journée qui commence dans la bonne humeur.

Sous les arcades de la mairie, les amis de Sonia l'entourent :

– Tu n'es pas venue danser dans la grange hier, on t'a attendue… C'est parce que ton Simon n'était pas là ?

Lulu intervient :

– Mademoiselle a préféré l'opéra italien, pas vrai ? Mais t'en fais pas, tu as raison, c'est une musique magnifique… Chez ma grand-mère, à Cracovie, je me souviens, il y avait une fille qui avait épousé un chanteur de l'opéra de Parme, ils venaient en vacances en Pologne, on s'entendait bien, le soir, je les écoutais… Je n'étais qu'un enfant à l'époque, mais je vois encore ma grand-mère au piano, mon oncle au violon et le type qui chantait, on lui avait appris des airs de notre folklore… On était heureux… Allez, Sonia, on va danser, ce soir, rendez-vous place Saint-Jean… Tu viendras, dis ? Je t'attendrai, un gars du pays apportera son saxo…

– Je viendrai, dit Sonia d'un ton ferme.

*

Sonia, en quittant la villa des Weill, bifurque vers le vallon de la Madone, elle longe le torrent, ses pas la mènent vers la clairière où elle a rencontré le lieutenant, il y a quelques jours. Elle a beau se l'interdire, elle pense à lui, elle l'imagine en secret. Ses mains, longues et solides qui se tendent sans jamais la toucher, ses lèvres qui doivent être douces, ses yeux si clairs qu'ils en sont dérangeants, ses bras qui pourraient l'enlacer. L'imaginer, c'est déjà s'abandonner.

Elle a promis d'aller au bal, ce soir, ses amis l'attendent, elle va retrouver leur chaleur, leur amitié, ils se sentiront forts tous ensemble, les garçons raconteront leur cours de boxe, ils parleront du spectacle que leur jeune troupe de théâtre veut monter, ils organiseront leur futur, ils imagineront ce qu'ils feront après la guerre, quand les Allemands seront vaincus… Elle sera parmi les Français, les juifs venus de toutes parts, elle sera parmi les siens…

*

Mais elle pense à lui.

Elle est dévorée par son souvenir, elle brûle de l'apercevoir, de le voir surgir, s'acheminer vers elle, dans un élan de douceur qui les jette lentement et inexorablement l'un vers l'autre. Il lui dira les mots dont elle a besoin pour continuer d'exister, qui lui permettront d'atteindre une autre vie. Une vie où elle n'aurait plus jamais peur. Puis ils se tairont. Infiniment. Les mots deviendront inutiles, ils reviendront plus tard chuchoter ce que les corps ont toujours su.

*

Assis sur l'herbe, les bras croisés sur ses genoux repliés, le lieutenant tourne le dos à la montagne, il la regarde s'approcher, on dirait qu'il l'attend.

Il se lève et s'avance vers elle :

– Je vous attendais, dit-il.

Faut-il se défendre, se débattre, se faire prier, faire patienter le désir ? Ont-ils le temps de s'observer, de se poser des questions, d'entrer dans le ballet de la séduction, un pas en avant, deux en arrière, ont-ils le temps de ménager les règles les plus banales de la bienséance, de jouer chacun leur rôle, de refréner avec prudence leurs élans, de réfléchir longuement avant de se laisser entraîner ? Chaque jour qui passe est perdu, chaque hésitation entame leurs espoirs. Tout leur est compté, l'été est une saison éphémère et les instants de bonheur sont fragiles. C'est maintenant qu'il faut vivre, demain, il sera trop tard, ils le savent depuis leur première rencontre. S'ils ne saisissent pas leur amour, il va s'enfuir.

Debout, face à face. Leurs mains s'effleurent, s'écartent, reviennent. Ils ne parlent pas, figés dans l'attente.

Elle lève les yeux, rencontre l'éclat bleu filtrant entre les paupières mi-closes qui la fixe, la fouille très loin en elle, qui la perce dans ce qu'elle a de plus secret, de plus intime, qu'elle garde jalousement et ne cède à personne. Elle tremble, vacille, étourdie par les battements de son cœur qui résonnent dans son corps. Le désir s'engouffre dans son ventre, brutal, assourdissant. Elle est désarmée par ce fracas inconnu dont elle ignore tout, son corps vole en éclats. Quelque chose – elle ne sait trop quoi – s'effondre en elle et la laisse sans défense. Elle a envie de le toucher, de plonger en lui pour se réfugier. Elle voudrait tant qu'il tende la main vers elle. Tout en elle crie : « Serre-moi dans tes bras. »

Il lève très doucement, très lentement ses bras, ses mains effleurent à peine son dos en une caresse longue et douce qui ne devrait jamais finir, instant lumineux de bonheur, lourd de désir et d'incertitudes, souffle tendre qui l'enveloppe.

Sans dire une parole, il l'attire contre lui et l'étreint, sa main crispée sur sa nuque, comme pour l'empêcher de s'échapper. Il tremble.

Et elle l'aime, d'un coup, violemment, le souffle suspendu, les larmes aux yeux. C'est donc cela, la passion : s'envoler brutalement vers les étoiles dans un éclair aveuglant. Tout cède en elle, elle s'effondre sur lui, dévorée par une brûlure douloureuse.

Il l'entraîne sous une énorme pierre recouverte de mousse qui cache une petite grotte, ils s'étendent dans son ombre, il écarte les vêtements de la jeune femme avec une douceur tranquille, ses lèvres caressent le visage abandonné, s'écrasent tendrement sur un sein à peine dénudé. Là, sous ce toit de pierre, à l'abri des regards et du monde, elle découvre son corps et celui de l'autre, elle apprend la force des caresses, elle se livre sans calculs, sans peur, il peut faire d'elle ce qu'il veut, elle est à lui. Il se glisse avec infiniment d'amour entre ses cuisses. Elle l'accueille en elle, elle a un peu mal et elle est heureuse.

*

Assis à côté d'elle, la tête basse, il demande pardon. Sa bonne éducation de Turinois remonte à la surface, il n'aurait pas dû, elle est une jeune fille, il s'est conduit comme un salaud…

Éberluée, Sonia, encore désarticulée par la découverte du plaisir, le regarde :

– Pourquoi ?

Elle s'assombrit.

– Vous ne m'aimez pas ?

– Oh ! Petite Sonia, comment pouvez-vous imaginer cela !?

Il semble si timide tout à coup, il parle d'une voix basse et hésitante :

– Je n'ai jamais rencontré une femme comme vous, si indépendante, si cultivée, si sûre d'elle, nous autres, en Italie, nous sommes habitués à des petites jeunes filles trop sages, très conventionnelles, tout le temps fourrées à la paroisse. Le conformisme à Turin est asphyxiant, il fait perdre toute séduction aux filles. Bien sûr, il y a des exceptions, des intellectuelles, des poétesses, des militantes, des femmes libres au parcours insolite… Mais je ne les ai jamais rencontrées, j'ai entendu parler d'elles au Café des Colonnes, lieu de rencontre des étudiants antifascistes, près du Corso Oporto, où j'habite, elles doivent exister quelque part, elles m'ont fait rêver mais je ne les ai jamais vues… Quand je vous ai rencontrée, la première fois, j'ai deviné que vous étiez de la même race que ces femmes-là, je vous ai admirée tout de suite…

Sonia ajuste ses vêtements, elle est déçue, sa gorge est nouée, elle a envie de pleurer. Elle n'a pas envie d'être admirée, elle veut être désirée.

Il se tourne vers elle, inquiet, maladroit, il sait bien qu'il n'a pas tout dit, une pudeur le retient, la peur de se dévoiler, une hésitation face à la déferlante des sentiments, à ce qu'il soupçonne être de la faiblesse.

La jeune fille est submergée par une vague de tristesse. Elle attendait une déclaration d'amour, il lui assène des considérations sociologiques sur la vie de province. Elle regrette les instants où il avait perdu le contrôle de lui-même, où il l'écrasait sur le sol, le souffle court, les gestes fous, les caresses tantôt hésitantes, tantôt impérieuses, ces secondes magiques où elle avait eu l'impression qu'il lui appartenait, qu'il cédait à un ouragan et se perdait en elle. Elle avait découvert l'amour avec une joie sauvage. Et voilà qu'il reprenait son calme policé et ne lui disait pas les mots qu'elle attendait.

Elle remet de l'ordre dans ses cheveux, les yeux baissés, la bouche amère.

– Sonia, vous ne voulez pas me regarder ?

Elle ne répond pas et il se sent malheureux et honteux. Il ne sait pas comment s'y prendre, il lui a fait de la peine, il a profité des circonstances, de cette maudite guerre, il ne l'a pas respectée, il s'est laissé emporter par ses sentiments, par cet élan passionné, sans penser à elle, réfugiée, seule, loin de chez elle.

– Sonia, il ne faut pas m'en vouloir, je vous aime tant…

Elle lève les yeux, en ajustant sa jupe. Ils s'observent, hésitants.

Il se laisse enfin aller, il n'a plus peur. Il s'étend sur l'herbe, sans la toucher, et les mots viennent, racontant une histoire que leurs corps ont sue avant eux.

– Je t'aime tant, je ne sais pas si tu peux le comprendre, je ne sais pas si cet amour ne te dérange pas, si tu le veux bien, si tu m'acceptes (Il explique tout ce qui s'est passé), mais chez moi, on ne fait pas l'amour en dehors du mariage et j'ai peur de t'avoir fait du mal. Mais il y a en toi tout ce que je cherche, tout ce que j'attends, tout ce que je veux. Je l'ai tout de suite deviné, il n'y a que cela qui compte.

Sonia n'hésite plus, elle se glisse à côté de lui et l'enlace.

– Ah ! vous croyez encore qu'il faut passer devant le maire, le curé ou le rabbin pour avoir le droit de s'aimer ? Oh ! Gian Piero… Ici, à Saint-Martin, vous croyez vraiment que de vieux principes comme ceux-là ont encore leur raison d'être… En face de… En face de ce qui nous arrive…

– J'aurais dû me préoccuper de toi, de tes pudeurs, de ta jeunesse.

– Et laisser passer une occasion de bonheur et d'amour que nous ne rencontrerons peut-être plus jamais ? La vie ne va pas s'arrêter parce que c'est la guerre, parce que je suis juive, parce que vous êtes italien, parce que nous sommes en danger… Je veux vivre… Et si j'étais sûre de vous, de vos (Elle hésite) sentiments, plus rien ne compterait aujourd'hui, dans la montagne, que vous, que moi…

Il s'assoit et la serre contre lui, il dit d'une voix rauque des mots sans suite, juste ceux qu'elle voulait entendre, qui la grisent, glissent dans son cou et enlacent ses oreilles, des mots qui se chevauchent, se répètent, il respire avec force, il l'étreint si puissamment qu'elle ne peut plus respirer, elle ouvre la bouche à la recherche d'un peu d'air et elle rencontre ses lèvres, sa langue, ses dents qui écrasent les siennes. De nouveau, ils font l'amour, ensemble, au même rythme, les yeux dans les yeux, Sonia, la tête renversée en arrière, bercée par ce vertige intérieur qui fait trembler ses cuisses, ne voit plus, n'entend plus, métamorphosée par l'explosion de tous ces désirs que l'un et l'autre portaient, cadenassés au fond d'eux.

– Je t'ai fait mal ?

– Non, je suis juste fatiguée, je voudrais dormir, là, sous cette pierre, toute la nuit, je n'ai pas envie de redescendre au pays, je n'ai pas envie de voir les autres, je n'ai pas envie de vous quitter, je n'ai pas envie de retrouver la vie.

Ils s'étendent dans la grotte silencieuse et humide, à peine éclairée par la lumière de la lune, il pose sa veste sur sa poitrine, la serre contre lui.

– C'est notre première nuit ensemble, Sonia. Prions pour qu'il y en ait beaucoup d'autres.

Sonia baisse les paupières. Elle ne sait pas prier, ce n'est pas la peine de le lui dire.

À quoi demain ressemblera-t-il ? Aujourd'hui, dans les bras du lieutenant italien, elle a trouvé ce qu'elle cherche. La fuite depuis son départ de Paris s'achève enfin et tout commence ici, dans la montagne, contre ce grand corps qui va s'endormir à côté d'elle en l'enlaçant, dans cette chaleur intime qui s'installe entre leurs ventres et leurs poitrines. Elle caresse le visage de celui qui est devenu son refuge, son point d'ancrage, elle est arrivée au port, elle peut respirer sans effroi. Lui dort déjà en murmurant son nom. Dehors, des oiseaux de nuit s'appellent tandis que la lune s'assoupit derrière un nuage.

*

Il est là, sous les glycines de l'hôtel des Remparts, tendu, le visage brouillé de fatigue, il fait le guet. À peine voit-il la silhouette longiligne de Sonia que Simon bondit de sa cachette et lui barre le chemin. L'éclat d'acier de ses yeux luit, ses traits sont tellement tendus que son visage ressemble à un masque blême.

Il saisit la jeune fille par le poignet et la secoue :

– Où étais-tu cette nuit ? Tu n'étais pas au bal, ni dans ta chambre, je suis monté voir, elle était vide. Je me suis inquiété, on t'a vu partir dans le vallon de la Madone, tu es allée dans la montagne, le soir, tu aurais pu tomber dans le torrent, dans un précipice… Mais tu es folle, réponds-moi… Qu'as-tu fait toute cette nuit ? Avec qui étais-tu ?

Il crie presque, des passants tournent la tête, la femme du rabbin, qui vient de faire ses courses, hâte le pas, le fils du boulanger lève un regard curieux.

Sonia se dégage doucement mais fermement. Elle peut mentir, inventer une nuit chez les Weill ou les Russes, une excursion qui a duré trop longtemps avec une halte pour la nuit dans une bergerie. On ne ment pas à Simon, il ne le mérite pas.

– Simon, il faut que je te parle.

Les mots viennent difficilement, elle n'aime pas cette petite lueur de désespoir qui vacille au fond des yeux de son ami. Elle a honte de le faire souffrir mais elle lui doit la vérité.

Comment lui faire comprendre, accepter que ce qu'il a tenté de lui donner depuis des mois, elle l'a trouvé en quelques jours dans les bras d'un étranger, d'un inconnu ?

Comment lui faire admettre cet enchantement qui s'est emparé d'elle sans le blesser à mort, sans être cruelle et injuste ? Comment lui dire que ce qu'elle a vécu avec lui n'était qu'une rêverie amoureuse sans le choc, l'exigence du désir ? Que les corps connaissent la vérité des êtres avant que ceux-ci n'en aient conscience, qu'ils ne se trompent pas… Non, elle ne peut pas le lui dire, elle n'a pas le droit de le faire souffrir à ce point.

– Simon, mon cher Simon, mon tendre ami…

– Je n'en veux pas de ton amitié… Avec qui étais-tu ?

Elle se tait, elle a peur, elle a mal. Mais Simon a des antennes ou de bonnes langues lui ont raconté qu'elle est allée écouter un concert chez les Italiens, il aboie :

– C'est lui, hein ? Avoue, c'est le beau lieutenant qui récite des poèmes, parle si bien français parce que, dans son pays, les aristos parlent français… Cela te plaît, hein ? Vous êtes bien entre vous… Vous pouvez vous raconter vos histoires… Tu as passé la nuit avec lui ? C'est vrai ? Tu as fait cela ? Tu n'as pas couché avec lui tout de même !

Sonia incline la tête :

– Si, j'ai fait l'amour avec lui parce que je l'aime, voilà, je n'y peux rien, je n'ai pas choisi, c'est comme cela. Oh ! Simon, je l'aime à la folie, tu peux comprendre cela ?

Simon la pousse contre le mur, il bégaie de rage :

– Toi et ce goy ! Qu'est-ce que tu vas faire avec ce Rital ? Avec ce bellâtre qui serine de belles phrases creuses…

– Tais-toi, Simon.

– Je ne me tairai pas, tu couches avec l'ennemi et moi, j'avais à peine le droit de t'embrasser !

– L'ennemi ! Je croyais que tu aimais bien les Italiens, qu'ils nous protégeaient, qu'ils étaient notre chance…

On se sert d'eux, c'est tout… Eux aussi sont intéressés, ils ne veulent pas que les Allemands nous arrêtent et mettent la main sur les biens des juifs qu'ils tiennent à garder pour eux, ils ont besoin d'argent, c'est la misère chez eux. Tout est calculé. Au fond, ils nous ont pris en otages : les juifs, c'est leur alibi. Ils vont perdre la guerre, tu vas voir, ils vont signer avec les Alliés et ils pourront leur dire, aux Américains, aux Anglais : Vous voyez, nous, on a protégé les juifs, on n'a pas eu peur des Allemands, on n'a pas eu peur des Français, cela vaut bien un petit quelque chose, non ? Cela leur sera utile pour les négociations. Et puis, nous livrer aux nazis, cela aurait porté préjudice à leur prestige, leurs officiers ne veulent pas être des marionnettes à la solde des Boches…

– Tu es injuste…

– Parce qu'ils vont perdre la guerre, tes Ritals, tu m'entends, ils sont à bout de forces, ce n'est qu'une question de semaines.

Il la prend par les poignets et la secoue.

– C'est une armée de traîne-savates, on raconte qu'ils sont partis sur le front de l'Est habillés comme en été, leurs chefs n'ont même pas été capables de leur donner des uniformes chauds... Tu ne comprends pas qu'ils sont fichus...

Sonia se dégage.

– S'ils perdent la guerre, je ne pense pas que cela soit bon pour nous... De toutes les façons, que veux-tu que cela me fasse ? Français, Italiens, Allemands, juifs, chrétiens... Quand donc en aurez-vous fini ? Je n'en peux plus, je suis jeune, ici, à Saint-Martin, tout le monde s'entend bien, j'aime le lieutenant, je le suivrai au bout du monde. (Elle s'adoucit.) Il ne faut pas m'en vouloir, je sais ce que je te dois, mais ma rencontre avec lui est un miracle...

Il s'écarte, les bras ballants, le regard haineux, il siffle :

– Cette fille est folle. Il y a la guerre, on s'entretue et toi tu fais des rêves de midinette... Dans la vie, il n'y a pas de miracle, ma petite, il n'y en a jamais, sauf dans la Bible ou dans l'Évangile.

Sonia, pour la première fois, regrette de ne pas avoir de religion. Une religion qui fabrique des miracles. Les eaux du Jourdain qui s'ouvrent pour laisser passer des tribus en fuite et se referment sur les cruels soldats lancés à leur poursuite… Des aveugles qui recouvrent la vue, des morts qui retrouvent la vie et des pains qui se multiplient et nourrissent toute une noce.

Elle regarde, désespérée, Simon et tend une main hésitante vers lui, elle voudrait le caresser, le consoler, le bercer contre elle, qu'il ne lui en veuille plus et la pardonne. Son rôle de traîtresse l'étouffe. Elle l'aime, Simon, elle n'a rien oublié de leurs équipées dans l'arrière-pays niçois, de leurs conversations avec le professeur Furhmayer, de leurs dîners chez Christiane et Jean-Claude, de leurs valses échevelées dans les bals clandestins du soir, de leurs chuchotements dans sa chambre quand il se relevait et s'écartait d'elle : non, j'ai promis à tes cousins… Elle comprend aujourd'hui qu'elle se croyait sage mais ce n'était de sa part que l'absence de passion et de désir… Elle voudrait pouvoir lui dire : Tu es mon ami, tu es mon frère mais c'est un autre que j'aime. La reconnaissance, le remords, la tendresse, tout se mêle en elle et la bouleverse.

Elle devient plaintive :

– Simon, je t'en supplie, il ne faut pas m'en vouloir, j'ai besoin aussi de toi.

Il a un ricanement sardonique :

– Et quand je pense que je montais à Saint-Martin tout heureux de te revoir, j'avais tant de choses à te dire, oui… Tant de choses…

Il reste debout, les bras ballants :

– Après tout, c'est mieux comme cela, à quoi cela aurait servi de te dire…

– De me dire quoi ? Simon, parle…

– Non, je ne parlerai pas, la vie se chargera de parler à ma place… de te faire découvrir… Il sera toujours temps que tu saches. (Il hésite.) Moi, j'abandonne…

Sonia pressent un danger, elle saisit ses mains :

– Parle, Simon, dis-moi… Mes cousins ?…

Il la repousse avec amertume :

– Laisse-moi… Je m'en vais… Je te laisse à tes amourettes, à tes contes de fées à trois sous, nous ne sommes plus du même bord. Inutile de se revoir… Tes cousins vont très bien, ne t'inquiète pas.

Il la quitte sans un geste, il est devenu méconnaissable, son visage a brutalement vieilli. Au fond de la cour, les jumelles, leurs cartables sur le dos, se serrent avec inquiétude l'une contre l'autre, elles s'approchent craintivement de Sonia qui s'est appuyée contre le mur.

– Ne pleure pas, Sonia, tu verras, il reviendra…

La jeune fille les embrasse toutes les deux et les pousse vers la rue.

– Allez, les enfants, dépêchez-vous, vous allez être en retard à l'école... Ce sont des histoires d'adultes, ce n'est pas important...

Elle monte dans sa chambre se laver. Dans une heure, elle doit être chez les Weill, Judith l'attend, ses cahiers en désordre sur son bureau.

*

Elle s'était longuement retournée dans son lit avant de sombrer dans un sommeil noir. Au milieu de la nuit, un grincement la réveilla. La lumière de la lune éclairait la chambre. Sa mère, assise sur la chaise, la regardait. Elle semblait fatiguée mais portait la même tenue que la première fois, en janvier. Elle murmurait dans l'ombre :

– Sonia, ma petite fille, qu'as-tu donc fait, l'autre nuit ?

– Maman, je l'aime tant... Demain, nous serons peut-être séparés, ils peuvent l'envoyer sur le front de l'Est, il peut être tué... c'est un soldat qui n'est pas maître de sa vie, il suffit qu'ils reçoivent un ordre et on me l'arrache...

Anne-Marie Dreyfus est décoiffée, une mèche de cheveux barre sa joue et son corsage a une grosse tache sombre. D'où vient elle ? Ses deux mains sont croisées sur ses genoux, elle ne bouge pas, ne se lève pas, ne vient pas embrasser sa fille.

– Maman, tu es fâchée ? Tu ne veux pas t'approcher de moi, tu veux que je vienne ?

Et Sonia se redresse sur son lit.

– Ne bouge pas !

– Mais, maman, je te vois à peine…

– C'est normal, reste sur ton lit… Tu l'aimes vraiment, cet homme ?

– Maman, ce que j'ai découvert cette nuit… Oh ! maman, on ne me l'avait jamais dit… Est-ce que toi aussi, toi et papa ?

– Oui.

Anne-Marie Dreyfus se penche en avant, elle a de profonds cernes sombres autour des yeux et son visage est livide, pourtant elle esquisse un sourire heureux :

– Si ce que tu dis est vrai, si tu ne te trompes pas… Oui, j'ai connu cela avec ton père et je peux te comprendre. La vie est devenue étrange… Si tu l'aimes, cet homme, tu as raison. Qui sait ce que demain te réserve !

– Tu n'es pas fâchée, maman ?

– Si tu l'aimes comme j'ai aimé ton père, non, je ne suis pas fâchée…

– Alors, je peux t'embrasser ?

Sonia bondit de son lit et se précipite sur sa mère qui lève les bras.

La chaise de paille tombe avec fracas sur le plancher, Sonia étreint le vide et se réveille. Seule, en chemise de nuit, au milieu de la chambre. Elle se baisse et remet la chaise en place. Sa poitrine est en feu et lui fait mal, elle presse ses mains sur ses seins… Pourquoi sont-ils aussi douloureux ?

*

Sonia ne va plus dans les bals le soir dans les granges. Elle écoute de la musique avec Gian Piero Dao Ormena à l'hôtel Terminus. Parfois, David Liberman vient avec sa mandoline et deux très jeunes soldats chantent tandis qu'il gratte, avec sa dent de peigne, les cordes de son instrument.

Souvent, le lieutenant a l'air sombre, surtout lorsqu'il remonte de la côte, où il rencontre ses supérieurs ou alors le consul italien Calisse, dont la bienveillance à l'égard des juifs est connue.

– Pourquoi es-tu triste ?

– Je ne suis pas vraiment triste, mais parfois, oui, je suis inquiet, les nouvelles ne sont pas toujours bonnes, je me demande ce qui va se passer à la fin de l'été…

– Tu crois que la situation va changer ?

– Peut-être… Ce n'est pas sûr… Le consul s'interroge… À Rome, la situation est très tendue. Mais toi, à Saint-Martin, tu ne crains rien, sois tranquille, de toutes les façons, je suis là…

Souvent, en fin d'après-midi, il l'emmène dans la montagne, ils retrouvent leur grotte et font l'amour. Et le monde change de couleur.

Un soir, elle s'arme de courage et l'interroge :

– Pourquoi les avions de ton armée ont-ils mitraillé les réfugiés sur les routes en juin 1940, quand vous avez déclaré la guerre ?

Gian Piero Dao Ormena sursaute.

– Ce n'étaient pas des avions italiens, mais des stukas allemands, ceux de Göring, voyons !

– Pourtant, les témoins ont vu des cocardes vertes, blanches et rouges, sur les ailes des avions...

– Mais, *cara mia*, les avions italiens n'ont pas de cocardes sur leurs ailes ! Ils ont trois faisceaux noirs sur fond blanc, les symboles fascistes... Ce sont des rumeurs sans fondement... Mussolini venait de déclarer la guerre à la France, et les Français voyaient des Italiens partout, ce que je comprends, il y avait une telle panique, les gens, sous la mitraille, la tête dans les fossés, ne se rendaient pas bien compte de ce qui leur arrivait... Ils savaient seulement que leurs voisins venaient de leur déclarer la guerre, hélas... Je préfère ne pas y penser, mais envahir un pays mis à genoux par les Allemands, vraiment, il n'y a pas de quoi être fiers... Mussolini en a fait d'autres[1]. Les

1. *Au sujet des bombardements italiens, consulter Pierre Miquel,* L'Exode, *Plon, 2003, p. 277.*

fascistes sont des brutes sanguinaires, en Dalmatie, en Yougoslavie, en Grèce du Nord, ils ont brûlé des villages entiers, massacré la population… Mais ils vont payer, on va leur régler leur compte.

Il serre les poings… Et Sonia s'en veut… Elle se glisse dans ses bras. Rien ne compte qu'eux deux dans leur petite grotte froide et humide.

*

L'histoire d'amour du beau lieutenant avec une jeune fille juive fit très vite le tour de Saint-Martin.

Beaucoup souriaient, indulgents, ce n'était pas la seule histoire du moment, des flirts s'étaient noués entre des Saint-Martinoises et les « Alpini », on parlait même des fiançailles d'un certain Mario avec la fille d'un fermier, le garçon jurait qu'après la guerre, il reviendrait à Saint-Martin, il se marierait avec sa promise et aiderait le père aux travaux des champs. La guerre n'était pas assez forte pour empêcher les jeunes de vivre.

Les juifs étaient perplexes : avoir une liaison avec un goy ! Mais ces Italiens catholiques qui les traitaient de peuple déicide savaient aussi être bons, il ne fallait pas dire du mal d'eux, ils les avaient sauvés quand le préfet antisémite Ribière voulait les envoyer dans des départements de la zone occupée, où les gens de Vichy les auraient livrés aux Allemands. Alors que l'une d'entre eux remercie un lieutenant en se donnant à lui… On pouvait fermer les yeux… Mais cette Sonia ne se cachait pas, elle n'allait jamais à la synagogue et ne parlait pas yiddish. On l'avait même vue à l'église. Une drôle de juive mais gentille, toujours prête à aider les enfants à faire leurs devoirs, à organiser des séances de rattrapage scolaire. La famille Weill, des gens très bien, lui avait confié l'éducation de leur petite Judith… Bon, avoir un amant, sans être mariée, quand on est jeune, il faut savoir fermer les yeux, c'est la guerre, on ne sait jamais si demain la vie continuera… D'ailleurs, tous les jeunes juifs n'avaient qu'une envie en ce mois de juillet 1943, c'était de s'amuser, de se baigner, de danser, de faire des excursions. S'aimer était urgent.

Simon avait disparu.

Lulu, le soir, jouait de l'accordéon sous les platanes mais son regard se détournait quand Sonia passait près de lui.

Sonia et le lieutenant s'aimaient comme si chaque jour était le dernier.

*

Une fois, à l'heure du goûter, les jumelles étaient arrivées en pleurs. En passant devant la terrasse d'un bar proche de leur école, elles avaient entendu deux hommes qui conversaient. Elles n'avaient pas tout compris. L'un, qui s'appelait Marcel, parlait plus fort que l'autre :

– Ce village, c'est la gabegie, les Italiens ne surveillent rien, ils ne pensent qu'à faire la cour aux filles, les juifs ont la belle vie et s'amusent bien… Attends un peu que les Allemands viennent mettre leur nez là-dedans, tu vas voir… Et regarde-la, celle-là. (Il désignait Sonia qui allait acheter le pain pour les pensionnaires de Mme Savino.) T'es au courant ? Elle couche avec l'occupant, quand l'ordre sera revenu, on la rasera… Comme en Espagne, où les filles et les femmes des Rouges ont été tondues… Ses belles boucles, elle ne les a plus pour longtemps, tu peux me croire…

Les petites pleuraient à chaudes larmes.

– Maman, c'est quoi, les Rouges ? Qu'est-ce qu'ils vont faire à tes beaux cheveux, Sonia ?

Sonia venait d'entrer dans la cuisine chargée du pain. Elle éclata de rire et prit les enfants sur les genoux.

– Ils ne me feront rien, soyez tranquilles, les Italiens ne les laisseront pas faire.

– C'est vrai que tu as un fiancé ? C'est plus Simon ? T'es contente ? Tu vas te marier ? On pourra venir et mettre les belles robes que tu nous as brodées ?

Mme Savino intervint :

– Laissez Sonia tranquille, les enfants.

Elle se tourna vers la jeune fille :

– Faut pas vous en faire, ce Marcel, il est connu, il voulait s'engager dans la milice mais il est trop âgé, c'est un vieux radoteur, personne ne l'écoute. On n'a pas le droit de se mêler de votre vie.

Sonia souriait, plus rien ne lui faisait peur.

Elle prit son mouchoir et moucha les fillettes qui caressaient ses cheveux en reniflant.

– Allez, ne vous en faites pas, voyons, allez jouer dans la cour… Madame Savino, donnez-moi un couteau, je vais vous peler quelques pommes de terre que j'ai achetées dans une ferme de la montagne.

– Merci, Sonia, dites-moi, c'est vrai, Simon, on ne le voit plus… C'est dommage, il se donnait du mal pour tout le monde, c'était un courageux.

Elle souffla doucement :

– Il doit être bien malheureux… ça se voyait qu'il vous aimait.

Alors Sonia se réfugia dans les bras de sa logeuse et pleura sans faire de bruit.

– Moi aussi, je l'aimais, mais le lieutenant, madame Savino, le lieutenant, c'est plus fort que moi, c'est plus fort que lui…

Mme Savino lui caressa les cheveux :

– Ne pleurez pas, soyez heureuse, ma petite Sonia, l'amour, vous voyez, on ne le rencontre pas toujours, alors, quand il arrive, il ne faut pas hésiter. Simon vous aime et vous, vous en aimez un autre… Qu'est-ce que vous voulez que je vous dise ? C'est la vie… Moi aussi… Il y a une quinzaine d'années… Mais il est parti à la ville, il m'a écrit une fois, et puis plus rien… J'ai bien regretté de ne pas l'avoir suivi dans une grange dans la montagne, comme il me le demandait… Mais de mon temps, cela ne se faisait pas, pas du tout… Alors, je l'ai laissé partir… Vous, ma petite fille, ne le laissez pas partir… Et puis, le lieutenant est un bien bel homme qui a l'air si sérieux. Après la guerre, vous pourrez vous marier, qui sait ? Et vous viendrez me voir à Saint-Martin, là où vous vous êtes rencontrés, vous me présenterez vos enfants. Il faut avoir confiance, Sonia, la vie n'est jamais aussi mauvaise qu'on ne le croit… Moi, avec M. Savino, j'ai été heureuse, j'attends avec impatience de le retrouver, quand les Boches le libéreront… Allez, on aura encore du bonheur, vous verrez… Ici, les juifs ont trouvé la paix, prions pour que cela dure, ils le méritent bien…

Sonia saisit une pomme de terre et la nettoya. Elle avait raison, Mme Savino…

*

En cette fin de juillet, la chaleur étouffante de la journée faisait vibrer l'air. Mais le crépuscule amenait une fraîcheur presque froide, et la terre soufflait de son haleine humide les senteurs nouvelles de la nuit.

Sonia, assise devant leur grotte, préparait le pique-nique qu'elle avait apporté grâce à l'indulgence de Mme Savino. Le lieutenant avait déposé sa vareuse sur les épaules de la jeune fille, il avait toujours peur qu'elle ait froid, il était debout, planté, les jambes écartées, rebouclait sa ceinture, se passait les mains, les doigts écartés, dans ses cheveux pour se peigner. Il regardait la montagne s'habiller d'ombre. Il se retourna et s'accroupit à côté de la jeune femme.

– Sonia, il faut que je te donne une grande nouvelle… Le roi…

– Le roi ?

Sonia, malgré sa fausse carte d'identité belge, avait toujours du mal à imaginer que les Italiens avaient à leur tête un roi, comme au temps passé. Pour une républicaine comme elle, cela tenait du conte pour enfants…

– Ah oui ! C'est vrai, vous avez un roi… On n'entend parler que de Mussolini…

– Oui, nous avons un roi, hélas ! Il s'appelle Victor-Emmanuel III et il a abandonné le pouvoir aux fascistes, mais il semble qu'il se réveille, il a destitué Mussolini, le 25 juillet, et l'a remplacé par le maréchal Badoglio… Ils vont négocier avec les Alliés, cela paraît évident, pour l'instant, on ne sait rien. L'Italie a essuyé des revers militaires catastrophiques en Grèce, en Libye, en Russie, elle est exsangue. Cette alliance contre nature avec les Allemands a conduit mon pays à sa perte. Mussolini voulait la guerre, il voulait des morts pour créer une grandeur nationale et cette cohésion qui nous manque… L'unité de l'Italie est, pour l'instant, une utopie.

– Pourquoi sers-tu dans son armée ?

– Que pouvais-je faire d'autre ? Et pourtant je hais ce régime. Les militants fascistes sont des brutes incultes, violentes. Ils ont assassiné les opposants au régime, avec la bénédiction du Duce, ils ont battu les gens à mort, fait régner la terreur. Heureusement, c'est la fin du fascisme, sinon j'aurais déserté… Mais il y a toi aussi qui me retiens à Saint-Martin, ma petite Française, ma jolie juive aux yeux de libellule…

– Tu me parles de cette violence, pourtant les Italiens sont bons. Tiens, l'autre jour, à l'entrée du jardin d'une villa réquisitionnée par votre armée, un chasseur alpin installait une balançoire pour les gamins du coin… Vous êtes les seuls qui protègent les juifs.

– L'armée n'est ni fasciste ni antisémite… L'élite juive italienne, elle, a été fasciste et a juré soutien et fidélité à Mussolini. Elle voulait prouver son patriotisme et son intégration séculaire, qui ne faisaient pourtant pas l'ombre d'un doute. Les juifs, depuis les Romains, étaient installés en Italie. C'est pourquoi l'alliance avec les Allemands a eu l'effet d'un coup de tonnerre. Mais le Duce a assuré qu'il ne ferait rien contre les juifs. Il n'a pas tenu ses promesses, il a voulu plaire à son allié allemand. Il a fait voter, en 1938, les lois raciales, des lois honteuses…

– Ah oui ! C'est vrai… Je n'ai jamais compris comment les soldats d'un pays qui a édicté de telles lois pouvaient se montrer aussi compréhensifs avec nous. Mais après tout, peut-être qu'il y avait aussi des soldats français prêts à nous aider, notre armée a si vite été balayée…

– L'Italie est un drôle de pays, un pays unifié depuis à peine quatre-vingts ans, divisé, sans cesse au bord du chaos, c'est pour cela qu'elle a écouté le discours fasciste.

– Tout cela est bien compliqué. En Italie même, les juifs italiens sont moins bien traités que nous, à Saint-Martin…

– Oui, ceux qui étaient employés dans la fonction publique ont perdu leur travail, les enfants sont chassés des écoles, les étudiants des universités, la vie n'est pas facile pour eux, certains les aident, d'autres les évitent. Mais il n'y a pas eu de grandes rafles…

– Mais alors, vous aussi, vous êtes antisémites ?!

– Le gouvernement… Dans la population, les antisémites sont rares, même chez les catholiques pratiquants.

Dao Ormena enlaça sa petite fiancée juive.

– La bonne nouvelle de ces derniers jours est que Mussolini a été destitué le 25 juillet, il est en prison, on ne sait pas trop où, dans une montagne des Apennins, sans doute près de Rome, dans les Abruzzes.

– Alors ? La guerre va se terminer ?

– Peut-être. Pour l'instant, le mystère est total. Tout va dépendre de la puissance des Alliés, de leur action, de ce qu'ils vont faire de l'Italie. Ils ont débarqué en Sicile, vont-ils réussir à écraser les Allemands ? S'ils y arrivent, alors oui, c'est la fin de la guerre… Mais cela peut prendre beaucoup de temps.

Sonia embrassa Gian Piero sur les deux joues comme une petite fille, elle se mit à rire :

– Oh ! Ne soyons pas pessimistes. Si vous avez chassé Mussolini, c'est peut-être la fin de la guerre. Tu vas rentrer chez toi ?

– Et je t'emmènerai. Je te présenterai à ma mère. Dès que l'on aura retrouvé ta famille, on se mariera. Est-ce que tu veux bien que l'on se marie à l'église ?

– Si tes curés veulent bien, moi, cela m'est égal. Je croyais que tu n'étais pas pratiquant !

– Oui, mais la famille… En Italie, même les communistes se marient à l'église… Chez nous, Marx et Jésus s'entendent bien.

– Vous êtes vraiment drôles… Papa est communiste, mais je ne suis pas sûre qu'il ait épousé maman à l'église.

Le lieutenant s'agenouilla à côté de Sonia, il caressa avec une infinie tendresse les boucles emmêlées.

– Il faut que je te dise une chose, mais je t'en prie, ne te fais pas trop d'illusions et ne dis rien à personne. Je suis en contact avec un résistant italien, un partisan, un *partigiano*, il doit partir en France, à Barcelonnette, où il a un rendez-vous secret avec un maquisard des services des renseignements. On va chercher à avoir des nouvelles de tes parents.

*

Le mois d'août 1943 fut pour Sonia le mois du bonheur.

Celui des nuits chaudes et étoilées qu'elle passait dans la montagne avec Dao Ormena, celui d'une nouvelle vie qui commençait.

Elle n'avait plus revu Simon et elle se sentait coupable de son bonheur. Elle vivait d'espoir. La guerre allait peut-être s'achever, Mussolini était en prison, bien gardé dans une montagne, le fascisme allait mourir, les Allemands devaient se battre partout, au nord, à l'est, au sud, la campagne de Russie était un désastre, on soufflait : « Ils vont perdre la guerre. » Les Alliés ont traversé la Sicile et s'apprêtent à débarquer sur le continent.

À Saint-Martin, on rêve... L'espoir s'épanouit timidement comme une fleur encore en bouton, un espoir entêté, inattendu, les Américains vont arriver en Italie, ce n'est qu'une question de semaines. Les juifs iront les rejoindre, ils seront sauvés...

Le lieutenant, le soir, dans la grotte, berce Sonia qui bâtit des projets d'avenir, il l'écoute et ne répond pas, parfois, il glisse une petite phrase :

– Oui, tu as raison, ils vont débarquer à Naples sans doute... Tu sais où c'est Naples ? C'est si loin du Piémont... Entre Naples et Turin, il y a des milliers de kilomètres et des milliers d'Allemands... Oui, je sais, ils sont affaiblis... Mais ils restent encore très forts, plus que nous, hélas... Il faudrait que tout le pays se soulève, prenne les armes, il faudrait que nous soyons tous unis, d'abord les Italiens, ceux du parti de l'Action, les royalistes, les libéraux, les communistes... Et puis les

Français... Oui, il faudrait s'allier avec les Français, ceux du Piémont doivent s'allier avec ceux de la Savoie.

Puis, il se taisait, les yeux clos, deux rides profondes entre ses sourcils, la commissure des lèvres affaissée dans un tourment qu'il révèle peu à peu.

– Ma ville, ma pauvre ville... Turin est en ruine, éventrée par un déluge de bombes, d'abord détruite par les Anglais, puis aujourd'hui par les Alliés. Les immeubles sont en flammes, les églises écroulées, les gens meurent dans les abris. À la mi-août, la maison où nous habitions, boulevard Oporto, au 37, a été touchée. Du troisième étage au rez-de-chaussée, la cage d'escalier n'est plus qu'un trou béant, il y a eu des morts et des blessés.

– Oh ! ta famille ?

– Ils sont réfugiés à Elva depuis un an, là ils sont à l'abri. Il y avait bien mon père mais, cette nuit-là, il était resté chez son frère à la campagne.

Ses mains veulent oublier, en de longues caresses, elles investissent le corps de Sonia. Et tout se mélange, les espoirs les plus fous, l'amour, le plaisir qui monte lentement en elle et l'aveugle. Plus rien n'existe que ce bonheur intense qui balaie peurs et souvenirs. Comment penser au danger et à la mort quand une extase fulgurante vous donne une conscience si aiguë de la vie ?

Lorsqu'elle rentre à l'annexe, elle ne songe même pas à se cacher, à peigner ses cheveux emmêlés, à ajuster sa robe froissée. Elle marche, la tête haute. La guerre ne peut rien contre elle. Elle est juive, elle aime et n'a peur de rien.

VI

Odyssée

Le 8 septembre 1943, Sonia se dirige vers l'hôtel Terminus. La lumière est allumée à l'intérieur, mais il n'y a plus de musique, juste quelques murmures confus. Devant la porte d'entrée, des soldats sont rassemblés, figés, sans parler. L'un deux l'aperçoit dans l'ombre et s'approche d'elle.

– *Signorina*, entrez, il y a un message pour vous. (Il baisse la voix.) Un message du lieutenant... Qu'est-ce qu'on va devenir ? Que faut-il faire ? Il faut attendre ?... Attendre les ordres du comité d'armistice ? Mais nous, on n'en peut plus, on est à bout... On ne sait même pas à quoi on sert... Et à quoi sert cette putain de guerre, je m'excuse, *signorina*...

Il parle français avec un accent piémontais, il pousse la porte et s'écarte pour la laisser passer. Les autres soldats l'observent en silence tandis qu'elle entre dans la grande salle du restaurant où, le soir, elle va retrouver Gian Piero. Elle sait bien ce qu'ils pensent : « Voilà la maîtresse du lieutenant. » Elle redresse la tête et les brave du regard, mais elle ne voit dans leurs yeux abattus que de la fatigue, de la peur et un éclair de solidarité. Elle n'a rien à craindre de ces gens-là.

*

Hier matin, quand Gian Piero l'a quittée, il lui a expliqué :

– J'ai été appelé à Nice, à l'état-major, il se passe des choses graves. Si je ne suis pas rentré demain, va à l'hôtel Terminus, il y aura un message pour toi, tu suivras mes instructions, promets-le-moi…

Elle avait promis. L'idée d'être séparée de lui était insupportable.

– Que se passe-t-il, Gian Piero ?

– On le saura bientôt, prépare-toi à partir…

– Partir ? Tu crois ? Pourquoi ?

– Il vaut mieux être préparé. Ce soir, j'en saurai plus… Depuis la destitution de Mussolini, c'est le chaos en Italie, le vide… Plus personne ne sait où il va, il faut que cela cesse. Aie confiance en moi.

Ils s'étaient quittés hâtivement, conscients que quelque chose de grave allait arriver.

– On va rester ensemble ?

Gian Piero lui avait souri tendrement :

– Bien sûr, suis bien mes instructions et on se retrouvera, mais ne t'inquiète pas inutilement. Demain, je serai peut-être revenu.

Il n'était pas revenu.

*

Le soldat hèle un garçon en bras de chemise :

– Hé, Roberto, *c'è la signorina*[1].

Roberto n'est pas très grand, court sur pattes, il s'approche, il a un regard jaune, délavé, pathétique :

– *Signorina, ha telefonato il tenente, lei deve partire con noi in Italia. Lui... L'aspetterà, lassù, sull'altro versante della montagna*[2].

Il s'incline, porte ses doigts à sa tempe, dans un vague salut, et marmonne :

– *Dio mio... Ah, signorina... Dio mio...*

Il s'éloigne, le dos courbé. Sonia, éberluée, le suit du regard. Il s'est passé quelque chose qu'elle ne comprend pas. Elle cherche un visage familier, mais les hommes tournent la tête, l'évitent. Ils

1. *Roberto, il y a la demoiselle.*

2. *Le lieutenant a téléphoné, vous devez partir avec nous en Italie, il vous attendra là-haut, de l'autre côté de la montagne.*

n'ont plus envie de parler, de sourire, de chanter. Ils fument, l'air absent.

Elle interroge le plus proche d'elle :

– *Cosa c'è ?*[1]

L'homme hoche la tête, écarte les bras avec fatalisme et s'éloigne.

*

Il est 6 heures du soir et il fait froid. La place de la Mairie est bruissante de murmures. Sonia reconnaît des amis, des filles et des garçons du pays, elle aperçoit David Liberman, elle s'approche de lui :

– Qu'est-ce qui se passe ?

– L'Italie a signé l'armistice, on vient juste de l'apprendre. Les Italiens ont perdu la guerre. C'est leur maréchal Badoglio qui a signé en Sicile…

Sonia hésite :

– La guerre est finie, alors ?

Son cœur bat, elle va retrouver son lieutenant, la guerre s'achève, elle va revoir son père, sa mère, sa sœur…

Un homme, à côté de David, a un ricanement amer :

– Non, tout recommence… Les Allemands vont se déchaîner, ils vont se venger, je n'aimerais pas

1. *Qu'y a-t-il ?*

être dans la peau des Italiens. D'ailleurs, vous allez les voir arriver, les Boches, ils vont arrêter tout le monde, ils n'attendent que cela. À 4 heures ce matin, un départ a déjà été organisé, des familles entières de juifs sont parties, vers le col de Fenestre pour gagner l'Italie... D'après ce que j'ai pu comprendre, c'était prévu depuis longtemps, l'itinéraire était déjà au point, des jeunes de chez vous avaient préparé un plan d'urgence. En Italie, ils seront mieux qu'ici. On dit que la ligne de front sera les Alpes, d'un côté les Allemands qui occupent la France, de l'autre les Américains qui occupent l'Italie...

– Et les soldats italiens ?

– Ils attendent les ordres pour se retirer, certains sont déjà partis, ils en ont marre de la guerre, ils veulent rentrer chez eux, ils attendent les Américains... Sauf que ceux-là, ils sont dans le Sud, ce n'est pas la porte à côté. Vous, mademoiselle, vous ne devriez pas traîner ici, il va y avoir un autre départ, avec les Italiens, partez avec eux, au moins vous ne vous perdrez pas dans la montagne, les cols sont à deux mille quatre cents mètres, le froid y est intense, ne vous aventurez pas à la légère, partez avec les chasseurs alpins, ce sont de braves gens... Allez vous cacher dans la montagne...

Il la regarde avec gentillesse :

– Et surtout, couvrez-vous bien...

Sonia balbutie quelques mots de remerciements et se dirige vers l'hôtel Terminus… Pourquoi Gian Piero ne vient-il pas la chercher ? Elle a les yeux pleins de larmes.

Dans la salle de l'hôtel règne une grande confusion, des soldats vont et viennent, des appels, des cris, des jurons. Personne ne fait attention à elle. Où est Roberto, le soldat qui a reçu le message de Gian Piero ? Finalement, elle le découvre en train de ficeler son barda, appuyé contre un mur, près d'une des portes-fenêtres. Il lève sur elle un regard empli d'inquiétude, elle a le sentiment angoissant qu'il ne la reconnaît pas, il la fixe d'un air égaré :

– Le lieutenant Dao Ormena… Que vous a-t-il dit ? Que dois-je faire ?

– *Ah ! Signorina… Si… si… Certo… Partiamo domani, venga con noi*[1].

Il dit à voix basse dans un français hésitant :

– Il faut fuir, décamper, *scappare*…

*

La vieille Mme Weill tape sur le sol avec sa canne.

---

1. Ah ! mademoiselle, oui, bien sûr, nous partons demain, venez avec nous.

– Judith, tu pars avec Mlle Sonia, tu continueras d'étudier en Italie... Arrête de pleurer, voyons, je n'ai plus l'âge d'aller courir à travers la montagne, tu me vois sur ces chemins pleins d'ornières et de pierres avec ma jambe... Ton grand-père ne veut pas me quitter, et puis il n'est plus bien jeune lui aussi... Nous pouvons très bien rester ici, dans la villa, elle est confortable, le voisin nous apportera du bois, nous n'aurons pas froid, tu peux être tranquille... Arrête de pleurer, les Allemands... Les Allemands... Et alors ? Que veux-tu qu'ils fassent de deux vieux comme nous ? On ne leur servira à rien et on ne dérange personne... Ils ont autre chose à faire que de s'occuper d'un grand-père et d'une grand-mère. Toi, tu es jeune, tu as toutes tes chances, tu pars avec Mlle Sonia, avec les Italiens qui sont des gens comme il faut. Tu ne dois pas rester ici, tu es si mignonne que les Allemands sont capables de t'emmener avec eux. Allez, dépêche-toi, termine ta valise... Sonia t'attend.

Sonia s'efforce d'être gaie, elle bavarde, la montagne est si belle en automne, on verra des animaux extraordinaires, des renards, des écureuils, des marmottes, des bouquetins, des aigles. On téléphonera, on enverra des télégrammes, on écrira.

Mme Weill tend une enveloppe.

– Il y a des lires et des dollars, cela fait longtemps que cette enveloppe attend, le moment est venu... Je vous confie Judith, je sais qu'avec vous elle ne craint rien, que votre lieutenant la protégera comme si c'était votre petite sœur, il est où le lieutenant Dao Ormena ?

Sonia prend un air confiant.

– Il nous attend de l'autre côté, en Italie...

– Où ?

– Les chasseurs alpins le savent...

– Il ne vous a rien dit ?

– Il m'a envoyé un message.

La vieille dame soupire.

– Que Dieu vous protège... Judith dormira avec vous, cette nuit, ce sera plus pratique pour le départ. Allez, jeune fille, je vous embrasse et je vous bénis.

Sonia, la gorge serrée pense à sa mère.

Judith, les yeux rouges et l'œil noir, arrive en traînant une grosse valise. Il faut la convaincre d'en prendre une plus petite, plus légère. Elle laisse, de mauvaise grâce, ses livres, une robe de satin, deux paires de chaussures et un manteau de velours.

Sa grand-mère a le sens pratique, elle lui fait enfiler deux manteaux l'un sur l'autre :

– Il fera froid, cela te servira et tu n'auras pas besoin de les porter. Tenez, prenez mes cannes, en montagne, c'est utile pour vérifier la solidité du terrain. Mademoiselle Sonia, vos pieds... quelle pointure ? Trente-huit ?

Mme Weill sort du placard de l'entrée une paire de chaussures à lacets, avec de grosses semelles :

– Prenez-les... Si elles ne vous sont pas utiles, donnez-les à qui en a besoin...

– Mais vous, madame ?

– Moi ?

Le regard de la vieille dame fixe la fenêtre, elle ne dit rien, elle a un léger sourire, à peine esquissé.

– Moi ?

Elle se tait, la tête penchée, songeuse... À quoi pense-t-elle ? Elle tend les chaussures.

– Vous verrez, elles seront utiles à quelqu'un.

Puis, comme Sonia reculait, elle ajouta avec autorité :

– Ces chaussures ne me vont plus depuis longtemps. Prenez-les puisque je vous le dis.

*

Ils se sont dit au revoir, ils se sont longuement embrassés. Dehors, sur la route, Sonia voit les tourelles de la maison des Russes.

– Viens, dit-elle à Judith, on va voir si Larissa et Bella sont là, on pourra partir avec elles, demain.

Elle sonne à la grille mais personne ne répond, la villa est sombre et silencieuse. Sonia sonne de nouveau avec rage. Au bout de quelques minutes, une silhouette traverse la véranda, la porte s'ouvre.

– Qui êtes-vous ? Pourquoi tout ce boucan ?

C'est la voix de Larissa.

– Larissa, c'est moi, c'est Sonia…

– Ah ! C'est toi, ah ! Viens ! Monte… Ne faites pas de bruit, mes parents se reposent.

Elles s'assoient toutes les trois dans la véranda, Larissa allume une petite lampe à la lumière blafarde, sa chevelure rousse est retenue par un ruban de velours vert, elle a de grands cernes sous les yeux.

– Tu es prête, Larissa ? Il faut partir, demain très tôt, on suit les Italiens, on va traverser la montagne et on ira se réfugier dans le Piémont en attendant l'arrivée des Américains.

Larissa fouille dans sa poche à la recherche d'une cigarette qu'elle ne trouve pas, elle marmonne quelque chose en russe :

– Je reste, mes amies, Bella est déjà loin, elle est partie ce matin très tôt.

– Et toi ? Tu ne peux pas rester, tout le monde dit que les Allemands vont arriver.

Larissa a trouvé une moitié de cigarette dans une petite boîte de laque noire, elle l'allume en prenant son temps, elle souffle longuement la fumée et, pendant quelques secondes, son visage disparaît dans un nuage blanc. Lorsqu'il réapparaît, il est souriant. Triste, las, mais souriant.

– Ah ! oui ! les Allemands… On les avait oubliés, ceux-là. Eh bien ! Qu'ils viennent… Que veux-tu que je te dise… Moi, je ne pars pas, la bonne a pris la fuite parce que son fiancé, réfractaire au S.T.O.[1], s'est caché dans la montagne et elle a peur de se faire arrêter. Ma mère va de plus en plus mal et mon père s'est alité. Qui va s'occuper d'eux ? Leur porter leur repas, les aider à se laver, faire les courses, la cuisine ? Hein ? Qui ?

Elle a pris un air de défi comme pour dire : « Vous voyez bien que c'est moi qui ai raison… »

Elle baisse la tête et s'efforce de tirer une dernière bouffée de sa cigarette.

Sa voix est presque inaudible, elle parle, les yeux rivés sur la pointe de ses chaussons :

Je ne peux pas les abandonner, un médecin doit passer, je l'attends depuis ce matin, ils n'ont plus que moi, papa nous a dit de partir, alors j'ai fait la valise de Bella, moi, je suis l'aînée, je ne les quitte pas. Si les Allemands viennent, on leur offrira du thé…

---

1. *Service du travail obligatoire : réquisition et transfert vers l'Allemagne de travailleurs français.*

Sonia a la gorge serrée, Larissa, l'écervelée, la coquette, celle que Simon jugeait sévèrement parce qu'elle voulait du rimmel…

– Oh ! Larissa, tu le sais bien qu'ils ne prennent pas le thé, ce ne sont pas les Italiens, ils vont t'arrêter, te mettre dans un train, je l'ai vu à Nice… Et personne ne sait où ils t'emmèneront.

– Je serai avec mes parents, ils ne peuvent faire un voyage sans mon aide, ils sont tellement vieux… Tu crois que les Boches arrêtent de vieilles gens malades ?

– Oui, Larissa, je le crois, je le sais.

– Eh bien ! ils nous arrêteront…

Judith pleure.

– Ils vont arrêter mes grands-parents alors ?

Larissa a un petit rire.

– Mais non, petite sotte, on n'arrête pas les vieux, au pire, on les envoie à l'hôpital. Allez, partez, toutes les deux, vous retrouverez peut-être Bella. Et ne t'inquiète pas, Judith, je m'occuperai de tes grands-parents. Allez, debout… Il est temps de partir, demain, vous allez vous lever à l'aube.

Sonia est prostrée sur sa chaise. Larissa, oh ! Mon Dieu, Larissa, la flamboyante, l'aguicheuse qui faisait rêver les officiers italiens avec ses robes de soie ondulantes, Larissa qui boudait quand elle ne pouvait pas se maquiller les yeux, qui ronchonnait quand son père lui parlait et lui répondait à peine… Larissa reste à Saint-Martin, dans ce village qui dans quelques jours sera un piège.

Les doigts de la jeune Russe caressent sa main et remontent sur sa joue.

– Allez, Sonia, c'est la vie. C'est la guerre, on n'y peut rien. Je suis fatiguée. Mais peut-être que tout se passera bien, pourquoi s'en faire à l'avance ? Je me contente de l'instant présent. Hier, je dansais le fox-trot, aujourd'hui, je suis garde-malade. Embrasse-moi et si tu rencontres ma petite sœur, dis-lui de prendre garde à elle.

Elles descendent toutes les trois l'escalier qui mène à la grille du jardin, elles s'étreignent puis se quittent. Larissa les regarde partir, la main levée dans un salut qui se voudrait joyeux, ses lèvres bougent à peine quand elle murmure :

– Bon voyage…

Sonia et Judith marchent très vite, comme si elles avaient peur de l'ombre des arbres qui les regardent. Sur la route de Venanson, elles passent devant le chalet des Lucioles, elles longent le chalet des Pervenches où s'était installée la synagogue, elles ont la tête baissée et ne parlent pas, elles se donnent la main. Demain, dès l'aube, elles seront prêtes.

*

Elles ont une pensée pour le fameux bateau d'Angelo Donati. On disait même qu'il en avait loué quatre aux Alliés et qu'il emmènerait tout le monde en Afrique du Nord ! La mer est si loin maintenant. Il faut obéir à Gian Piero, il faut suivre les Italiens à travers la montagne.

*

Elles ne le savent pas encore, les Allemands vont envahir la côte, ils trépignent d'impatience. La panique règne à Nice. Eisenhower a parlé trop tôt, le secret de l'armistice est éventé. Les juifs assiègent le consulat italien, courent après les camions militaires qui s'ébranlent dans le désordre.

– Ne nous laissez pas, vous aviez promis…

Des bras se tendent, des mains s'accrochent aux portières. Les militaires d'une armée en déroute détournent les yeux.

– *Andiamo via, andiamo via, veloce, non c'è più posto… Non c'è posto per voi*[1]…

Les taxis sont pris d'assaut, il faut échapper aux Allemands, fuir de l'autre côté de la frontière, partir en Italie, rejoindre les Américains, il faut s'éparpiller dans la campagne, se cacher…

Le plan Donati s'évapore avec l'espoir.

---

1. *On s'en va… on s'en va, vite, il n'y a plus de place… Il n'y a pas de place pour vous…*

À Saint-Martin, le salut viendra de la montagne.

Mme Savino a préparé du pain et du lard, des pommes de terre cuites, un morceau de jambon et des pommes, dans un tissu, elle a enveloppé deux fromages qu'elle a faits avec le lait de sa chèvre.

– Commencez par les fromages qui se conservent moins bien.

Sur le pas de la porte, elle embrasse longuement Sonia, les jumelles dorment encore.

– Ah ! Sonia ! Vous allez me manquer, les Boches vont arriver, Dieu sait ce qui nous attend...

Sa bouche est tout près de l'oreille de Sonia, elle souffle :

– Promettez-moi de revenir me voir après la guerre, vous me raconterez, allez, chère petite Sonia, partez vite, vous êtes la dernière. L'annexe est vide, tous les jeunes Polonais sont partis hier... Si vous pouvez, écrivez-moi... Je vais m'en faire du mauvais sang de vous savoir toutes les deux dans la montagne... Surtout ne lâchez pas les soldats italiens, restez avec eux, ils connaissent le pays...

Dans la rue, Judith et Sonia se retournent et agitent leurs mains vers la silhouette immobile, grise dans son tablier de toile. Silencieuse.

Partir. Partir encore.

*

– On va passer par le col de Ciriegia…

Ils sont là, sur la place. Allemand, russe, polonais, hongrois, yiddish, toutes les voix résonnent du même écho angoissé. L'été de la paix est fini.

Il faut fuir, échapper aux nazis. Une panique sourde casse les gestes, étrangle les phrases, trouble les regards et voile les pupilles que la fatigue éteint. Partir, fuir d'urgence, talonnés par des hommes habités d'une fureur qu'ils savent assassine.

Des hommes âgés se voûtent un peu plus dans leur manteau noir, les jeunes piaffent d'impatience, ils veulent s'échapper. Là-haut, dans la montagne, loin des Allemands, aidés par la population, ils sauront se glisser entre les mailles du filet, ils iront rejoindre les Américains, les jeunes s'engageront dans la Résistance. Les femmes serrent la main de leurs petits, le visage crispé par l'inquiétude, calculant la fatigue qui rongera les jambes des enfants puis des adultes. Les camions italiens font tourner leurs moteurs puis s'ébranlent dans un bruit assourdissant, les chasseurs alpins distribuent de la nourriture et abandonnent ce qui reste de leurs réserves aux villageois. Avec de grands gestes pleins de lassitude, ils donnent le signe du départ, ils partent pour le col de Ciriegia, ils connaissent la route, les juifs leur font confiance, ils les suivent.

Nouvelle errance, nouvel exode vers une terre promise toute proche, de l'autre côté de la montagne. Encore un autre pays mais toujours la même montagne, pauvre et tourmentée, toujours les mêmes paysans méfiants, souvent illettrés, cassés par le travail et la dureté du climat, habiles pour grimper sur les cimes, dans les sentiers escarpés, des bergers plus habitués à la compagnie des bêtes, à la solitude des hauteurs qu'aux soldats qu'ils ont l'habitude de fuir.

Et les autres ? Ceux qui sont partis hier ? Ils doivent être déjà arrivés de l'autre côté… Ils ont trouvé l'Amérique ?

Un homme du pays explique, mélangeant patois et français :

– Ils sont passés par le col de Fenestre, *il colle di Fenestra*. Pas facile, ce col, même pour des alpinistes expérimentés. Il faut bien compter quatre heures mais pour des enfants, pour des femmes, des vieux, des adultes chargés de sacs, de valises… Allez savoir… Deux jours, trois jours, s'ils perdent leur chemin. C'est l'ancienne route du sel, elle date du Moyen Âge, aujourd'hui, ce sont les contrebandiers qui la suivent. Après, faut longer le torrent Gesso, descendre dans la vallée, jusqu'à Entracque…

Les mots étrangers claquent, mystérieux, porteurs d'espoir. À Entracque, ils seront sauvés ? Il n'y a pas d'Allemands à Entracque ? C'est ce qu'on dit… Il y a les Italiens, on s'arrangera avec eux. Un officier a affirmé qu'il n'a reçu l'assurance qu'à leur arrivée, les juifs vont trouver un centre d'accueil pour les recevoir.

Il faut suivre les soldats, ils aideront les fugitifs. Bien sûr, les avions allemands peuvent poursuivre leurs alliés d'hier, les mitrailler, les bombarder. C'est un risque à prendre, c'est toujours mieux que de s'aventurer seuls dans cette immense montagne.

*

Sonia s'accroche aux Italiens, à la frontière, Gian Piero l'attend et les sauvera. Elle ne doit pas quitter les soldats sinon elle perd son lieutenant. Sa gorge se serre, elle se sent si seule, le lien qui l'unit à Dao Ormena s'est brutalement distendu. Elle scrute les « Alpini », elle ne reconnaît plus personne, les visages sont tendus, inquiets. Ils sont tous pressés de retourner en Italie, chez eux…

Le long convoi des juifs s'ébranle, les uns poussent des carrioles où ils ont entassé leurs biens, des couvertures, des victuailles, des bébés, d'autres s'arc-boutent à des voitures d'enfants chargées de sacs et de valises, l'échine courbée, les paupières baissées. Des femmes ont de grands châles noirs sur le dos, elles suivent les hommes qui ouvrent le chemin sans parler.

Sonia saisit la main de Judith et s'approche d'un soldat.

– Où va-t-on ? On ne prend pas le même chemin que ceux d'hier ?

L'homme parle un français émaillé de mots italiens déformés mais elle le comprend aisément :

– Eux, ils sont passés par le col de Fenestre, nous, on passe par le col Ciriegia. On va monter jusqu'à un village abandonné qui s'appelle Le Boréon, à mille cinq cents mètres environ, il y a une grande forêt de pins et plus haut des mélèzes et quelques cerisiers sauvages, c'est pourquoi on appelle le petit lac qui se trouve là, et que vous allez longer, le lac Cerise. C'est plein de pierrailles, c'est très pentu, *molto pentu*, et glissant aussi, ça sera pas facile, mais vous êtes jeunes toutes les deux… Après, ça monte dur jusqu'au col Ciriegia[1] et celui du Mercantour…

– C'est si haut ?

– *Certo !* C'est haut, *alto*, dans les deux mille cinq cents mètres mais l'avantage, c'est que pour descendre de l'autre côté, il y a une belle piste muletière,

1. *Le col de Cerise ou* colle Ciriegia. *Ciriegia est une déformation du mot piémontais* ceresa *et du mot italien* ciliegia.

bien entretenue, qui traverse les chasses du roi, les sentiers sont plus praticables et on arrive aux Thermes royaux de Valdieri, on n'est pas obligé de passer par Entracque… C'est mieux…

– Pourquoi ?

– Ben… (Le troufion se gratte la tête ; il a perdu son chapeau avec sa plume de coq. Il baisse la voix.) Au fond, on sait pas trop ce qu'on va trouver à Entracque, de braves paysans de chez nous ou des fascistes enragés ? Les fascistes, ma petite *signorina*, c'est de beaux salauds, brutaux, violents, qui sont capables de battre les gens à mort… de les torturer. Ils l'ont fait… Leur Mussolini ne pense qu'à la guerre, pour faire le beau sur la scène internationale, il veut des morts, il en veut plein, pour le bien du pays… Moi, le bien du pays, je m'en fiche, je veux pas mourir…

– Mais on va trouver des Américains, ils vont occuper l'Italie, on me l'a dit.

– *Si… Si… Forse*[1]… Mais leurs histoires, leurs accords, leur armistice, ça se passe dans le Sud et nous, nous sommes dans le Nord… Le Piémont, *Madamin*[2], c'est le Nord, c'est la Savoie italienne. À Entracque, à Cuneo[3], je ne sais pas ce

1. *Peut-être.*
2. *Petite madame, en piémontais.*
3. *Coni, en français.*

qu'on va trouver tandis que les thermes de Valdieri, là où allaient notre roi et la haute société, on peut mieux se débrouiller. Les paysans vous aideront, maintenant, on a tous le même ennemi : *i Crucchi*[1]. Moi, ça m'a jamais trop plu cette alliance avec les *Tedeschi*[2], nos anciens ennemis. Vous êtes française ou juive ? Les deux ? Cette chasse aux juifs, c'est quoi ? C'est pas une guerre, ça... C'est pas des combats d'hommes... Arrêter des femmes, des enfants, des vieux... Misère, on n'a jamais vu ça... Il est temps que cela s'arrête...

Le soldat les quitte brusquement, appelé par ses compagnons. Sonia regarde Judith et sourit bravement.

– On va aller à Valdieri, tu vois, c'est le meilleur chemin.

Elle s'efforce d'être gaie, mais la peur lui noue le ventre.

Elles se mettent en marche.

– Tu aurais dû prendre comme moi un sac à dos, ma petite Judith.

– Je n'en ai pas, je peux bien porter une valise tout de même, les vêtements se froissent dans un sac à dos.

---

1. *Les Boches.*
2. *Les Allemands.*

Sonia lève les yeux. Aux fenêtres des maisons, des villageois les regardent avec inquiétude et sympathie.

Sonia sourit, elle cherche du regard les filles avec qui elle allait se baigner dans le torrent du Boréon. Leurs rires, leurs jeux résonnent encore dans ses oreilles. Elles l'interrogeaient, curieuses de ces grandes villes qu'elles ne connaissaient pas et qui les faisaient rêver.

– C'est comment Bruxelles ?

Elle racontait les rues de Paris et les jeunes paysannes écoutaient, les yeux rieurs et pleins de curiosité.

– Après la guerre, on viendra te voir, tu nous inviteras ?

Sonia disait : « Oui… oui… bien sûr. » Quand elle aurait retrouvé ses parents, sa petite sœur… qu'elle leur aurait présenté son fiancé italien, ses amies de Saint-Martin, quand ils seront de nouveau tous ensemble, serrés les uns contre les autres, à se raconter leurs aventures, tremblants, ils ont eu si peur de se perdre…

Elle s'engage d'un pas ferme sur la route du sel, son sac accroché dans le dos, en s'appuyant sur une canne de Mme Weill, la main de Judith dans la sienne.

– Allez, viens, Judith, dépêchons-nous, il ne faut pas être prises par la nuit.

Elles marchent d'un bon pas, dépassent des familles entières ployant sous leurs baluchons, des enfants rieurs leur ouvrent le chemin avec des cris perçants, en jouant entre les buissons.

*

Au début, la route est large et la montée modeste. Sonia et Judith chantent *À la claire fontaine*.

Plus tard, elles font une halte près du lac Cerise pour prendre des forces avant l'ascension vers le col. C'est un tout petit lac, lisse comme du marbre, perché au-dessus d'un chaos de pierres, la montagne est sauvage mais ne paraît pas menaçante, il fait frais et le soleil brille, beaucoup de familles sont assises sur des rochers, les enfants lancent des cailloux dans l'eau en poussant des piaillements de joie, les parents parlent à voix basse, en rangeant avec un soin méticuleux leurs provisions.

Judith donne une partie du sandwich préparé par sa grand-mère à un petit garçon tout maigre.

L'enfant dit merci avec un grand sourire.

– Comment t'appelles-tu ?

– Marek, ma maman est là-bas, près du lac, elle va me chercher, au revoir.

L'enfant court vers une grande femme blonde, il lui donne un morceau de sandwich qu'elle dévore sans poser de questions.

Judith, la première, se lève, elle est agitée. Drôle d'excursion, drôle de pique-nique. Beaucoup sont déjà partis.

– Allez, on y va…

Des soldats italiens, à pied, les rejoignent, beaucoup sont seuls, sans officiers, parfois sans armes. Pour ne pas s'alourdir, ils les ont laissées aux habitants de Saint-Martin qui les avaient réclamées.

– Vous, ça vous embarrasse, nous, on va les cacher, ça pourra nous servir…

D'autres jettent leurs fusils dans les ravins pour aider des familles à porter leurs bagages ou prendre dans les bras des petits enfants dont les jambes vacillent déjà et qui ont peur.

Des vieux ont le souffle court et s'assoient sur des talus d'herbe sèche.

Les Italiens donnent des conseils.

– Ne perdez pas de temps, la nuit tombe vite, marchez à grands pas réguliers et calmes.

Au bout d'une heure, la montée devient plus rude, les fugitifs dépassent les forêts de pins et de mélèzes, le sentier est plus étroit, plus rocailleux et surplombe des ravins immenses et profonds, noyés dans une végétation enchevêtrée, les arbres deviennent de plus en plus rares, un vent glacial cisaille la peau et remplace le souffle doux de la vallée.

Il ne faut pas perdre les Italiens, ils connaissent le chemin. Un homme porte deux valises sur son dos et une troisième à la main. Sonia le voit au fil des heures jeter une à une ses valises dans les précipices où elles restent accrochées aux arbres, comme des cadavres, pour prendre dans ses bras une petite fille qui pleure parce qu'elle a froid et peur.

Sonia et Judith ne chantent plus.

Elles sont essoufflées, leurs pieds trébuchent sur des pierres qui se mettent à dévaler la pente avec un raclement sourd. Elles s'arrêtent et se résignent à se débarrasser d'une partie de leurs vêtements, elles jettent la valise de Judith et emplissent le sac à dos de Sonia. Judith prend la main du petit Marek qui les a rejointes, il ne veut plus marcher, elle le tire et lui donne un des sablés qu'a faits sa grand-mère.

Le froissement de l'eau des torrents s'est tu. Seul le raclement des pieds sur la terre sèche et le croassement des chocards rompent le silence, des nuages gris s'accumulent au fond de la vallée tel un barrage sombre et menaçant, d'autres s'accrochent aux sommets des montagnes comme pour les emprisonner.

Sonia, pliée en deux, cherche des yeux des soldats italiens arrivés de la côte et des campagnes.

– Judith, regarde où tu mets les pieds, attention au petit garçon, éloigne-le du ravin.

Il faut attendre la mère, une jeune Polonaise qui ne veut pas lâcher un énorme sac et gémit de rage et d'épuisement quand elle perd l'équilibre.

Sonia pousse un profond soupir de fatigue et plonge son regard vers la vallée qui s'est emplie d'ombre. Elle devine la procession tragique des pauvres gens harassés qui découvrent les menaces d'une montagne qu'ils avaient connue riante et complice. Des précipices obscurs, happés par le tumulte des broussailles et des rochers, les encerclent comme de mauvais génies dans leur ascension chaotique.

Quelques mètres au-dessus, elle entr'aperçoit une plate-forme rocheuse. Elles vont dormir là. Elle appelle la mère du petit Marek, les deux femmes se hissent sur la pierre et étalent leur couverture, à l'abri des branches d'un pin, allument avec un briquet une bougie et sortent leurs provisions. Le petit garçon se roule en boule et s'endort sans manger, sa poitrine se soulève parfois dans un hoquet qui retient un sanglot. Sa mère part à la recherche de brindilles de bois et de pommes de pin pour faire un feu.

Tout le long de la vallée, d'autres feux s'allument et tremblent dans le noir, des ombres se tassent autour d'eux et la nuit commence, âpre, glaciale. C'est un mois de septembre particulièrement rude.

Après avoir dîné, elles se rapprochent l'une de l'autre et chuchotent pour ne pas réveiller l'enfant et Judith qui s'est endormie sous ses deux manteaux. Marisha a repris des forces, elle est seule avec son fils. Il y a une semaine, son mari est parti dans la montagne à la recherche des partisans italiens ou des maquisards français, il a promis de revenir. Elle a attendu.

– Alors, explique-t-elle dans un français correct, je me suis mise en route moi aussi, je n'allais pas attendre que les Allemands viennent me chercher. Pourtant, je n'avais pas envie de quitter Saint-Martin. J'y ai passé un des plus beaux étés de ma vie. Les gens du village sont comme ceux de mon *shetl*[1] en Pologne, c'était un peu la même vie, chacun avait un petit métier et cultivait un morceau de terre. Mon mari est cordonnier, il s'est mis à travailler avec celui de Saint-Martin, il en a réparé des chaussures, en renforçant les semelles en préparation de l'hiver ! Il l'a fait pour les Saint-Martinois, pour les juifs, pour les touristes, ils n'ont pas chômé, le Français et le Polonais, ils connaissaient et faisaient les mêmes gestes, c'était joli de les voir travailler ensemble. Pris par le travail, ils oubliaient

1. Village de maisons de bois abritant dix à vingt mille juifs en Pologne orientale, en Galicie, en Ukraine, en Biélorussie et en Lituanie, vivant en quasi-autarcie.

la guerre. Moi, j'aidais la couturière, je sais filer aussi. Ma voisine m'a montré comment elle faisait la cuisine, on a échangé des recettes, elle me disait : « Je t'aime bien, Marisha, tu es comme nous, pas comme les dames françaises ou étrangères qui venaient avant la guerre passer leurs vacances dans les hôtels ou les villas, avec leurs belles robes qu'elles mettaient pour aller manger des glaces sur les terrasses, leurs mains douces, fines, soignées. Toi et moi, on a des mains de travailleuses, regarde... » Et on riait. Elle et moi, on était de la même race, on se comprenait, elle me donnait des fougasses pour mon petit Marek qui n'a que 5 ans. Moi, je lui ai tricoté un maillot de bain parce qu'elle n'en avait pas et que je voulais l'emmener se baigner dans le torrent. Au bout d'un mois, on faisait partie de la famille. On les a invités au mariage d'un de nos amis polonais, au début du mois de juin. On s'est tous retrouvés à la synagogue, il y avait même le commandant des carabiniers. C'était une belle fête, tout le monde était content, on était tous des gens de la campagne, on savait cueillir les épinards sauvages et les pissenlits, on allait pêcher la truite même si c'était défendu. Janusz, mon mari, il est très fort pour pêcher la truite, faut toujours se mettre à contre-courant.

« Mais à la fin du mois d'août, il s'est mis à s'agiter, il rencontrait en cachette des tas de gens. Un soir, il est parti, il disait qu'il n'était pas tranquille, qu'il allait rejoindre les autres et qu'il fallait l'attendre. Moi, je suis restée, j'étais au calme chez ma voisine. Mais quand les chasseurs alpins italiens sont partis, j'ai eu peur sans eux. Denise, ma voisine, m'a dit qu'il ne fallait pas rester, que c'était dangereux, elle voulait garder Marek, elle s'inquiétait pour lui à cause de la traversée de la montagne, mais ce n'était pas possible, je veux pas me séparer de lui, déjà que je ne sais pas où est son père. »

Elle se met à pleurer sans bruit.

– Et j'ai quitté mon nouveau village où j'étais si bien… Partir de nouveau, fuir toujours… Enfin, on verra bien, peut-être que chez les Italiens, il y a des pays comme Saint-Martin. (Elle se mouche dans sa jupe.) Vous croyez, mademoiselle, qu'il y a des synagogues en Italie ?

– Peut-être… Mais il faut dormir maintenant, demain la route va être difficile, elle monte dur. Marisha, prenez un peu de ma couverture, étendez-vous… Nous ne devons plus être si loin du col maintenant, c'est très haut, on dit deux mille quatre cents mètres, mais de l'autre côté, ce sont les chasses de leur roi, ça sera plus facile.

Le ciel s'emplit de nuages sombres et les étoiles s'éteignent. Gian Piero l'attend de l'autre côté de la frontière, il va la chercher parmi les soldats, il va la trouver, elle sera sauvée. Elle sombre dans la nuit, réfugiée dans des rêves où le soleil est revenu. Dormir, oublier, s'enfuir dans un autre monde où elle retrouve celui qu'elle aime.

*

Le froid la réveille, le feu s'est éteint, le jour ne s'est pas encore levé, tous ses os lui font mal, il lui semble qu'elle ne pourra plus jamais bouger. Elle fait un effort qui lui semble surhumain et roule sur le côté pour tenter de s'asseoir. Elle sent des mains qui la secouent, la poussent, la tirent, elle a un gémissement et ouvre les yeux, elle découvre le visage tendu de Judith.

– Sonia, ils partent tous... Marisha a laissé son sac, elle n'a pris que les couvertures et attaché le petit Marek sur son dos, elle a dit qu'il fallait que tu te réveilles sinon tu vas mourir. Tu dois bouger ou ton corps va geler...

Des silhouettes pareilles à de grands oiseaux noirs aux plumes hérissées vacillent sur les flancs gris de la montagne, agrippées à des cannes, dans un paysage de pierres, plus un arbre, plus de buissons, plus de végétation, juste un peu d'herbe, le col est proche. Seul signe de vie, un cortège d'êtres transis qui s'accrochent à l'espoir, portés par un instinct de survie désespéré.

D'un coup de reins, Sonia se lève, il faut partir. Elle sort de son sac un morceau de pain qu'elle partage avec son élève, puis elles s'engagent sur le chemin rocailleux, des pierres roulent sous leurs pieds malhabiles, avec un bruit mat et inquiétant, elles trébuchent, se redressent. Le jour, petit à petit, porté par une brume glaciale, se faufile entre les cimes. Pliées en deux, elles marchent à grands pas, dépassent des familles ralenties par des vieux, épuisés, le souffle court, le cœur brisé par l'altitude. Leurs pieds sont si douloureux qu'elles titubent sur le chemin.

Sur le bord d'un sentier tortueux, un vieil homme, enveloppé d'une couverture, est étendu, plusieurs jeunes garçons, tête baissée, murmurent toujours les mêmes mots lancinants d'une voix enrouée par le froid, la peur et la peine :

– *Yitgadal ve'yitkadach chema raba*[1].

Sonia s'arrête, le cœur broyé, l'homme est mort. On lui a laissé son chapeau noir et des étincelles de glace luisent dans sa longue barbe grise.

Judith se met à répéter les mots inconnus avec une obstination désespérée.

– Que disent-ils ?

Judith souffle :

– C'est la prière des morts, dis quelque chose toi aussi. Même si on est des filles, on ne peut pas

1. *Que Son grand nom soit grandi et sanctifié.*

passer devant lui, comme ça, sans un geste, il a l'âge de mon grand-père, on lui doit quelque chose.

Sonia tremble de froid et de panique. Prier… Prier qui ? Où est Dieu dans cette montagne glaciale ? Pourquoi permet-il cette fuite cauchemardesque ? Ces arrestations de femmes et d'enfants que l'on déporte vers des lieux inconnus ? Qu'avons-nous fait de mal ? Si Dieu existait, elle oserait prier, elle se battrait pour trouver la foi, se reposer sur des légendes séculaires qui lui expliqueraient le monde. Prier console. Mais, elle, Sonia, ne sait pas, elle ne peut pas, elle se méfie de ces mots trop humains, inventés pour calmer les souffrances, pour donner un sens à un univers illisible.

– Dis quelque chose, Sonia, ne reste pas comme cela…

La voix de Judith est presque inaudible et résonne de désespoir.

Sonia fouille son cerveau engourdi pour trouver la petite flamme qui justifie l'existence, éveille un parfum d'éternité.

Elle récite à mi-voix un poème de Baudelaire en pensant à son lieutenant. Et c'est ensemble qu'ils rendent un dernier hommage au vieil homme étendu sur une terre glacée, tué par le froid qui a fait éclater son cœur fatigué.

Ô Mort, vieux capitaine, il est temps ! Levons l'ancre !
Ce pays nous ennuie, Ô Mort, appareillons !
Si le ciel et la mer sont noirs comme de l'encre
Nos cœurs que tu connais sont remplis de rayons.

Leurs cœurs s'emplissent de rayons, Sonia respire à pleins poumons, elle est jeune, elle est forte, elle entraîne Judith, qui l'interroge :

– C'est une prière que tu as dite ?

La voix de l'adolescente est chevrotante comme celle d'une vieille femme.

– Non, c'est un poème, c'est pareil. Écoute les prières, c'est la même musique, le même recueillement. Allez, continue de prier pour ce vieil homme, cela va t'aider à marcher.

Et Sonia récite à mi-voix :

La tribu prophétique aux prunelles ardentes
Hier, s'est mise en route, emportant ses petits
Sur son dos, ou livrant à leurs fiers appétits
Le trésor toujours prêt des mamelles pendantes[1].

À chaque mot, un pas, à chaque nouveau vers, une inspiration. L'air glacé s'engouffre dans leur poitrine et, portées sur les ailes du poème, elles avancent.

1. *Charles Baudelaire, « Bohémiens en voyage ».*

Sur le bord de la route, des mères se sont effondrées et bercent des bébés hurlant, des enfants ensommeillés regardent, apeurés, les ravins sans fond qui côtoient le sentier de plus en plus escarpé.

Judith et Sonia grimpent, elles ont perdu leurs cannes, elles sont parfois à quatre pattes et s'aident de leurs mains en s'accrochant à des racines, là-haut, il y a les soldats. Il y a le lieutenant Dao Ormena, là-haut, elles seront sauvées, elles s'attachent aux mots comme on se retient aux mailles d'un filet, le rythme de la poésie les hisse. Elles croisent des soldats qui soutiennent des vieux qui ne peuvent plus marcher, d'autres descendent du col en de grandes enjambées pour porter secours aux familles harassées. Une neige légère comme un frisson, portée par le vent, se met à tomber et caresse leurs lèvres gercées, le soleil filtre entre les nuages qui flottent dans le ciel comme des filets d'étoupe. Au loin, les cimes blanches étincellent. L'espoir, enfin, après une si longue marche.

*

Le secteur est commandé par le sous-lieutenant Antonio Bruno. Des familles entières sont bloquées sur le col, les soldats italiens attendent les ordres de leurs supérieurs basés à Valdieri qui hésitent, déconcertés et impuissants devant cet exode imprévu et cet afflux de réfugiés.

Sonia cherche son lieutenant, elle interroge autour d'elle, personne ne semble connaître Gian Piero Dao Ormena. Un grand garçon roux, dans un uniforme poussiéreux et usé, un vieux fusil sur l'épaule fait un effort.

– Dao… C'est un nom du côté de Saluzzo et de la vallée de la Maira, c'est notre coin, venez avec moi, je vais vous emmener voir un sous-officier qui est originaire de cette vallée, il va peut-être pouvoir vous renseigner.

Il la conduit auprès d'un homme, chauve, au visage défait, à la voix rogue, il parle un français parfait et s'incline :

– Vous voulez partir, vous aussi ? Mais on a reçu des ordres, pour l'instant, personne ne doit bouger, on va vous distribuer quelques vivres et si les Allemands arrivent, on vous protégera… Ah ! Vous cherchez quelqu'un, un Italien ? Un ami ? Dao Ormena ? Ah oui ! Le lieutenant…

Son visage devient sévère et il a un geste de mépris…

– Disparu ! Un soldat de sa valeur ! Quelle honte ! Il a disparu, votre ami… Non, il n'est ni blessé ni mort, on le saurait. Il est plutôt rentré chez lui, il s'est enfui, il a déserté, si vous préférez, ce n'est plus un officier, il faut attendre les ordres, lui, il n'a pas attendu. Évitez les gens comme cela, *signorina,* ce sont des lâches.

Il lui indique un groupe de chasseurs alpins qui distribue du pain et du café.

– Allez prendre quelques provisions tant que nous en avons encore. Quand on aura reçu les ordres, on vous informera, vous pourrez sans doute partir. Les habitants de la vallée du Gesso trouveront bien un moyen de vous accueillir...

Hébétée, Sonia remercie et cherche Judith. La petite assise sur un rocher l'attend, le visage tiré par l'anxiété.

– Les gens se demandent où sont les Américains. Où ils sont, dis, Sonia ? Enfin, ils ont débarqué en Italie, alors, qu'est-ce qu'ils font ? Il y en a même, ici, qui disent que ce sont les Allemands qui vont occuper l'Italie. Qu'allons-nous devenir ? Où est ton lieutenant, il faut qu'il nous emmène, on ne peut pas rester tous ici, tant de juifs regroupés ensemble, les Allemands vont l'apprendre, ils vont venir nous bombarder, ils sont peut-être déjà à Saint-Martin et on va les voir arriver...

Sonia lui tend un morceau de pain et un bol de métal cabossé avec du café chaud :

– Ne t'inquiète pas, c'est juste un petit contretemps, Gian Piero n'est pas encore là, on va l'attendre, sois tranquille.

Quelques heures plus tard, les militaires reçoivent l'ordre de laisser passer les fugitifs, et de nouveau, la marche reprend sur une piste muletière plus large et moins dangereuse. Sonia presse le pas, tire Judith par la main, il vaut mieux se séparer des autres et marcher seules.

Ces cohortes de réfugiés, c'est suspect. Deux filles sur une route, cela peut être deux jeunes paysannes italiennes qui reviennent des champs. Bien sûr, il y a les sacs à dos, dès que possible, on s'en débarrassera, il faudra acheter des vêtements.

Judith rechigne.

– On va trop vite, je suis fatiguée. Pourquoi ton lieutenant n'est pas venu nous chercher ? Il t'a oubliée ?

Sonia presse le pas, elle court presque, elle veut arriver aux Thermes de Valdieri. Là, elle parlera avec les gens du pays, ils savent peut-être quelque chose. Et tous ces soldats qui errent sur la route, désorientés, sans commandement, dans l'attente de directives qui n'arrivent jamais, il doit bien en avoir un qui a rencontré Gian Piero…

Déserteur, mon lieutenant ?

La voix de Gian Piero résonne dans ses souvenirs : « Dans ma famille, on ne déserte pas… »

Non, il est allé rejoindre les partisans, il en avait parlé plusieurs fois, il a laissé un message quelque part, il va envoyer quelqu'un, il va la retrouver, il ne l'a pas abandonnée, c'est impossible.

– Mais non, petite Judith, Gian Piero ne m'a pas oubliée ! Que vas-tu chercher ! Mais tu vois bien tout ce désordre, l'affolement général. Leur armée est disloquée, on leur a dit de rejoindre dans le calme l'état-major le plus proche… Mais regarde tous ces soldats à pied, je suis sûre qu'ils rentrent chez eux, trop heureux que la guerre soit finie. Il faut attendre que la situation s'éclaircisse et Gian Piero va venir nous chercher, toutes les deux. Il a plein de problèmes avec ses hommes, c'est pour cela qu'il est en retard. En attendant, il faut trouver une ferme, une maison, un hôtel qui veuille bien nous accueillir à Valdieri. On va s'arrêter là, c'est encore la montagne, on pourra facilement se cacher si jamais les Allemands arrivent, parce qu'ils nous ont peut-être suivis, ils vont vite avec leurs grosses motos.

– Mais les Américains ?

– Il faut leur laisser le temps, c'est grand, tu sais, l'Italie, c'est long surtout.

– Mais puisqu'ils ont fait la paix avec l'Italie, ils n'ont qu'à prendre la route avec leurs camions et remonter jusqu'à nous…

– Oui, si les Allemands les laissent passer…

Judith crie presque :

– Mais puisque c'est l'Italie, puisqu'il y a l'armistice, qui peut les empêcher d'arriver ?

– Il y a des troupes allemandes stationnées en Italie.

– Beaucoup ?

– Je n'en sais rien.

– Les Américains sont très forts, ils vont les écraser et ils vont arriver…

– Oui, ils vont arriver, soyons patientes, mais il faut tout prévoir. L'armée italienne nous a protégées en France, tu penses bien qu'en Italie, elle va en faire autant.

– C'est loin, les Thermes de Valdieri ? Comment ils sont les Italiens, dis, Sonia, toi qui les connais ? Ils vont nous donner un petit coin pour dormir ? D'accord, ils sont gentils, les soldats italiens, mais regarde-les, ils sont comme nous, ils ne savent pas où aller, ils n'ont plus d'armée, qui va nous défendre ?

Arrête, Judith, tu parles tout le temps, tu te fatigues inutilement, dépêchons-nous, il faut arriver parmi les premiers au pays.

– Qui va s'occuper de nous ? On ne connaît personne… Je voudrais retourner à Saint-Martin.

– Ne dis pas de folies, les Allemands doivent déjà y être… À Valdieri, on ira dans une église, on demandera asile, on cherchera le curé.

– Le curé ? Tu crois ?

*

Les Thermes de Valdieri ne sont guère accueillants. L'hôtel est plein, Sonia interroge un couple d'une trentaine d'années qui erre entre les maisons d'une rue déserte.

– Vous ne pensez pas qu'il vaudrait mieux rejoindre les autres à Entracque ?

– C'est trop loin, à Valdieri, on nous a dit qu'il y a une caserne et quelques centaines de militaires, ils vont nous aider, nous donner des conseils, venez avec nous si vous voulez...

Une caserne ! Des soldats ! Là, elle aura des nouvelles de Gian Piero.

Judith grogne :

– J'ai faim.

– Attends, on n'a presque plus rien, on va acheter sur la route des pommes ou des châtaignes.

À Valdieri règnent le désordre et la confusion, la caserne a été mise à sac, la plupart des soldats n'ont plus qu'une idée en tête : trouver des vêtements civils et rentrer chez eux. Ils ne sont pas agressifs mais indifférents, quand Sonia les interroge, leur parle, ils n'écoutent pas, ils veulent partir.

Les deux filles entrent dans une église avec une dizaine de réfugiés, elles passent la nuit dans la sacristie que leur a ouverte le curé.

Le matin, elles vont acheter des provisions, cela leur prend toute la matinée, il n'y a pas grand-chose à vendre à part les châtaignes, le pays est pauvre. Sonia achète à un berger une peau de brebis pour dormir la nuit.

Puis elles rentrent à la paroisse, la sacristie est vide, le curé don Giuseppe est là, il marche de long en large et a l'air agité :

– Monsieur, demande Judith, quand vont arriver les Américains ?

– *Padre,* appelle Sonia, *gli Americani arrivano*[1] *?*

Le visage du prêtre se décompose, il répond en français :

– Pauvres enfants, les Américains sont loin, tout là-bas dans le Sud, ils ont débarqué à Salerne et en Calabre. Les Allemands, eux, sont arrivés ce matin, par le nord, ils ont occupé Coni, ils occupent Rome, cela va être terrible, surtout pour vous, les juifs. Ne restez pas ici, vous êtes jeunes et en bonne santé, vous n'avez ni enfants ni vieux parents, allez vous cacher dans la montagne, nos paysans vous trouveront de vieilles granges abandonnées ou des bergeries, on s'arrangera pour vous ravitailler, ayez confiance. Nous, les prêtres, nous ne vous abandonnerons pas, le curé de

1. *Les Américains arrivent ?*

Borgo San Dalmazzo, don Viale[1], vient de me dire qu'il mettait au point un plan pour vous aider à passer en Suisse ou à partir vers le Sud, Rome ou Florence, ce qui vous rapprochera des Américains. Pour l'instant, cachez-vous. Dans la montagne, vous avez une chance, ne restez pas dans la vallée, c'est un piège. Les Allemands ont déjà averti que tous ceux qui donneraient asile aux juifs seraient fusillés. On va s'organiser, mais partez vite.

*

Judith et Sonia, l'œil sec, le visage dur, marchent sur la route de Fiestona, vers Demonte. Le rêve américain s'est envolé, le cauchemar allemand reprend, le paradis de Saint-Martin s'enfonce définitivement dans le passé, et le présent, noir et assassin, prend sa place.

Elles s'engagent dans un sentier étroit et rocailleux qui grimpe vers la montagne, la peur au ventre. Sur un plateau désert et encore verdoyant, une église toute simple semble les attendre. À l'arrière du toit, un modeste clocher pointu et, sur le

1. *Don Raimondo Viale, curé de Borgo San Dalmazzo, petit pays à côté de Coni, depuis 1936, antifasciste notoire, était rentré après deux ans d'exil dans sa paroisse, en 1942, décidément antimussolinien, il va mettre sur pied une organisation d'aide aux juifs jusqu'à la fin de la guerre.*

devant, un porche avec trois portiques, un grand au milieu et deux petits au-dessus desquels deux ouvertures rondes comme des yeux lui donnent un air humain et attentif. Sur le côté, un petit escalier de pierre mène probablement à la sacristie. Une dizaine de fugitifs sont assis sur les marches et les regardent venir.

Ils expliquent que ce sanctuaire tranquille et à l'écart des villages est celui de la Madonna del Colletto. Des bergers qui parlaient un patois assez difficile à comprendre étaient passés et leur avaient laissé des fromages.

– Restez avec nous, on nous a dit qu'ici nous ne craignions rien.

Très vite, d'autres juifs les rejoignent, tout le monde s'installe dans l'église glaciale, ils se terrent en silence, désespérément conscients que, plus bas, un drame se trame.

Le lendemain réserve une surprise inattendue : David Liberman, le joueur de violon, arrive avec son père et sa mère, de Valdieri. Il reconnaît Sonia, vient la saluer et lui présenter ses parents, Herbert et Myriam. Il offre un peu de saucisson.

– J'ai vendu mon violon pour une bouchée de pain, mais nous avions faim.

Judith sort de son mutisme pour remarquer :

– Dites plutôt pour une bouchée de saucisson…

Ils sourient, tous, voyant, dans cette petite plaisanterie, une lueur d'espoir.

Au bout de plusieurs jours, une quinzaine d'Italiens viennent faire une halte dans le sanctuaire, ce sont des résistants, entrés dans la clandestinité et qui partent eux aussi dans la montagne. Le chef s'appelle Duccio[1]. C'est un homme encore jeune, au visage rond et énergique, orné d'une petite moustache brune, il est plein de compassion pour les réfugiés et les avertit :

– Surtout ne descendez pas, un officier allemand est arrivé à Valdieri, un capitaine SS du nom de Muller. Ils vont faire une rafle, à Entracque aussi… Restez bien cachés ici.

Deux jeunes juifs veulent partir se battre avec eux, ils se mettent à l'écart et discutent. Duccio leur serre la main longuement et leur donne une tape sur l'épaule.

Un Italien de petite taille, blond et robuste, tend des pommes à Sonia.

– Servez-vous, mademoiselle.

Il s'assoit sur une pierre, à côté des deux jeunes filles. Il parle français à la perfection, il est né à

1. Tancredi Duccio Galimberti, le héros le plus important de la Résistance piémontaise, né le 30 avril 1906, sera arrêté en novembre 1944 sur dénonciation, torturé et exécuté le 2 décembre 1944.

Asti, avant la guerre il allait chaque année skier en France avec son père et ses frères.

– Un de mes frères est fasciste, moi je suis un fidèle de Duccio Galimberti, depuis le début, c'est un homme d'un immense courage, un intellectuel, brillant avocat. Depuis 1940, il s'efforce de mettre sur pied un mouvement structuré antifasciste. À l'annonce de l'armistice, le 8 septembre, à Coni, il a harangué la foule du balcon de son bureau sur la place. Il a crié : « La guerre continue jusqu'à ce qu'on ait chassé le dernier Allemand, jusqu'à ce qu'on ait fait disparaitre les derniers restes du régime fasciste.

« Il a tout fait pour empêcher l'arrivée des Allemands à Coni, mais il s'est opposé au commandant militaire de la ville. Il a dû partir, il a pris la tête d'un groupe de résistants, *Italia Libera*, et nous allons rejoindre d'autres hommes dans la montagne. »

Le garçon se lève, il s'incline.

– Bonne chance, *signorina*, que Dieu vous garde, vous et votre petite sœur, ayez confiance, les bergers et les paysans ne vous abandonneront pas, ils vont vous trouver des cachettes très haut dans la montagne, du bois pour vous chauffer, du fromage et des châtaignes pour vous nourrir. Soyez prudentes. Un jour, on arrivera à se débarrasser des fascistes et des Boches, comme vous dites en

France. Mais pour l'instant, ils envahissent toute l'Italie du Nord. Il faut se battre.

Il ajuste sa canadienne et rejoint ses compagnons qui s'enfoncent dans la montagne.

Sonia prend Judith dans ses bras et la serre contre elle.

– Ils ne nous auront pas, on ne va pas se laisser faire. Il a raison, ce jeune Italien, il faut se battre.

Judith fait un signe de la tête, elle a l'air d'une femme tout à coup.

Puisqu'elles ont perdu Gian Piero, elles se battront seules, le temps qu'il faudra, avec l'aide des gens du pays.

Dans un coin de l'église, à la lumière d'un vieux cierge, des juifs prient et psalmodient à mi-voix des cantiques. Le froid de la nuit s'abat sur eux. Les deux filles se roulent en boule sous la peau de brebis en croquant chacune une pomme, serrées l'une contre l'autre tandis que la bougie se consume dans le murmure des prières.

Demain, on ira dans la forêt ramasser des châtaignes.

*

Le 20 septembre, un groupe d'Italiens est arrivé, des paysans, le regard noir et chaviré, des partisans au visage dur, un prêtre qui parlait français.

Les nouvelles étaient dramatiques. Le 18, les Allemands avaient placardé des affiches : *Tous les étrangers doivent se rendre sur la place d'Entracque.* Plus d'un tiers des fuyards, épuisés par la traversée, sans ressources, accompagnés de vieux parents, parfois malades, d'enfants affamés, se sont résignés et se sont rendus. Ils ont été enfermés dans une vieille caserne à Borgo San Dalmazzo.

– Là, ils sont gardés par des policiers italiens qui les traitent bien, les gens du pays leur apportent à manger, on ne sait pas ce que vont décider les Allemands. Maintenant, en Italie, ce sont eux qui commandent.

Cette zone du Piémont était devenue une chaudière en ébullition. Un mélange détonant de SS et d'Allemands, de réfugiés juifs, de déserteurs italiens et de partisans antinazis. Un groupe de résistants qui était descendu dans un petit pays du nom de Boves, à cinq kilomètres de Borgo San Dalmazzo, pour acheter du pain, enlève deux sous-officiers allemands qui passaient là par hasard. Une heure plus tard, un major SS, du nom de Peiper, arrive et réclame deux hommes pour servir d'émissaires et négocier avec les partisans. Un prêtre, don Giuseppe Bernardi, et un habitant du pays, Antonio Vassallo, sont chargés d'aller faire libérer les deux prisonniers allemands et de les ramener. En échange, le major donne sa parole, il n'y aura pas de représailles. Les deux Italiens obéissent et reviennent quelque temps plus tard avec les Allemands sains et saufs. Peiper fait alors encercler le village et y met le feu. Trois cent cinquante maisons sont brûlées, des habitants fusillés, d'autres, terrorisés, se terrent chez eux et meurent carbonisés. Don Bernardi et Antonio Vassallo furent exécutés et leurs cadavres brûlés.

Le règne de la terreur a commencé.

Les Italiens, les poings serrés, se pressent autour des juifs, affolés et désespérés. Ils sont sombres et déterminés, avec au fond de leurs yeux luisants une flamme charitable.

Leur message fut clair, ils allaient protéger les juifs, jusqu'au bout de leurs forces. On sentait dans leurs gestes, leurs paroles, leur comportement décidé, un sens viscéral, presque animal, de la solidarité ajoutée à une haine profonde des Allemands et des fascistes. Sauver les juifs avait un goût de vengeance.

Leur patois, leurs phrases maladroites, leurs exclamations qui se croisaient, tout voulait dire : « On est là, on est avec vous, on fait bloc tous ensemble, contre l'ennemi commun, l'Allemand et le fasciste. »

Le prêtre expliqua brièvement, ils allaient par petits groupes être conduits dans des refuges de la haute montagne, ils y seraient cachés tant qu'il y aurait encore un seul Allemand sur la terre italienne.

Partie II

Les yeux d'Elva

I

Une saison dans la neige

SONIA DÉGAGE L'ENTRÉE de la grange, il a tellement neigé durant ce mois de novembre qu'elle a l'impression de vivre dans un igloo. La pelle s'enfonce dans la neige fraîche avec un chuintement joyeux, autour, tout est blanc. Les montagnes, lumineuses, étincellent. Le temps est froid et beau, les rayons de soleil de cette fin de matinée réchauffent le visage de la jeune fille qui se redresse et scrute le ciel si bleu. C'est la première fois que la neige cesse de tomber.

Myriam Liberman sort sur le pas de la porte, elle joint les mains avec un air extasié :

– Du soleil, enfin du soleil…

Elle se retourne et appelle :

– Allez, les enfants, vous continuerez vos devoirs plus tard, venez prendre l'air, il fait froid mais ce soleil est magnifique.

Elle parle toujours français par gentillesse pour Judith et Sonia qui comprennent mal l'allemand.

Judith et David sortent et courent dans la neige.

– N'allez pas loin, leur crie Sonia, vous pourriez rencontrer des inconnus, soyez prudents.

Une voix d'homme résonne à l'intérieur de la grange :

– Perdus comme nous le sommes dans cette montagne, il n'y a pas grand risque, mais il suffit d'un chasseur égaré… d'un berger trop bavard… Il ne faut faire confiance qu'à ceux que nous connaissons.

Herbert Liberman apparaît sur le pas de la porte.

– Espérons que le petit Roberto ne va pas tarder, il n'y a plus rien à manger, même pas une châtaigne…

– Il a promis de venir ce soir et d'apporter de la polenta…

– Il faudra lui donner quelques lires, ces paysans font tout pour nous aider… Et ce n'est pas facile…

Sonia pose sa pelle, soucieuse.

– Justement, je voulais vous dire… Moi, je n'ai plus de lires, il ne me reste que des dollars, les dollars que m'avaient confiés les grands-parents de Judith.

Judith et David reviennent en se tenant par la main.

Herbert Liberman interroge son fils :

– Quand vas-tu à Rialpo ?

– À la fin de la semaine.

– On a le temps d'avoir faim, il faudrait aller faire quelques courses à Demonte, une semaine, c'est long.

Chaque mois, David doit se rendre à Rialpo, un village entre Borgo San Dalmazzo et Demonte, au nord de la Stura. Là, le prêtre du pays lui remet une modeste somme d'argent qui suffit à peine pour les nourrir une quinzaine de jours.

D'où venait cet argent ? Sans doute du Vatican puisqu'il était remis par un prêtre faisant partie du réseau de don Viale[1].

La famille Liberman vient d'Heilbronn en Allemagne, elle avait fui le régime hitlérien et s'était réfugiée en France. Arrêtée en 1942, elle avait été emprisonnée au camp de Gurs, mais avait réussi à s'évader. D'abord David, puis les parents. Ils se retrouvèrent tous les trois à Nice et le comité Dubouchage les envoya à Saint-Martin.

Malgré le froid et la faim, David et Judith étudient ensemble sous la direction de Sonia, ils s'entendent

1. Don Viale, semble-t-il, recevait de l'argent d'organisations charitables juives et, grâce aux prêtres de la région, le faisait distribuer aux familles juives cachées dans la campagne et la montagne.

très bien et font des progrès même s'ils n'ont pas de livres et manquent de papier. Judith, en trois mois, est devenue une petite femme, ses yeux noirs mobiles et brillants se détachent comme des billes sur son visage amaigri. Un vieux châle, troué, cadeau d'une paysanne compatissante, couvre ses épaules. David est très grand, comme son père, c'est un élève brillant qui se passionne pour la philosophie. Il discute avec Sonia pendant des heures, le soir… Le monde des idées leur fait oublier le monde du réel.

– Des dollars ? Pour acheter de la nourriture, ici, ce n'est guère utile… Nous, il ne nous reste que quelques lires… Il faut changer vos dollars, ma petite Sonia. (Herbert Liberman retire son bonnet de laine et se gratte le cuir chevelu d'un air pensif.) Attendons le passage de Cristoforo, il pourra sûrement vous aider.

*

Cristoforo est leur unique lien avec la France et Saint-Martin-Vésubie. C'est un berger qui fait de la contrebande entre la France et l'Italie. Avec le sel, le sucre, le papier à cigarettes, le riz et le lard, il transporte aussi du courrier pour les juifs et colporte les dernières informations. Judith espère qu'il lui apportera un jour une lettre de ses grands-parents.

Les nouvelles sont rarement bonnes. Les Allemands ont occupé Saint-Martin, une semaine après le grand départ vers les cols. Ils se sont installés au Victoria Hotel, les salons de l'hôtel des Alpes sont devenus leur centre d'interrogatoire. Ils ont arrêté tous les juifs qui étaient restés et les ont emmenés dans des autocars à Nice.

– Mes grands-parents aussi ?

– J'sais point, ma petite demoiselle… Mais il reste quelques personnes cachées par des Saint-Martinois, on m'a parlé d'une vieille dame, mais vous pensez bien que tout le monde garde le secret, il y a des miliciens qui se baladent dans le pays, qui espionnent, surveillent chaque maison… Le nid, *Le Clos joli*, qui avait en pension de petits enfants… Vous vous souvenez ? On y avait caché des gamins juifs, ils ont été dénoncés, les Allemands sont venus les chercher, on ne sait pas où ils sont…

Sonia et les Liberman s'étaient regardés, terrorisés… Les enfants du Clos joli…

Et ils s'étaient souvenus du 18 septembre dernier, ce samedi pluvieux où ils se terraient dans le sanctuaire de la Madonna del Colletto, en bas, à Valdieri, à Entracque, le capitaine Muller avait raflé tous les juifs, les vieux, les familles avec enfants, tous ceux qui, épuisés, n'avaient pas eu la force de fuir et il les avait enfermés dans une vieille caserne à Borgo San Dalmazzo[1]. Qu'étaient-ils devenus ?

*

Et puis, il y a Roberto, le jeune fils du fermier, avec sa tignasse brune et ses yeux clairs, râblé, taciturne. Il les ravitaillait fidèlement, il traversait les bois de pins déserts, en empruntant d'étroits sentiers que seuls les gens du pays connaissaient. Il arrivait silencieusement, parfois en ski, parfois les pieds enfouis dans ce qu'il appelait ses *ciambirun*[2], avec un grand sac recouvert de peaux de lapin qui cachaient la farine de châtaigne, la polenta et un peu de lait caillé. Il ne se décidait jamais à repartir chez lui et regardait Judith, d'un air émerveillé. De temps en temps, il passait outre sa timidité et lui parlait dans un patois mélangé d'italien qu'ils avaient vite fait d'apprendre tous, car c'était la clé de leur survie ; il posait des questions à Judith et ne semblait voir qu'elle :

---

1. Ils seront ensuite envoyés à Nice, puis à Paris, à Drancy, et enfin tous expédiés à Auschwitz où ils mourront tous.

2. Semelle de cuir percée sur les bords, les liens qui passaient dans les trous de la semelle maintenaient les chiffons de laine qui enveloppaient les pieds.

– T’es donc juive ? Ben dis donc… T’es juive protestante ou juive catholique ?

Judith riait de bon cœur, et ses petites dents blanches brillaient :

– Je suis française aussi, je suis née en France.

– Et tes parents ?

– Ils sont nés en Autriche.

– En Autriche ? *Cristu !* (Le garçon était ébahi.) Tes parents sont allemands ou tout comme ?

– Non, ils sont juifs.

– Mais les Allemands, c’est bien tes ennemis ? Et les Français alors, ils sont gentils avec toi… ? Moi, tu sais (et il prenait un air de défi plein de fierté), j’ai des cousins vaudois[1], dans la vallée Pellice, là-haut, près de Pinerolo, ils sont tous partisans…

Sonia interrompait la conversation et disait en anglais, pour ne pas être comprise du gamin :

– Tu parles trop, Judith, ce garçon est curieux et tu vois bien qu’il n’a jamais vu un juif de sa vie et ne comprend rien…

---

1. Vaudois : *minorité religieuse, mère du protestantisme, qui s’est répandue au Moyen Âge, dans le Sud de la France et en Italie du Nord, créée par un marchand de Lyon, Valdo, en 1170, longtemps persécutée par Rome. En 1938, un de leurs représentants piémontais condamne publiquement la politique antisémite de Mussolini. Cette religion, centrée sur la pauvreté et l’individualisme, était hostile au fascisme. Aujourd’hui elle est dirigée par une femme pasteur.*

– Il est si gentil ! Il a marché deux heures dans le froid et la neige pour nous éviter de mourir de faim.

Un jour, Roberto avait pris un air mystérieux.

– J'vas ravitailler aussi nos partisans. Y'en a du monde dans la montagne maintenant.

Sonia avait détourné la tête, elle eut une pensée fugace pour Gian Piero, et s'il était avec les partisans ? Là, tout près... Elle repoussa tristement cette idée, qu'avait-on fait de son amour ? Mort ? Emprisonné ? Depuis plus de trois mois qu'elle était en Italie, s'il avait voulu la retrouver, il l'aurait fait... Le lieutenant était devenu un sujet tabou, entre Judith et elle, et Sonia, toute prise par ses efforts pour survivre, s'efforçait de cacher sa peine. Un jour, ils se retrouveraient, elle voulait naïvement le croire malgré la férocité des Allemands et des miliciens.

Roberto, qui désirait se rendre intéressant aux yeux de Judith, continua :

– Mais ceux-là, nos partisans, ils bougent toujours, ils sont jamais au même endroit... Faut leur courir après.

Sonia tapota son épaule.

– *Parli troppo, Roberto*[1].

---

1. *Tu parles trop, Roberto.*

– Bon, j'vous quitte, soyez prudents, faites attention aux *masche*[1], elles ont le mauvais œil, elles jettent des sorts…

Le soir, ils riaient.

– Le petit Roberto, il est un peu amoureux de Judith…

David Liberman s'énervait.

– Il est trop bête…

Son père le reprenait :

– Mais non, il est simplement ignorant, et il nous sauve la vie. Et s'il est amoureux de Judith, il ne nous dénoncera pas…

Le fils lui tournait le dos et se plongeait dans un livre à la lumière d'une bougie qui fumait.

– Tu l'as déjà lu, ce bouquin, le taquinait Judith.

– Je n'en ai pas d'autres, mieux vaut lire plusieurs fois un beau texte qu'écouter toutes ces sornettes.

La tension montait puis le sommeil les prenait car l'air glacial les épuisait. Ils se tassaient sous les couvertures malodorantes qui le jour réchauffaient le dos des vaches et que le fermier compatissant leur prêtait pour la nuit. David, tous les matins, partait dans les champs couvrir les bêtes, le soir, il attendait le retour des troupeaux dans

1. *Sorcières, en patois.*

les étables et reprenait les cinq couvertures qui, avec la peau de brebis, les aideraient à ne pas mourir de froid.

*

– Y a des loutres dans le torrent de la Stura, j'les ai vues… l'été dernier… Ah ! Si on avait le droit de chasser, j'sais bien ce que j'aurais fait, moi, sans cette putain de guerre… Les peaux de loutre, en temps de paix, ça se vend bigrement bien.

Cristoforo sort de son cabas une bouteille de vin. Sous sa tignasse grise, il a un visage carré, parsemé de rides profondes et ses yeux luisent d'un air malin, il fait de la contrebande avec l'Italie depuis qu'il a 15 ans. Il connaît tout de la montagne, chaque cachette, chaque pierre, chaque sentier. L'été, il mène ses bêtes dans les pâturages et dort dans un refuge qu'il a lui-même construit.

– Allez, un petit verre, messieurs-dames, ça va vous réchauffer. À Saint-Martin, tout a bien changé, le monde se méfie, les Allemands se sont installés, faut faire gaffe… Mais Mme Savino va bien et vous embrasse tous.

Judith s'approche et demande d'une voix blanche :

– Cristoforo, vous allez bien de temps en temps à Saint-Martin ?

– Pour sûr, j'vas voir ma sœur qui tient un bistrot...

– Alors, la villa des Roses, elle est vide ou habitée ?

– La villa des Roses ? Ben, ma foi, j'vois pas bien où elle est...

La voix de Judith devient coupante :

– Vous mentez, vous connaissez toutes les maisons, tous les chalets, toutes les villas, vous êtes né au pays, alors répondez-moi, cette villa, elle est vide ou habitée ?

Le bonhomme se tortille sur le vieux tabouret bancal, il frotte ses mains sur l'épaisse toile de son pantalon, il lève les yeux, cherche le regard de Sonia qui fait un geste d'interrogation. Il bougonne :

– Hé ! p'tite fille, p'tite fille... Qu'est-ce que ça change si elle est habitée ?...

Il baisse la tête, sa bouche reste close, les mots se refusent à franchir ses lèvres.

Sonia s'avance vers lui, elle pose une main affectueuse sur son bras.

– Peut-être n'a-t-il pas fait attention...

Judith se met à crier :

– Qui habite ma villa ? Où sont mes grands-parents ? Parlez, Cristoforo, parlez donc, tous...

Le vieil homme a un profond soupir caverneux, il se verse un verre de vin, se racle la gorge.

– La villa a été réquisitionnée pour loger des Allemands… Tes grands-parents sont partis.

– Comment ? Avec qui ? Ils ont traversé la montagne, eux aussi ?

– Non, p'tite fille, les Allemands les ont embarqués, dès le premier jour, avec tous les vieux qui étaient restés à Saint-Martin… On sait point où ils sont… À quoi ça te sert donc tout ça ? Tu les retrouveras peut-être à la fin de la guerre, et toi, tu dois être forte pour échapper à tous ces Boches et ces salopards de miliciens italiens qui rôdent dans la montagne…

Judith n'écoute plus, elle s'est réfugiée au fond de la grange, David Liberman la suit, l'enlace, on entend des sanglots rauques, le murmure apaisant du garçon qui caresse les cheveux de la jeune fille, des cris de rage, de chagrin. Sonia ne bouge pas, elle comprend que Judith n'a plus besoin d'elle, que ce grand garçon si doué en philosophie la remplace. Elle a les yeux pleins de larmes… M. Weill, si cultivé… l'élégante Mme Weill, ses cannes et ses roses… son regard lorsqu'elle lui a tendu l'enveloppe pleine de lires et de dollars.

Les parents Liberman sont prostrés. Et Cristoforo se ressert un verre de vin, il le lève vaguement, les lèvres prêtes à dire : « Santé », puis il se tait, le front baissé. La grange est encore plus froide que d'habitude.

– J'vas partir, j'ai des lettres à porter à des familles juives planquées à Fiestona, dans le coin. J'sais ben que la petite, elle attendait qu'un jour j'lui apporte une lettre de Saint-Martin, tant que j'ai pu, j'ai rien dit, son pépé et sa mémé, ils ont été embarqués tout de suite. Ça sert à quoi qu'elle le sache, j'vous demande un peu ?

Sonia se penche vers lui.

– Avant de partir, je voudrais vous dire… J'ai des dollars, vous connaîtriez quelqu'un qui pourrait me les changer ?

L'homme fronce les sourcils.

– Des dollars… Ça servira sûrement un jour, mais pour l'instant… J'vois pas bien… Déjà que les lires, on se méfie… Mais, bon, j'ai une idée, y a des gars qui viennent d'arriver dans la montagne, peut-être qu'eux, ils auront une idée, ils connaissent beaucoup de monde. J'y serai tantôt… Demain, quand je rentrerai vers la France, je passerai vous dire s'il y a une possibilité… Faites-moi confiance, je vous oublierai pas. Non, gardez vos billets, c'est trop dangereux… J'vas leur dire et je verrai ben ce qu'ils me répondent, c'est du sérieux, ces gens-là.

Il se lève, embarque son litre de vin, à moitié vide.

– Allez, je m'en vas, occupez-vous ben de la petite… J'peux vous dire que des gros chagrins comme le sien, y en a plein en ce moment…

Il serre la main des Liberman, ouvre rapidement la porte de la grange, souhaite bien du courage à tout le monde et s'éloigne d'un pas étrangement souple pour un homme de son âge. Bientôt, il disparaît dans les pins, il n'a presque pas laissé de traces sur la neige.

*

La nuit est tombée, la montagne est silencieuse.

Myriam Liberman, le front penché, tourne sans cesse sa cuiller de bois dans l'écuelle de métal vide.

– J'ai faim, murmure-t-elle doucement.

– Nous avons tous faim, souffle son mari. Ne fais pas tout ce bruit avec ta cuiller, la petite Judith dort. Il ne faut pas manger le lard de Cristoforo en une seule fois, sois raisonnable.

Sonia tressaille.

– Écoutez, j'ai entendu un bruit dehors.

Elle souffle sur la bougie et ils attendent dans le noir, habités brutalement par une folle angoisse. Dehors, des branchages ont craqué. Un animal ? Un espion qui les observe pour les dénoncer ? Les Allemands ? Des voleurs qui ont déjà entendu parler des dollars de Mme Weill ?

Le bruit se rapproche, ils perçoivent un halètement, une respiration précipitée…

– Il y a quelqu'un derrière la porte, souffle Sonia, terrorisée.

David se lève sans bruit et va chercher une bûche qu'il lève au-dessus de sa tête. Myriam prie, secouée de tremblements. Sonia s'éloigne de la porte et va se cacher au fond de la grange, près de Judith qui repose, brisée par les sanglots qui l'ont secouée tout l'après-midi.

Herbert Liberman a la main crispée sur un couteau à cran d'arrêt.

Des coups violents sur la porte, Myriam a un cri étouffé.

Et puis une voix, en français, qui crie avec rage, avec joie :

– Ouvrez, ouvrez, c'est moi, Sonia, c'est moi, n'ayez pas peur…

Au fond de la grange, Sonia s'est redressée, ses yeux brillent dans le noir, comme ceux d'une louve, elle traverse en courant la grange et pose son oreille sur la vieille porte en bois.

– Ouvrez, Sonia, je n'en peux plus, j'ai couru pendant des heures, je sais que tu es là, ouvre-moi.

Sonia a un rugissement, elle ouvre brutalement la porte. Une grande silhouette titube et s'écroule, la voix répète :

– Sonia, Sonia, c'est moi…

La jeune fille s'agenouille, écarte le bonnet de laine, chasse la neige du visage et des cheveux, serre contre elle la tête de cet homme qui continue comme en gémissant :

– C'est moi, Sonia ! Oh ! Sonia, te voilà... Enfin... Je cours depuis des heures, dans la nuit, j'ai perdu mon chemin.

L'homme bégaie, il a soif, sa bouche est en carton, son visage est gelé, ses yeux pleurent de froid.

Sonia le berce contre elle.

Judith, réveillée, s'approche et scrute les deux silhouettes enchevêtrées, à la lumière de la bougie que David vient de rallumer. Elle constate d'une voix froide :

– C'est lui.

Elle se tourne vers les Liberman qui observent, effarés, la scène.

– C'est lui, son lieutenant italien, son fiancé qui avait disparu, je le croyais mort.

– Sonia a un fiancé italien ?

Myriam Liberman est stupéfaite.

– Mais, maman, souffle David, tout le monde le savait à Saint-Martin, simplement je le pensais mort ou prisonnier.

– Elle ne m'avait rien dit... David, aide ce monsieur à se relever, donnons-lui à boire, on ne peut pas lui donner à manger puisqu'on n'a plus rien. Voyons, Sonia, lâchez cet homme, il faut l'asseoir, le réchauffer... Mais ne pleurez pas comme cela puisque vous vous êtes retrouvés... Allez chercher la peau de brebis... Il a froid... Quelle histoire ! Mais il parle français, il me semble... Allez, mon lieutenant, réchauffez-vous, ce n'est pas une heure pour courir la montagne, en plein hiver. Vous auriez pu attendre demain matin.

*

Il aurait pu attendre le matin, ses compagnons le lui ont dit, certains ont voulu le retenir.

– On ira demain, à plusieurs, c'est plus sûr. Dans une heure, il fera nuit. Si tu perds ton chemin, si tu te fais prendre par des miliciens en patrouille, c'est dangereux...

Mais lui n'écoutait pas. Cristoforo lui a expliqué la route, a fait un dessin malhabile.

– Vous regardez les étoiles, mais ça serait mieux d'attendre.

– J'ai déjà trop attendu.

Ils sont dans les bras l'un de l'autre, malgré le froid, une chaleur soudaine les envahit, elle se blottit contre lui, étourdie, le cœur encore bousculé par la violence de la surprise. Elle le palpe à travers les lainages, c'est bien lui ? Ce n'est pas un fantôme ? Il ne va pas disparaître ?

Elle interroge d'une voix plaintive :

– Mais pourquoi ? Pourquoi ? Je t'attendais au col de Cerise, comme tu me l'avais dit, je t'ai cherché, je t'ai tellement cherché et tu n'étais pas là…

*

Le 8 septembre, le lieutenant Dao Ormena n'avait pas obéi aux ordres de ses supérieurs, il avait rejoint un groupe d'Italiens décidés à passer dans la clandestinité, ils s'enfuirent dans la montagne à la recherche des partisans et de Duccio Galimberti. Deux d'entre eux avaient été désignés pour rejoindre le col de Cerise où ils devaient contacter des sympathisants. En même temps, ils cherchaient Sonia et la ramenaient avec eux.

– Au milieu des partisans, tu étais à l'abri.

Les deux garçons n'arrivèrent jamais au col de Cerise. Près d'Entracque, ils tombèrent dans une embuscade tendue par les Chemises noires, arrêtés, torturés, exécutés.

Cachés dans la montagne, les partisans ne descendaient dans la vallée que pour harceler les Allemands qui avaient occupé la région. Un jeune fermier, Paolino, qui ravitaillait le camp, s'était lancé, à la demande de l'ancien lieutenant, sur les traces de Sonia.

Les juifs de Saint-Martin, lorsqu'ils n'étaient pas emprisonnés dans la caserne de Borgo San Dalmazzo, étaient cachés dans toute la région. À Palanfré, à Vernante, à Valdieri, à Demonte, à San Antonio, à Cervasca. Certains vivaient terrés chez l'habitant, d'autres erraient dans les hauteurs de la montagne, mal vêtus, mal chaussés, affamés, se cachant des inconnus, des soldats. La nuit, ils dormaient chez des paysans qui leur donnaient à manger… Sans cesse en mouvement, ils changeaient tous les jours de lieu. Les habitants de la montagne leur ouvraient discrètement leur porte, leur offraient un tas de foin pour se reposer, des galettes de châtaignes et un peu de chaleur humaine. Les Allemands avaient averti : ceux qui donnent asile aux étrangers seront fusillés et leurs fermes brûlées. Tout le monde se taisait, se serrait les coudes, attentif à ne pas se faire remarquer par les Chemises noires, les fascistes qui espionnaient la population.

Paolino avait parcouru en long et en large Ficstona où de nombreux juifs étaient cachés dans des familles, en attendant de partir clandestinement pour la Suisse, ou plus rarement pour Gênes et Rome où le père Benoît Marie, ardent défenseur des Israélites et ami d'Angelo Donati, s'occupait d'eux. Il était allé interroger les prêtres dans les paroisses, don Folli, don Rotondi, don Brondello. Il avait eu une longue conversation avec don Viale, le curé de San Dalmazzo qui se dépensait sans compter pour trouver un asile aux réfugiés. Le prêtre était en train d'établir avec minutie des listes de juifs, pour leur procurer de faux papiers et pour les aider à fuir. Il chercha le nom de Sonia et ne le trouva pas.

– Mais je n'ai pas fini, il me manque des noms, ceux qui sont loin dans la montagne, je les ai un peu perdus, je dois continuer... Reviens me voir dans un mois...

Paolino rentrait tête basse, cette fille qui intéressait tant Piero, le chef des partisans, s'était évaporée. Grâce à l'oncle d'une voisine qui était carabinier, il avait eu l'assurance qu'elle n'était pas prisonnière à Borgo San Dalmazzo. Elle avait dû se perdre dans la montagne comme tant d'autres, mais cela il n'osait pas le dire...

On le savait au pays, les bergers et les contrebandiers l'avaient raconté, des juifs, désorientés, transis, s'étaient égarés sur les crêtes neigeuses, au milieu des éboulis de pierres, ils avaient erré pendant des heures, des jours, en appelant au secours pour finir par mourir de faim et de froid, dans le chaos des rochers.

*

Quand Cristoforo était arrivé au camp des partisans pour vendre ses cigarettes, il avait proposé des dollars.

– Vous en aurez besoin quand les Américains arriveront… Ou pour acheter des armes… On vous fera un bon prix.

On appela Gian Piero. Des dollars, qu'en pensait-il ? Gian Piero, sur ses gardes, posait des questions mais le berger restait mystérieux.

– Dis-moi d'où viennent ces dollars et si on fait affaire, il y aura quelque chose pour toi…

Cristoforo était un méfiant mais la jolie demoiselle avait besoin d'argent et les partisans avaient la réputation de protéger les juifs et, finalement, il pensa plus judicieux de parler.

– Une jeune fille juive ?

Gian Piero était tremblant d'impatience, il posait des questions fébriles, quelle taille, ses cheveux, quelle couleur ? Française ?

– Non, juive, elle est avec sa petite sœur, une gamine de 15 ans, j'ai entendu qu'on l'appelait Judith, j'ai connu leurs grands-parents, des gens riches qui habitaient à Saint Martin, la villa des Roses, les Allemands les ont embarqués.

Le chef des partisans avait bondi, il avait saisi son épaisse vareuse, cherché un bonnet de laine.

– Je les connais, ce sont mes amies… Je vais les chercher.

– À c't'heure, mais la nuit tombe ! Il commence à neiger… C'est ben d'la folie…

Gian Piero était parti. Sonia, là, toute seule dans une grange abandonnée, à presque deux mille mètres d'altitude, sa Sonia était à une quinzaine de kilomètres de ce camp où il venait d'arriver, il y a huit jours ! Il courait sous la neige, il ne fallait plus la perdre, elle avait sûrement peur, froid, faim, il allait s'occuper d'elle, il allait la protéger, la serrer dans ses bras, la retrouver, lui faire oublier toute cette attente. Il courait comme un fou, de temps en temps regardait les étoiles, en se souvenant des conseils du vieux berger…

Et les nuages envahirent le ciel noir et cachèrent les étoiles.

Il avançait dans l'obscurité, le souffle court, allumait sa torche, butait sur un rocher caché par la neige, un froid mortel l'envahissait… Toute la forêt craquait autour de lui, de petits glaçons brouillaient sa vue, il s'était perdu, il revint sur ses pas, tourna plusieurs fois en rond et enfin aperçut au loin une fumée légère qui s'élevait au-dessus des sapins, il y avait une maison derrière ces arbres et l'on avait fait du feu.

Il appela Sonia, d'abord tout bas puis plus fort. Il vit la vieille grange, la longea comme un aveugle, cherchant, dans la nuit, la porte, il continuait d'appeler Sonia.

*

Le lendemain matin, le lieutenant Dao Ormena a hâte de partir, ses compagnons l'attendent, il n'aime pas les laisser seuls.

Mais les Liberman le pressent de questions. Ils sont restés coupés du monde et ne savent rien des événements extérieurs.

Une nouvelle les accable, les nazis ont retrouvé les traces de Mussolini retenu dans les Abruzzes au *Gran Sasso*, des parachutistes SS l'ont libéré et enlevé début septembre ! Le dictateur, après un bref passage en Allemagne auprès de Hitler, est rentré en Italie dans les fourgons de l'ennemi et a instauré une république dans le nord de l'Italie, dans une petite ville sur le lac de Garde, Salò. Il a levé une armée et combat aux côtés des Allemands. L'Italie est coupée en deux, la guerre est loin d'être finie.

Myriam Liberman se met à pleurer.

Gian Piero la regarde avec amitié.

– Il va vous falloir beaucoup de courage, de patience, restez bien cachés ici, je pense que vous êtes en sécurité. Il vaut mieux que vous le sachiez, la solution finale a été mise au programme de la république de Salò, à la solde des nazis.

– La solution finale ?

– Soyons clairs, monsieur et madame Liberman, c'est l'extermination des juifs.

– Mais pourquoi, monsieur ? Les nazis ne veulent pas de nous, c'est un fait… Mais pourquoi nous exterminer ? À quoi cela sert ? On ne tue pas pour tuer, on est en Europe, au XXe siècle… Nous sommes civilisés… Je ne comprends pas… Alors même les Italiens s'y mettent…

Herbert Liberman serre sa femme contre lui et répète : « Je ne comprends pas. »

Gian Piero baisse la tête :

– Pas tous les Italiens, les fascistes… Pour l'instant, la république de Salò a bien d'autres préoccupations que de vous poursuivre. Malheureusement, ce sont les Allemands qui s'en chargent en appliquant une technique bien rodée. Un « staff volant » expédié de Berlin a pris les choses en main, leur chef, Theo Dannecker, est un spécialiste. En septembre, on a tué une cinquantaine de juifs sur le lac Majeur. Fin septembre, dans le ghetto de Rome, les SS avaient exigé quatre-vingts kilos d'or du rabbin, en échange, ils laisseraient tout le monde tranquille. L'or fut trouvé, grâce à la solidarité de la population romaine, les habitants du ghetto sont pauvres, et remis aux Allemands… Les SS ont pris l'or et une vingtaine de jours plus tard, il y a eu, de nuit, une rafle surprise… Plus de mille personnes ont été embarquées.

« De nombreux Italiens et de nombreux religieux ont protesté et ont caché des juifs qui ont pu ainsi échapper aux rafles suivantes car il y en a eu d'autres. Ce maudit staff se déplace dans tout le Nord du pays et organise des actions surprises selon les mêmes méthodes, à Gênes, à Montecatini, à Sienne, à Florence, à Ferrare[1], à Bologne… Ces Allemands ne sont pas nombreux et, pour mener à bien leurs forfaits, ils se sont fait aider par la police locale. Nous avons nos agents de liaison qui nous informent mais sans doute nous ne savons pas tout… On dit qu'un camp de concentration où l'on retenait les Anglais va servir pour les juifs, le camp de Fossoli près de Modène… Mais cela ne vous concerne pas… Restez ici, ne commettez pas d'imprudence, la montagne vous protège.

« En revanche, la situation est de plus en plus grave pour les juifs italiens. Le ministre de l'Intérieur de cette république fantoche, un certain Buffarini Guidi, a fait passer un décret, en novembre, qui les déchoit de la nationalité italienne et les déclare ennemis du pays. En tant que tels, il faut les arrêter. Ce qui veut dire qu'à l'avenir, la police italienne, les carabiniers, qui obéissent aux ordres de ce gouvernement, vont arrêter les familles juives. Voilà où nous ont conduits les fascistes…

« Il faut absolument que l'année prochaine, en 1944, les Alliés arrivent et nous aident à écraser

1. *Les persécutions des Juifs de Ferrare ont été magnifiquement évoquées dans le roman* Le Jardin des Finzi Contini, *de Giorgio Bassani.*

cette république. Nous devons nous débarrasser une fois pour toutes de Mussolini. Le pays va se soulever, chasser les Allemands, nous y arriverons, si nous sommes unis.

« Voilà, je vous ai tout dit, mais ne vous désespérez pas, nous ne vous abandonnerons pas, jamais le peuple italien, le vrai, ne s'associera à de pareilles atrocités. Mais il faut bien reconnaître que, d'après mes informateurs, dans certaines préfectures, des carabiniers et des policiers zélés mettent au service des nazis une soif de violence et un fanatisme surprenants. »

– Ceux qu'on arrête (Herbert Liberman est assis, prostré), ceux qu'on arrête, où les emmène-t-on ?

– Difficile de savoir, il faut faire la part des choses et se méfier de la propagande et de l'intoxication… Les informations qui viennent de Londres sont peut-être exagérées mais enfin ce que nous voyons ici est plus qu'inquiétant. Nous sommes tous concernés, juifs, partisans, prisonniers, civils pris en otages, la fureur bestiale des SS n'épargne personne.

Il y eut un long silence. David met son bras sur les épaules de Judith qui serre les poings.

– Et les soldats italiens ? interroge Sonia.

– Certains ont été enrôlés de force dans l'armée de cette république fantoche, d'autres se sont portés volontaires ou ont été faits prisonniers par les Allemands ou encore sont entrés dans la clandestinité. La résistance dans le Piémont s'organise, un grand mouvement est en train de naître autour de Duccio Galimberti, et de *Giustizia e Libertà*, un parti italien né en exil, à Paris. Nous allons nous battre et nous saurons aider les Américains. Les Allemands vont avoir du fil à retordre, nous ne les laisserons jamais en paix.

Herbert Liberman est blême, il secoue la tête, il passe une main sur son front qui se plisse de mille sillons.

– C'est donc sans fin, la guerre recommence de plus belle, mais que font les Alliés ?

Gian Piero fouille dans sa poche et sort trois cigarettes qu'il pose sur la table.

– Les Alliés sont dans le sud de l'Italie, à Naples, soutenus par la population qui s'est soulevée contre l'occupant et l'a chassé de la ville, maintenant, ils remontent vers Rome encore occupée par les Allemands, mais c'est très long, il pleut tout le temps, la boue est partout, la nature est difficile, les Boches se défendent avec rage et les pertes sont nombreuses, la famine règne dans les campagnes, les champs sont minés, c'est une bataille sanglante qui prend beaucoup plus de temps que nous ne le pensions... Sur l'Adriatique, les Anglais sont arrivés, mais il y a des pluies torrentielles et les combats sont au point mort.

Myriam Liberman ajuste son bonnet de laine sur ses cheveux gris et sales car se laver les cheveux dans le froid est un luxe auquel elle a renoncé.

– Vous avez des nouvelles de la France ?

– Oui, à Nice, hélas ! c'est la chasse aux juifs. Comme nous avions supprimé l'étoile jaune, les Allemands ont du mal à repérer leurs victimes, ils ont des indicateurs qui sillonnent les rues et pointent du doigt ceux qui leur semblent avoir un type sémite. Il y a des lettres anonymes, des dénonciations, les occupants promettent des récompenses à ceux qui livrent l'adresse des juifs. Cent à cinq cents francs par individu arrêté, parfois cela peut monter à cinq mille francs quand la population ne semble pas assez réceptive aux primes. Sachez pourtant que beaucoup de juifs sont terrés dans des familles courageuses, dans des établissements religieux, les enfants ont été mis à l'abri depuis plusieurs mois chez les paysans, dans la campagne. Les arrestations ne sont pas à la hauteur des espoirs nazis qui deviennent enragés. Les Français se sont enfin mobilisés pour résister aux Boches, et protéger les Israélites, encouragés par le clergé. Il était temps que l'Église s'engage dans ce combat.

Sonia se souvient de Simon, a-t-il pu s'échapper ?

– On sait quelque chose de Simon Polsky ?

– Moi, je n'ai aucune nouvelle, la tête d'Angelo Donati a été mise à prix, il est en fuite. Le père Marie Benoît est activement recherché par la Gestapo mais il a disparu, on ne sait où il est.

Gian Piero se tourne vers Sonia :

– Prépare-toi, nous allons partir, je vous emmène, Judith et toi. M. et Mme Liberman auront deux bouches de moins à nourrir. Je le répète, ils sont bien, ici, ils ne doivent pas bouger. En bas, dans la vallée, c'est infesté d'Allemands et de miliciens, les *Camice nere* sont redoutables, ils traquent les juifs et les partisans, ils tuent, torturent, massacrent. C'est une guerre civile, sans merci. Mais nous vaincrons. Qu'y a-t-il, petite Judith ? Tu veux me dire quelque chose ?

Judith s'est approchée de Dao Ormena, son visage est fermé, agressif, sa voix déterminée.

– Merci pour votre offre, monsieur, mais je ne viens pas avec vous, je ne suis pas italienne, je reste avec les miens, Sonia, elle, a des raisons de vous suivre que moi je n'ai pas…

– Mais je te protégerai, c'est ce que voudraient tes grands-parents.

– Mes grands-parents ne sont plus là, ils sont sûrement morts. (Elle répète d'une voix sourde.) Je reste avec les miens. (Elle a un geste pour désigner la famille Liberman.) Ils sont juifs allemands, comme l'étaient mes grands-parents. J'apprendrai avec eux l'hébreu, c'est plus important que de passer le bac français, je n'ai pas besoin de Sonia.

La voix de la jeune fille est dure, froide, et n'admet aucune réplique.

David Liberman s'avance, son allure est aussi déterminée que celle de Judith.

– Je la protégerai, moi, Judith, ce n'est pas à vous de le faire, occupez-vous de Mlle Sonia, puisque vous êtes son fiancé. Si vous voulez vraiment faire quelque chose pour nous, trouvez-moi une arme.

Les parents Liberman regardent leur fils, apeurés, bouleversés, ils ont devant eux un homme, ils ne s'en étaient pas aperçus.

Myriam Liberman, timidement, hasarde :

– Remercie tout de même ce monsieur, Judith, il est gentil avec toi… Sonia ne va pas te manquer ?

– Personne ne me manque, j'ai tout perdu, il me reste David et vous, si vous voulez bien de moi.

Gian Piero sort son pistolet et le tend à David.

– Économise les balles, si tu tires, sache que tu révèles ta présence, il faut vraiment que le danger soit grand.

Sonia, mal à l'aise, rassemble ses affaires, elle cherche le regard de Judith qui l'évite. La petite lui en veut, la considère comme une traîtresse parce qu'elle aime un Italien catholique, qu'elle abandonne ses amis.

Elle se tourne vers Myriam Liberman :

– Ses grands-parents me l'avaient confiée, je vous la confie.

La voix de Judith retentit, coupante :

– Je ne veux être confiée à personne, j'ai plus besoin d'un fusil et de balles que de compassion. Chacun suit sa voie. Sonia, je te remercie de tout ce que tu as fait pour moi, maintenant, je me bats toute seule, David et moi, nous ne nous laisserons pas faire. Ils ne nous auront pas.

Sonia et Myriam Liberman se regardent, chavirées. Une nouvelle génération se lève, l'arme au poing, plus question de surveiller leurs devoirs, ce sont des adultes, ce sont des guerriers.

– Allons, on se dépêche, rappelle Gian Piero. Jeune homme (il s'adresse à David), j'essaierai de te faire parvenir quelques munitions, ne t'en sers que pour te défendre, en cas d'extrême urgence, ne prends aucune initiative contre l'occupant, une action isolée est dangereuse pour tout le monde.

Sonia embrasse les Liberman et serre Judith contre son cœur, la petite se dégage rapidement. Dao Ormena prend son sac et le jette sur son épaule, il ouvre la porte, l'air froid s'engouffre, le temps est beau.

– *Andiamo e buona fortuna a tutti*[1].

*

La neige tombe, légère et amicale. Gian Piero l'a plaquée contre le tronc d'un pin, sa bouche écrase ses lèvres, les mord, les aspire, les dévore, sa langue s'enroule autour de la sienne, la caresse, l'enveloppe, l'étreint. Dans l'air glacial, seuls leurs visages peuvent se toucher, leurs joues s'écrasent l'une sur l'autre, affamées, leurs peaux se cherchent, se réchauffent l'une contre l'autre. Ils disent des mots sans suite, leurs paroles trébuchent, ils invoquent leur nom comme on invoque un saint qui vient d'accomplir un miracle. Il gémit, je croyais t'avoir perdue, elle pleure, je croyais que tu m'avais abandonnée. Je t'ai tant attendu, je t'ai tant cherchée, plus jamais, tu m'entends, non, plus jamais… Ne me laisse plus, je ne te quitterai plus. Un dialogue, haché, sans suite, s'éteint entre leurs dents qui s'entrechoquent, dans une saveur de sang.

Faire l'amour dans la neige ? Quand il fait un froid glacial ? Depuis le temps que leurs corps se veulent et ne se trouvent pas… Depuis le temps

---

1. *On y va et bonne chance à tous.*

qu'ils ont besoin. Ils glissent le long du tronc et se recroquevillent sur le sol de glace. Il arrache ses gants, ses mains s'enfoncent sous les lainages, ouvrent la ceinture du pantalon, ses doigts impatients retrouvent la douce moiteur du ventre, la toison soyeuse, le sexe souple et humide. Il ouvre sa vareuse de soldat et l'enveloppe pour la protéger, il se fraie un passage, un tissu se déchire, d'un coup de reins leurs corps s'unissent et se mêlent, dans un long râle d'étonnement. Il s'enfonce lentement tout au fond d'elle, la couvrant de son corps pour qu'elle ait moins froid, il installe ses deux mains en coupe sous sa tête pour qu'elle ne repose pas sur la neige, il ploie sous un plaisir émerveillé nourri d'amour, de reconnaissance. Ils jouissent ensemble, éperdus, et restent noués l'un à l'autre, insensibles au vent qui s'est levé, réchauffés par la béatitude euphorique de leurs deux corps. Ils n'ont plus froid. Ils ont chassé le danger, il n'y a plus que la vie.

Ils se relèvent plus tard, titubant, ne réussissant pas à se séparer. Ils ajustent leurs vêtements sans cesser de se toucher, de s'effleurer, de se caresser, comme pour se convaincre qu'ils sont toujours là, ensemble. Ils ne se parlent pas, encore hantés par la peur de se perdre, les mots semblent inutiles devant une telle fulgurance. Les années pourront passer, jamais ils n'oublieront cet instant sublime qui les a arrachés à l'absence et à la séparation.

Il chasse la neige de leurs vêtements, il caresse les boucles emmêlées, les paupières closes, baise les longs cils mouillés puis la serre contre lui avec une tendresse infinie.

– Sonia, enfin ! Enfin…

Ils reprennent leur marche.

– Nous sommes dix dans ce refuge, c'est une cabane en pierre du pays, avec un toit de tôle, on a une provision de bois pour l'hiver, il n'y fait pas froid, on a de quoi manger… Tu verras, tu seras bien…

– Je serai la seule femme ?

– Oui, mais tu ne crains rien, ce ne sont que des amis, il y a même trois juifs qui se sont joints à nous, tu verras… N'oublie pas, je ne suis plus lieutenant, je ne suis plus Dao Ormena, on m'appelle Gian, j'ai un nom de guerre, mais il vaut mieux que tu ne le connaisses pas.

– Nous allons rester longtemps ?

– J'attends les ordres… Je dois aller dans la vallée Maira, plus au nord, à côté d'Elva, mon pays. Là-bas, il se prépare quelque chose… Mais tu dois comprendre qu'il vaut mieux que tu en saches le moins possible.

Déjà, elle s'inquiète.

– Tu vas me quitter ?

– Pas tout de suite et cette fois-ci, je saurai toujours où te retrouver. Et là-haut, à Elva, il y a mes parents… Tu es sauvée, Sonia, ne t'inquiète pas, on s'occupera toujours de toi.

Il s'arrête et l'embrasse de nouveau.

– C'est loin, ce refuge ?

– Oui, marchons, donne-moi le bras.

– Il me faudra un fusil et tu m'apprendras à m'en servir.

– Tu as raison, mais les fusils sont rares.

II

O bella ciao

GUIDO EST ROYALISTE, antifasciste, il hait les Allemands depuis toujours et la signature de l'armistice par le roi l'a comblé d'aise. La situation était enfin claire, du moins pour lui, il a rejoint sans hésiter les partisans.

Aujourd'hui, il est furieux.

– Fallait pas, les gars, fallait pas tuer ce chamois, c'est les chasses du roi, c'est un chamois du roi, vous n'auriez pas dû…

Les autres rient avec indifférence, ils sont républicains, ils ont faim, ce chamois était une belle occasion…

– T'en fais pas, Guido, des chamois, il y en a plein, autour des Thermes de Valdieri, ton roi, il en a encore…

– Ton roi, parlons-en, même pas capable de rester à son poste, il s'est enfui avec Badoglio à Brindisi…

– Normal, il est allé retrouver ses alliés, les Américains…

– Il aurait pu y penser plus tôt, au lieu de nous embarquer dans cette saloperie de guerre aux côtés des *Crucchi*[1]. Quand la paix sera revenue, on le liquidera, ton roi…

Guido se jette sur celui qui vient de parler.

– Arrêtez.

Gian Piero est sorti du refuge et s'approche des chasseurs.

– Ce n'est pas grave, Guido sera content lui aussi de manger du chamois puisque c'est de plus en plus difficile de se ravitailler. Mais je ne veux aucune discussion politique entre nous, nous devons tous être solidaires, nous n'avons qu'un seul ennemi : le fascisme.

Le chamois rôti dans la cheminée réconcilie tout le monde, même Guido qui sourit en mordant dans la chair croustillante. Il voudrait bien leur dire aux autres que, sans roi, ils sont perdus, le monarque est le symbole de l'identité et de l'unité du pays, ils en ont besoin, on ne va pas laisser le pays aux communistes… Il est contrarié mais ne dit rien, le chef a raison, ce n'est pas le moment d'être divisé.

Le groupe se partage les quelques pommes de terre qui accompagnent et Sonia, prudente, met de côté une partie de l'animal.

---

1. *Les Boches.*

– Ce sera pour demain, *compagni*[1], il ne faut pas tout dévorer en un seul jour… On est nombreux, chacun restera un peu sur sa faim, mais c'était bien bon…

Depuis combien de temps n'avaient-ils pas fait un pareil festin ?

Sonia se sent bien avec les résistants, elle parle couramment italien, elle a chaud, car ils ont beaucoup de bois, savent le tailler et l'économiser, ils mangent à leur faim, tous les fermiers de la montagne sont des sympathisants, elle a retrouvé trois juifs qui se sont engagés dans le mouvement *Giustizia e Libertà*, un Viennois, un Allemand et un Belge, ils portent un foulard rouge et une barbe à la Garibaldi, ils s'occupent de la liaison avec les maquisards français de l'autre côté de la frontière pour harmoniser leurs actions.

Les armes sont rares et on attend des fusils mitrailleurs que les Alliés doivent leur faire parvenir, on ne sait quand, on ne sait comment mais on les attend avec ferveur.

Elle a retrouvé le garçon d'Asti qui lui avait offert des pommes lorsqu'elle était cachée, avec Judith, dans le sanctuaire de la Madonna del Colletto.

1. *Camarades.*

Ils parlent souvent ensemble, quand les autres sont partis pour des missions mystérieuses et que tous les deux restent garder le refuge.

– Sonia, tu peux me demander tout ce que tu veux, j'ai une immense sympathie pour toi et pour les juifs. J'ai un ami d'enfance de Florence, je le retrouvais chaque année, à la mer, à Viareggio, en Toscane, dans les pinèdes. À partir de 1938, j'ai vu ses souffrances, c'est aussi pour cela que j'ai été si violemment antifasciste. Il s'appelle Nedo, nous étions comme deux frères, souvent il venait skier avec nous en France. J'ai eu tellement honte quand les lois raciales ont été votées. Il m'écrivait et me racontait ce qui lui arrivait, enfin c'est ce qu'il faisait au début, parce que, après, il avait peur et n'osait plus trop… Je suis maintenant sans nouvelles.

« La mère de Nedo tenait une pension de famille à Viareggio et, avec mes parents, nous descendions chez eux, je passais tout l'été là-bas avec ma mère et mes sœurs.

« À la rentrée de 1938, les gros titres dans les journaux clamaient : “Les enseignants et les élèves juifs sont exclus des écoles.” Je n'y ai pas fait attention, je ne savais même pas que mon copain était juif.

« En novembre, j'ai reçu une longue lettre et je fus atterré. Nedo avait été chassé de son école, on avait retiré la licence à sa mère qui dut fermer sa pension. Le père, qui depuis vingt ans était membre du parti fasciste, fut exclu et perdit en quelques jours tous ses amis, ainsi que son emploi aux postes italiennes. Les gens les évitaient et ne leur disaient plus bonjour, les antifascistes évidemment leur en voulaient et les fascistes les chassaient. »

– Ton ami n'allait plus à l'école ?

– Bien sûr que si, il alla dans une petite école juive qui s'était ouverte près de chez lui, mais sa vie avait changé, on leur avait interdit le téléphone et leur radio fut confisquée. Quand j'ai reçu cette lettre, j'ai aussitôt écrit à Nedo que je serai toujours son ami et que je comptais bien aller à la pêche avec lui, l'été 1939… Son père trouva un petit boulot comme ouvrier dans une entreprise de leur famille. Mais l'été 1939, nous ne sommes pas allés à Viareggio.

Sonia n'arrive pas à s'y retrouver…

– En 1943, les Italiens, qui occupaient la France, nous ont aidés, nous, les juifs, protégés, sans eux, la police française nous livrait aux Allemands… Comment est-ce possible que ton ami ait été persécuté ?

– C'est ça, l'Italie… Un vrai puzzle… La IVe armée qui occupait le Sud de la France n'était pas antisémite, ses officiers n'étaient pas fascistes.

C'est vrai, en France, on a été bien, c'était une occupation paisible, sans agressivité, les soldats étaient *brava gente*[1], un peuple italien tranquille, amateur de femmes et de bonne chère, épicurien et empli de la sagesse méditerranéenne, qui aime le bon vin, les chansons nostalgiques, le soleil, la mer, les *bambini*, la *mamma*, la famille, avec un art de vivre unique que les gens du Nord leur envient, pacifiste mais aussi égoïste, indifférent à la politique, à l'intérêt général…

« *Italiani, brava gente !* Cela dépend où ! Cela dépend comment… Cela dépend quand… D'après un de mes oncles, en Albanie, nos soldats ont été violents et ont riposté avec cruauté aux attaques des Albanais résistants qui ne faisaient que défendre leur pays, comme nous, aujourd'hui. Notre histoire est sanglante, rivalités guerrières entre les républiques, soulèvements violents contre les occupants, il y a aussi une culture du mal, dans le Sud, pays de la misère, là où est née la Mafia. Les Italiens sont capables de tout, ils peuvent avoir les plus grands courages, regarde à Naples, le peuple s'est rebellé et a chassé l'Allemand, ce qui a bien arrangé les Américains… Ah ! Sonia, il me faudrait des heures et des heures pour t'expliquer l'Italie…

1. *De braves gens.*

Moi-même, je ne sais pas encore... Mais c'est dans la IVe armée que je me reconnais, c'est Duccio Galimberti qui m'inspire, et ton fiancé, Gian, me sert de modèle... Si nous pouvions tous nous entendre... J'espère que nous arriverons à convaincre les Français de l'autre côté des Alpes de notre bonne volonté, avec eux, on pourrait faire de grandes choses. »

En bas, dans la vallée de la Stura, ils entendirent un bruit sourd, une détonation. Le garçon d'Asti eut un petit sourire et murmura :

– Ça y est...

Il se redressa et alla chercher du bois. Sonia ne posa pas de questions, mais une angoisse sourde l'envahit. Pourvu qu'ils reviennent tous, qu'il n'en manque pas un... Pourvu que Gian Piero soit là, cette nuit... Elle eut un frisson. Chaque jour avait son lot d'anxiété et de bonheur. Une nausée l'envahit, un hoquet la secoua. Elle se sentit mal.

Le garçon d'Asti alluma un grand feu dans la cheminée.

– Je vais à la source chercher de l'eau, on va la faire chauffer et vous pourrez vous laver avant que les autres ne rentrent. Cela vous fera du bien, vous êtes toute pâle.

*

L'année 1944 avait débuté, lourde de menaces. Les Alliés se battaient dans la boue et la neige pour s'emparer de l'abbaye de Monte Cassino, les Allemands se défendaient comme des lions et résistaient furieusement, les Français, avec leurs goumiers[1], avaient enlevé des positions ennemies dans la montagne. Mais les Allemands ne reculaient pas.

Un bombardement aérien détruisit l'abbaye, transformée en forteresse, mais les Allemands étaient toujours là.

Gian Piero était sombre, il disparaissait durant des heures ou bien restait dans le refuge plongé dans des papiers et des plans. Sonia savait que quelque chose se préparait mais elle ne posait pas de questions. Les trois partisans juifs revenaient de leur mission et discutaient pendant des heures en français, ils étaient en contact avec les maquisards de la Savoie.

Sonia leur avait posé quelques questions. Saint-Martin ? Que s'y passait-il ? Qu'était devenu son Saint-Martin, l'hôtel des Remparts ? La rue du Petit-Ruisseau ? Avait-on retrouvé les traces de Simon Polsky ?

– Il est sûrement parmi les résistants… Un juif polonais, un jeune… Il a toujours été très actif… Vous n'en avez pas entendu parler ?

---

1. *Soldats marocains de l'armée coloniale française commandée par le maréchal Juin.*

Albert, le Belge, lui avait répondu brièvement :

– On n'est pas dans le coin...

Elle attendait le soir...

Le soir, tout le monde se détendait. Gian Piero devenait tendre. Les hommes sortaient après le dîner, allumaient un feu devant le refuge et chantaient en sourdine le chant des partisans :

Una mattina, mi son alzato
O bella ciao, bella ciao, bella ciao, ciao, ciao
Una mattina mi son alzato
E ho trovato l'invasor[1].

Gian souriait, enlaçait Sonia et l'entraînait au fond du refuge.

– Ils restent dehors pour nous laisser un peu seuls, viens... Ils vont chanter plusieurs fois puis ils se tairont, c'est un peu un signal, ils rentrent.

Il la déshabillait rapidement, le temps était compté, et tandis que ses lèvres caressaient doucement la peau frissonnante de Sonia, il la glissait dans leur sac de couchage où il la rejoignait. Arrimés l'un à l'autre dans une chaleur moite qui

1. *Un matin, je me suis levé*/O bella ciao, bella ciao, bella ciao, ciao, ciao/*Un matin, je me suis levé*/*Et j'ai trouvé l'envahisseur.*

les enveloppait et les protégeait, ils s'aimaient, l'oreille tendue vers les voix d'hommes, les paroles de la chanson les accompagnant dans leur plaisir…

La dernière strophe s'égrenait…

E questo è il fiore del partigiano
O bella ciao, bella ciao, bella ciao, ciao, ciao
E questo è il fiore del partigiano
Morto per la libertà[1].

Pour Sonia, le chant des partisans sera toujours le chant de l'amour.

La porte s'ouvre en grinçant, le raclement des galoches sur la terre battue, des voix qui chuchotent, quelques rires étouffés, le froissement des vêtements, des sacs de couchage, des couvertures que l'on déplie, la dernière bougie qui s'éteint… Sonia, nue, lovée dans la tiédeur de leurs deux corps, le visage écrasé sur l'épaule de son amant, s'endort heureuse. Demain, elle lui dira.

Il n'y a pas que la guerre, la mort, les otages fusillés dont on parle à voix basse avec désespoir, les bombes qui éventrent les villes, les blessés qui

1. *C'est la fleur du partisan*/O bella ciao, bella ciao, bella ciao, ciao, ciao/*C'est la fleur du partisan*/*Mort pour la liberté.*

hurlent, il y a encore et toujours la vie qui ne renonce jamais, l'amour qui s'acharne, l'avenir qui n'en finit pas de faire des promesses…

*

– Tu es sûre ?

Gian Piero doute encore.

– Mais tu n'as pas vu de médecin, comment peux-tu être certaine…

Ils parlent à voix basse, enfouis dans leur sac de couchage, serrés l'un contre l'autre, leurs jambes entrelacées.

– Je l'ai toujours su, c'est le jour où nous avons fait l'amour dans la neige, je l'ai senti, une fulgurance dans ma tête et dans mon ventre, une sensation de vie si violente, oui, à ce moment-là, j'ai eu la conviction que quelque chose arrivait. Je n'ai jamais retrouvé une pareille émotion, c'était une revanche contre le mal, une explosion de tout mon corps qui t'accueillait et te gardait, une extase presque divine qui me reliait à… c'est difficile à dire… à comprendre… à une sensation d'éternité qui ne pouvait que s'expliquer par le début d'une nouvelle vie…

Il pose le plat de sa main sur le ventre nu comme pour vérifier, deviner, écouter…

– C'est le début du quatrième mois… Les dates correspondent…

– Mais tu ne m'as rien dit ? Pourquoi ?

– Il fallait que je sois sûre, que je ne le perde pas… que je ne t'inquiète pas inutilement. Maintenant, tout va bien, je le sais…

Il n'ose plus lui faire l'amour et elle rit tout bas.

– Tu es heureux ?

– Plus que tu ne l'imagines, avec ce bébé, tu es vraiment à moi, je ne te perdrai plus jamais. Son arrivée est le symbole de notre prochaine victoire, les autres ne peuvent plus rien contre nous. Dès que les neiges vont fondre, nous partirons vers la vallée Maira, comme je te l'avais dit, je te conduirai à Elva, dans une vieille maison où mes parents sont réfugiés, tu seras bien avec eux, tu accoucheras là-bas… Mais avant, on se mariera. Un prêtre viendra nous marier dans la chapelle du pays, celle qui date du XIVe siècle, chez nous, c'est le prêtre qui s'occupe de l'état civil, il n'y a pas, comme en France, de mariage à la mairie. Tu t'appelleras Dao Ormena, le prêtre te donnera tes papiers, tu seras en règle, le bébé sera baptisé, vous ne risquerez plus rien. Qu'en pensez-vous, madame Dao Ormena ?

Sonia sourit dans l'ombre, seules deux choses comptent : son amour et son bébé… À l'église ? Pourquoi pas ? Il est évident que cela la protège, elle va avoir une famille, un nom chrétien, des certificats en bonne et due forme. Elle ne quittera plus son lieutenant, elle soupire, elle est heureuse. À la fin de la guerre, elle fera une petite fête avec ses parents, à Paris.

Ses parents, sa sœur, elle les reverra, elle en est sûre, ce bébé est le début d'une période heureuse, ils seront un jour tous réunis. Le contraire est impossible. Nathalie est à l'abri dans la Sarthe, les parents sont avec les résistants, la guerre tire à sa fin.

Les Alliés piétinent peut-être devant Monte Cassino mais ils vont bientôt l'emporter, ils sont nombreux, ils disposent d'un matériel énorme, les Américains sont si riches, les Allemands doivent être à bout de souffle.

Sonia pousse un profond soupir de contentement, pour la première fois, elle se sent rassurée, comme à Saint-Martin.

Dao Ormena continue :

– Ce sera un garçon, on l'appellera Gian Carlo, comme mon père…

– Pourquoi comme ton père ?

– C'est la tradition, chaque génération s'appelle alternativement Gian Carlo ou Gian Piero.

Sonia s'écarte légèrement.

– Quelle idée ! Je veux donner à mes enfants les noms que j'aime, pas les noms des pères ou grands-pères… Les traditions, je les refuse en bloc, juive, catholique, française, italienne…

– Mais il faut comprendre, ma Sonia, c'est comme cela depuis des années, c'est une chaîne qui nous unit, une tradition qui est un plaisir, un cadeau que l'on fait à la famille. On pourra prendre le nom de ton père comme second nom…

– Mais je ne te le demande pas, je voudrais un nom moderne, un nom qui me plaît, un nom que je choisis moi-même…

– Ce sont des caprices… Surtout aujourd'hui où nous devons nous serrer les uns contre les autres, défendre notre identité contre l'oppresseur, ce n'est pas le moment de faire des fantaisies…

– Des fantaisies ?

Sonia se raidit. Pour la première fois, elle se sent différente. Elle devine chez ces Piémontais toute une culture qui n'est pas la sienne.

– Et si c'est une fille ?

– On l'appellera Adriana, comme ma mère, ne te fâche pas, ce sont nos coutumes.

– Adriana ?! Mais je n'aime pas, c'est vieux jeu, c'est démodé. On l'appellera Nathalie, comme ma petite sœur… Tes coutumes, comme tu dis, ne sont pas les miennes. (Elle a un sanglot d'énervement.) Ma petite sœur que je ne vois plus depuis trop longtemps, si j'ai une fille, cela me fera du bien de l'appeler Nathalie.

Gian Piero se racle la gorge, dans le noir, il est agacé.

– Ma chérie, mon ange, il y a des choses plus graves dans la vie que le prénom des enfants, ne fais pas d'histoires. On en reparlera. Prends soin de toi, ça, c'est important. Demain, je te donnerai ma part de fromage, il faut que tu manges plus…

Elle se retourne, s'écarte de lui et ferme les yeux. Elle ne veut pas d'une fille qui s'appelle Adriana. C'est leur première dispute. Elle a du mal à trouver le sommeil tandis qu'elle entend son souffle heureux et paisible, à côté d'elle.

*

Guido, le royaliste, est remonté de la vallée, il était parti à l'aube. Il marche comme un renard entre les pins, attentif à mettre ses pieds dans les traces de la veille, à changer de route souvent pour ne pas éveiller de soupçons. Mais en bas, les fascistes et les Allemands ont deviné leur présence et celle des réfugiés juifs dans les montagnes. De temps en temps quand s'envolent des fumées au-dessus des sommets isolés, ils tirent des coups de canon qui se perdent dans la neige.

Guido arrive, essoufflé, au pied du refuge. Gian Piero, debout sur le pas de la porte, l'interpelle :

– Alors ? Tu as du nouveau ? Qu'est-ce qui se passe en bas ?

– Les *Crucchi* ont arrêté Donatella, la petite, une gamine de 16 ans, qui m'apportait du pain et me donnait des informations. Elle a été dénoncée, interrogée, elle n'a rien dit parce qu'elle ne sait pas grand-chose…

– Les salauds l'ont torturée ?

– Non, mais ils l'ont rasée. Je l'ai vue de loin, sur la place, elle fait peine. Pourquoi donc ils l'ont rasée ? Une jolie fille comme ça…

– Pour l'humilier et la punir, explique Gian Piero, ils ne savent pas trop de quoi, mais ils ont des soupçons. C'est aussi une bonne façon de la surveiller et de l'isoler des autres. Maintenant, où qu'elle aille, on la suit à la trace, elle est visible, identifiable. La tondue, elle fricote avec les partisans, les Allemands la surveillent, elle fait peur, elle est dangereuse, on s'écarte, on a pitié aussi mais on la montre du doigt…

Sonia, qui a tout entendu, fourrage nerveusement dans ses boucles.

La petite Donatella, qui, un jour, avait donné à Guido un morceau de savon pour qu'elle puisse se laver… Elle en avait profité, quelle joie cela avait été de se sentir propre, ce qui ne lui était pas arrivé depuis des semaines… Ils ont tondu Donatella. Elle a brutalement les larmes aux yeux.

– La fonte des neiges va commencer, reprend Gian Piero. Le coin n'est plus sûr. Bientôt, on va se séparer, *compagni*, je partirai vers le nord. On m'attend à Elva. J'emmènerai Sonia, vous, vous rejoindrez les autres, ceux de Galimberti. En attendant, il vaut mieux ne pas se faire remarquer, il ne faut pas faire courir de risques inutiles à la population civile. Tondre une fille, ce n'est pas mortel, la prochaine fois, ils la tortureront et la fusilleront. Il faut se tenir tranquilles.

Les hommes s'assoient sur le sol, ils se partagent un morceau de fromage, des châtaignes, taillent une branche de bois, ils nettoient et caressent leurs armes. Les trois juifs ajustent leur foulard rouge autour du cou, l'un d'eux siffle. Tout à l'heure, ils iront relever les pièges.

Sonia pense à Judith et aux Liberman. Quand les neiges seront fondues, les Allemands pourront monter plus facilement sur les sommets élevés, interroger les fermiers isolés… Les réfugiés seront en danger…

Elle confie sa peur à Gian Piero, qui a un geste fataliste.

– Ils sont mieux là que dans les villages. Ils ne feront plus de feu au printemps, cela deviendra difficile de les repérer. Les partisans sont dans le coin et les protégeront en cas de danger. Je sais par mes informateurs qu'ils sont toujours dans leur refuge, la vie va devenir moins difficile avec les beaux jours, Cristoforo, le contrebandier, passe les voir souvent et leur apporte du lard. Ne t'inquiète pas. Et prépare-toi à partir, nous nous mettrons en marche dans une quinzaine de jours. Nous irons à pied, pour toi, je cherche une mule. Nous passerons d'une vallée à l'autre par les sentiers de montagne. Les routes sont trop dangereuses.

Il se penche vers elle et l'enveloppe de la clarté de son regard, malgré la présence des autres, elle se serre contre lui, confiante, abandonnée… Un voyage dans la montagne, sur une mule, avec cet homme qu'elle aime, elle ferme les yeux, s'évade loin des Allemands qui tondent les petites filles.

*

Ils sont partis, un soir, à la nuit tombée, ils se sont quittés, anxieux et pleins d'espoir. Le garçon d'Asti lui avait glissé son adresse :

– Après la guerre, vous m'écrirez ? Vous me donnerez de vos nouvelles quand vous serez rentrée en France ?

Les trois juifs lui ont dit :

– On se retrouvera en Palestine, soyez confiante…

Guido avait soufflé :

– Vive le roi, revenez nous voir... Vous verrez comme l'Italie est belle sans les fascistes.

Chacun portait en lui son rêve et son espoir.

– Allez, viens, ne perdons pas de temps...

Gian Piero était nerveux. Ils se sont glissés entre les arbres, ont longé des ravins, rejoint le torrent de la Stura qu'ils ont suivi, silencieux et pliés en deux. Gian Piero la tenait fermement par la main. Il n'avait pas allumé sa torche, trop dangereux, mais la lune les éclairait. Ils arrivèrent vers minuit à Fiestona et se glissèrent dans des jardins étroits noyés d'ombre. Ils avançaient sans faire de bruit.

– Sois confiante, je connais le chemin, des amis nous attendent.

Arrivés devant une maison anonyme, Gian Piero frappa trois coups brefs sur le volet fermé, puis deux coups plus longs. Le volet s'ouvrit lentement, des bras puissants hissèrent Sonia à l'intérieur d'une pièce sombre.

– Suivez-moi, dit une voix en italien et il l'entraîna dans une cuisine enfumée, mal éclairée, où deux hommes étaient assis autour d'une table.

À l'arrivée de Gian Piero, ils se levèrent sans faire de bruit et le saluèrent.

L'un d'eux tendit un verre de vin à Sonia mais Gian Piero s'interposa :

– Vous n'avez pas un verre de lait ?

C'étaient probablement des partisans de *Giustizia e Libertà*, ils parlaient à voix basse, avec de temps en temps un regard amical pour la jeune femme. Il semblait évident qu'ils savaient que la jeune femme était juive.

– Vous allez dormir dans le grenier, il y a du foin et une couverture. Restez toute la journée cachée, monsieur Dao Ormena aussi. Demain soir, quand la nuit sera tombée, derrière le jardin, une mule vous attendra, vous pourrez partir, vous traverserez le torrent juste avant Demonte. Soyez prudents, les nuits sont sombres, la vallée de la Marmora est accidentée, celle de la Maira encore plus, il y a un pont, juste avant Stroppo.

– Je connais bien la région, ne vous inquiétez pas… Les autres sont à la Maddalena ?

– Ils vous attendent.

Gian Piero remercia, refusa le vin et le lard. Il ouvrit sa besace et sortit des galettes militaires.

– Nous les avons trouvées dans une caserne abandonnée. Nous les avons distribuées aux partisans de Cuneo, j'en ai pris un peu pour le voyage, demain j'aurai juste besoin d'eau et de fromage. La montée à Elva sera pénible, la maison de ma famille est la plus haute du pays, à mille huit cents mètres, la route ne va que jusqu'à Stroppo, en bas, mais là, il y a les Allemands, nous passerons par la montagne.

– Ça, c'est sûr que pour cacher la demoiselle, Elva, c'est tout indiqué, c'est haut, le climat est dur, il n'y a pas de routes. Pas grand monde qui s'y hasarde.

Les hommes hochaient la tête, des juifs, il y en avait dans tout le pays, cachés dans des granges isolées, on les voyait faire leur toilette dans les abreuvoirs, avec les animaux, parfois à certains qui erraient sur les routes, on offrait une soupe chaude ou une assiette de polenta.

– Dormez bien, *signorina*, reposez-vous car demain la route sera longue, mais on vous a trouvé une mule douce et résistante, elle pourra vous porter au bout du monde !

Il y avait un sourire dans les yeux de ces deux hommes.

*

Gian Piero et Sonia dormirent enlacés, dans le foin, jusqu'à midi. Ils passèrent le reste de la journée, cachés, attentifs aux bruits, aux pas qui résonnaient sur la route. Un des hommes de la veille leur monta de l'eau, du lait et de la polenta. À la nuit tombée, ils se glissèrent dans le jardinet désert, leurs hôtes avaient disparu, une mule attendait sagement derrière un muret de pierre.

Partir. Partir encore. Mais cette fois-ci, Sonia n'est pas seule.

*

Souvent Sonia allait s'asseoir à côté de la source. L'eau surgissait entre deux pierres, sur le flanc droit de la maison, suivait sagement une gouttière taillée dans l'écorce d'un arbre et s'écoulait dans le jardin, comme un ruisselet scintillant, avec une petite chanson rieuse. Les sources étaient nombreuses dans le pays, mais les Dao Ormena avaient la leur à portée de main, dans le jardin. Sonia regardait l'eau qui, inlassablement, jaillissait des entrailles de la terre. Elle tendait la main et le soleil faisait miroiter sur sa peau des reflets de cristal. Une source… Quelle petite merveille ! Elle apportait la vie, les protégeait, nourrissait le jardin potager, abreuvait les mules, les hommes, les moutons. Un lavoir de pierre et de bois permettait de faire les lessives. Le linge claquait sur une corde et séchait dans l'air du printemps. L'hiver, en revanche, il gelait en moins d'une heure et il fallait le rentrer à la hâte près de la cheminée.

La maison était grande, construite en pierre et en bois sur trois étages, et avait la forme d'un L.

Au rez-de-chaussée s'étalait l'ancienne étable où dormaient jadis les animaux. Aujourd'hui, il n'y a plus que les poules et le bois. Le premier étage était réservé aux habitants et le second, sous le toit de lauzes, servait de grenier. C'est là que Adriana Dao Ormena, la mère de Gian Piero, entreposait ses provisions, des oignons, de la farine de châtaigne et de seigle, des haricots, quelques litres d'huile, des fèves, des plantes séchées, cueillies dans la montagne, un peu de tabac pour les partisans quand ils passaient et deux jambons, achetés à prix d'or à des voisins quand ils avaient tué le cochon.

Les fenêtres étaient encadrées d'une bordure blanche et sur l'une des façades, sous l'un des balcons de bois, était peinte une fresque religieuse : une madone, entourée de trois anges, d'un saint et d'une sainte dont la jeune femme ignorait les noms. De nombreuses maisons du pays étaient ainsi décorées, coutume d'un pays de montagne où l'espoir de vivre puisait ses sources dans la foi religieuse.

Sonia, désorientée et curieuse, découvrit des bâtisses aux larges balcons, presque des terrasses, grâce auxquels les paysans pouvaient manier le fourrage qu'ils jetaient directement du grenier dans l'étable sans descendre dans la neige, il y avait de multiples escaliers nichés sous les toits, des couloirs, abris secrets qui passaient d'une habitation à l'autre, protégés du vent. Une architecture ancestrale, née du besoin de circuler dans le bourg sans s'enfoncer et se perdre dans la neige et la boue, avait construit ces balcons-labyrinthes qui protégeaient les paysans de la rigueur de la nature.

La vie était rude et difficile mais l'homme vivait en bonne entente avec les étoiles, chaque chemin, chaque habitation avait sa prière, un signe adressé à Dieu. Dans les routes de montagne, sur les talus, des petites constructions de pierre abritaient des tableaux ou des statues, dans des niches coiffées d'un toit de lauzes grises, on les appelait *i piloni* et les principales familles avaient la leur. Enfouis dans les feuillages, ou solitaires sur un bord de route, ils se fondaient dans le paysage et dialoguaient avec l'invisible.

Pour Sonia, athée, cette foi ingénue, si visible, était une surprise. Le mystique, la nature, le quotidien se mélangeaient avec une telle candeur que la vie prenait un autre sens.

*

Elle s'était mariée dans l'église d'Elva, huit jours après son arrivée. Le voyage avait été long et rude, le chemin muletier qui montait de Stroppo à Elva était abrupt, il longeait des gorges profondes et escarpées, des précipices sans fond qui donnaient le frisson. Ils avaient dormi dans des fermes, car les montagnards ne laissent jamais un voyageur dehors, la nuit.

La maison de Gian Piero était la dernière dans la bourgade, la plus haute du pays. Ses parents, Adriana et Gian Carlo, avaient fui Turin et s'étaient réfugiés sur la terre de leurs ancêtres, loin des hostilités. Ils avaient été avertis par des partisans de l'arrivée de leur fils. Ils accueillirent Sonia à bras ouverts. Elle attendait un enfant ? Adriana s'était réjouie. En pleine guerre, quand tant de gens meurent, l'arrivée d'un être tout neuf ne peut être qu'une bonne nouvelle. Elle avait tellement eu peur de perdre son fils que le revoir avec une femme et la promesse d'un bébé l'emplissait de bonheur.

Sonia se maria, loin de sa famille, seule et sans amis, mais l'église était pleine. Elle portait une robe trop large, trop légère pour la fraîcheur pointue du mois d'avril, retrouvée au fond d'un vieux coffre, reprisée en plusieurs endroits, mais entièrement brodée à la main. Une mantille claire, un peu jaunie par le temps et l'humidité, couvrait ses cheveux. Tous les habitants d'Elva étaient là, elle avait deux témoins, deux voisins de Gian Piero, des gamins ont chanté de leurs voix claires des cantiques inconnus, le curé les accompagnait avec de grands mouvements de bras. Des femmes, dans l'assistance, égrenaient des fils de petites perles accompagnées d'une croix et leurs lèvres remuaient inlassablement, un bébé pleurait. Gian Piero l'embrassait sans cesse, elle signa un registre, le prêtre, don Giuseppe Parrisio, lui remit des papiers, en la bénissant et en marmonnant des phrases en latin. Elle était mariée. Elle apprit plus tard que, dans la foulée, il l'avait baptisée, elle avait un certificat de baptême, antidaté, avec de faux noms, un lieu de naissance fantaisiste. Elle était piémontaise. Ils avaient pensé à tout.

Sa belle-mère l'avait serrée sur son cœur.

– Tu ne crains plus rien maintenant, tu fais partie de la famille…

Ils avaient passé leur nuit de noces dans une grande chambre aux meubles branlants, fait l'amour dans des draps rêches et frais qui sentaient la menthe. Son jeune mari l'avait quittée au bout de deux jours pour rejoindre les partisans, il revenait de temps en temps, la nuit, et se glissait dans la maison sans se faire voir. À l'aube, il la laissait, prenait un grand verre de lait et s'enfuyait dans la montagne.

Le matin, Adriana interrogeait, le visage tendu :

– Il est venu ? Il va bien ? Il mange assez là-haut ? Tu lui as bien donné l'écharpe que je lui ai tricotée ? Et le paquet de tabac que j'avais laissé sur la table ?

Sonia avait oublié.

*

Adriana Dao Ormena était prudente et avisée.

– Ma petite Sonia, je vais t'apprendre quelques mots de patois, c'est de l'occitan, cela pourra te servir, si par malheur tu rencontres des Boches, il vaut mieux que tu aies l'air d'une vraie Piémontaise.

C'est ainsi qu'elle avait appris à dire *lou pan d'sei* qui voulait dire « le pain de seigle » ou *barbarià*, nom que les gens du lieu donnaient au pain fait moitié de seigle, moitié de blé.

Adriana, une femme grande et corpulente, était très traditionnelle mais curieuse et cultivée.

– Toi qui es une littéraire, tu devrais étudier le dialecte d'Elva, c'est un mélange de provençal et d'occitan, resté inaltéré au cours des siècles, Elva étant très isolée, le langage n'a pas changé, au contraire, il s'est raffiné. Écoute un peu…

Elle se penchait et murmurait :

– Écoute un peu ce poème : *La nosto es na lengo èt pas et d'speranzo/En message d'amour e d'frairanzo/Jammai na diquiarazioun d'guerro/Es esta escricho ent' la lengo d'nosto terro*[1]… Il y a des mots que tu reconnais, n'est-ce pas ?

---

1. *Notre langue est une langue de paix et d'espérance/Un message d'amour et de fraternité/Jamais une déclaration de guerre/Elle a trouvé sa source dans notre terre…*

Sonia était douée pour les langues, elle s'était plongée dans l'occitan, feuilletant de vieux livres humides qui traînaient dans la maison. Le soir, ils s'amusaient à répéter des mots, hésitant sur la prononciation.

– Il faudra demander à ceux du pays, ils parlent tous patois, ici, l'italien, ils le connaissent à peine.

La jeune femme avait vite fait de prendre l'accent italien, elle roulait les R avec efficacité, jouait avec les intonations, ses mains étaient gercées, ses cheveux trop longs, sa silhouette alourdie…

Qui viendrait la chercher dans cette montagne éloignée de tout ? Elle était au bout du monde, la montagne immense veillait sur elle.

*

Les partisans – et Gian Piero – n'étaient pas loin. Ils s'étaient terrés dans un nid d'aigle, Santa Margherita, d'où ils dominaient toute la plaine. Bien organisés, ils se lancèrent dans de nombreuses opérations contre les nazis et les fascistes. À Paglieres, à côté de Santa Margherita, un maquisard français vint s'installer en observateur selon des accords qui venaient d'être signés à Barcelonnette[1],

---

1. Accord du 22 mai 1944 entre Duccio Galimberti et Jacques Lécuyer, vice-commandant du secteur Basses-Alpes pour établir une collaboration franco-italienne permanente, organiser des actions communes, avec Duccio Galimberti. On l'appelait le capitaine Lorrain[1].

Dès qu'elle connut son existence, elle supplia Gian Piero :

– Demande-lui d'interroger les maquisards français, je sais que des juifs se battent avec eux, peuvent-ils avoir des renseignements sur mes parents ? Ils ont des agents de liaison dans toute la France… Demande, je t'en conjure…

– Je lui en ai déjà parlé… Il va voir ce qu'il peut faire… Ce n'est pas facile car ils ont tous des noms de guerre. On va essayer, sois-en sûre… Mais en Haute-Savoie, les résistants ont subi de lourdes pertes, bombardements allemands, attaques des miliciens… Ils ont dû se replier.

Sonia lui en voulait d'avoir si peu d'espoir.

– Mes parents, Gian Piero, on doit bien pouvoir les retrouver puisque vous êtes tous en contact… Insiste…

Gian Piero détournait la tête… Oui, les parents… Qui sait ce qu'ils étaient devenus.

---

faire oublier l'héritage fasciste, établir une solidarité latine et renforcer la lutte pour les libertés démocratiques.

1. Lorrain, de son vrai nom Jean Lippmann. Nommé représentant militaire et politique de la France pour tout le Piémont. Lors d'un retour en France, il sera capturé par les Allemands à Eaux-Chaudes et fusillé le 30 juillet 1944.

*

– Mets des sabots, Sonia, et viens avec moi, on va aller voir les femmes qui travaillent les cheveux, cela va te distraire.

Adriana ajusta ses cheveux poivre et sel, tirés en un chignon serré. Levée avant tout le monde, le matin, elle était sans cesse en mouvement. On lui devait le petit jardin potager au fond de la cour, les conserves de champignons, les confitures de prunes, le pain de l'année, les galettes de pois chiches et de châtaignes, les gros maillots de laine pour l'hiver, et la layette du bébé.

Elle avait eu deux fils. Le fils aîné, un repenti du fascisme, cherchait à se faire oublier et vivait dans un village près de Turin, Cumiana, avec sa femme et ses trois enfants.

Dans le pays, Sonia avait constaté que de nombreux habitants avaient des yeux aigue-marine, comme Gian Piero.

– Ce sont les yeux d'Elva, avait dit en souriant doucement le père.

*

– Tiens, je t'apporte les sabots.

Sonia n'a pas envie de bouger, elle se sent fatiguée, mais Adriana insiste.

– Il te faut marcher, cela te fera du bien. Tu sais que les nouvelles du Sud sont bonnes… Il paraît qu'ils ont enfin pris Cassino, à la fin du mois de mai, les troupes alliées avancent. Il était temps. Il faut que mon petit-fils naisse dans une Italie libérée… C'est bientôt la fin de la guerre, tu verras, les Allemands vont battre en retraite, on ne va pas attendre l'arrivée des Anglais et des Américains, nos partisans vont les jeter dehors. Allez, viens… En route… Mets ce châle, il y a un vent frais.

La montagne, au mois de mai, était magnifique, verte et ondoyante, elle étalait ses rondeurs autour du pays pour s'envoler vers des sommets encore enneigés, coiffés de brume laiteuse. Les maisons d'Elva, avec leurs toits gris, se nichaient au milieu des sapins, entourées de tapis de petits rhododendrons roses. De temps en temps, le hennissement d'un âne, le caquètement d'une poule, le pépiement d'un oiseau… Le petit derrière d'une marmotte en fuite trouait un buisson jaune de millepertuis. Les vallons étaient parsemés d'une multitude de fleurs inconnues, bleues, rouges, jaunes, blanches…, des étoiles, des clochettes, des corolles, des grappes, la nature était spectaculaire et prenait des airs de paradis.

Le pays était éloigné de tout, les Allemands ne venaient que rarement, on y était tranquille. C'était aussi un lieu idéal pour les échanges d'informations entre les partisans des différentes vallées, la nuit, il n'était pas rare de voir des silhouettes se glisser dans une maison et ressortir une heure plus tard. Les fenêtres restaient fermées, les habitants, secrets et têtus, se taisaient, le presbytère servait de cachette aux gens de passage. On disait aussi que le curé, don Giuseppe Parrisio, accueillait des juifs fuyant la plaine et les nazis mais personne ne manifestait de curiosité. De temps en temps, des montagnards déposaient des vivres chez le prêtre, dans la maison du bon Dieu, les religieux font ce qu'ils veulent, c'est la loi.

Il n'y avait pas d'espions à Elva.

– Ne t'occupe pas de ça… avait dit fermement Adriana, tu as la responsabilité de ton enfant, maintenant, tu ne dois prendre aucun risque. Il y a peut-être des juifs au presbytère mais personne n'en sait rien, ne va pas révéler une quelconque présence étrangère en cherchant à leur rendre visite. Tu vois bien qu'ici personne ne parle, personne ne pose de questions, fais-en autant, ne te fais pas remarquer.

*

Lorsqu'elles arrivent à la bourgade voisine, moins élevée, plus peuplée, où l'église veille sur le cimetière qui s'étale à ses pieds, le vent s'est levé et siffle dans leurs oreilles. À l'entrée du pays, un gros tonneau de bois abandonné, coincé entre deux mélèzes, vacille sous les branches dans un nuage de poussière et d'herbes folles, autour, des plaques de neige n'ont pas encore fondu.

Adriana entraîne Sonia dans une maison, à l'orée du hameau, elles entrent sans frapper dans un atelier au sol de terre battue. Des femmes vêtues de longs sarraus gris à fleurettes blanches, enroulées dans des tabliers sombres, un fichu de toile sur la tête, assises sur des tabourets, se lèvent quand elles entrent dans la pièce et les accueillent en souriant. Des outils de bois et de fer sont accrochés aux murs de l'atelier. Elles sont trois qui peignent avec habileté de longues mèches étalées sur une table de bois avec de grosses brosses métalliques et bavardent. Sonia écoute la langue occitane résonner dans ses oreilles, elle comprend presque tout et en éprouve une joie enfantine tant elle a l'impression de faire un voyage à travers les siècles.

La paysanne la plus âgée lui explique l'histoire des perruques d'Elva, cette petite industrie si florissante avant la guerre. *Lhi pelassiers,* « les ramasseurs de cheveux », partaient d'Elva au début de l'automne, quand les travaux des champs s'achevaient et gagnaient la Lombardie, la Vénétie, à la recherche d'une femme ou d'une jeune fille prête à échanger sa chevelure pour une poignée de lires. Les *pelassiers* savaient être persuasifs et convaincre les plus hésitantes, même si quelques larmes coulaient quand elles se retrouvaient sans leurs belles nattes. Mais en Vénétie, les gens étaient encore plus pauvres que dans les montagnes du Piémont et les mères vendaient les cheveux de leurs filles pour manger. Les *pelassiers* rapportaient au pays de gros sacs lourds de leur récolte. Les femmes d'Elva faisaient tremper les cheveux dans de la soude, les peignaient avec des brosses spéciales et les classaient selon leur couleur, leur longueur et leur finesse. Puis on les faisait sécher sur les balcons et on les expédiait aux grossistes, à Saluzzo. Ces derniers les utilisaient pour fabriquer de luxueuses perruques pour les lords anglais, les magistrats, les femmes du monde, les actrices de cinéma ou de théâtre, à Paris, à Londres, à Hambourg, à New York ou à Buenos Aires.

– Malgré la guerre, vous travaillez toujours ?

Les femmes hochent la tête.

– On travaille toujours, cela ne se fait pas de rester sans travailler. À la ville, il y a toujours des comédiennes, des coquettes qui veulent plaire, des noiraudes qui se veulent blondes pour séduire l'occupant. Il y a même une fille de Stroppo que les Allemands ont rasée et qui porte une perruque pour ne pas être repérée.

Adriana raconte à mi-voix l'histoire de la famille Dao Ormena :

– La fortune des Dao Ormena vient des cheveux d'Elva. Le grand-père de mon mari, qui était devenu grossiste et organisait les ventes à l'étranger, avait mis un peu d'argent de côté, il est parti s'installer à Turin, il a ouvert une boutique de luxe où il vendait postiches et perruques d'Elva. Les affaires allant bien, il agrandit le magasin et y ajouta des rayons de tissus au mètre. Il fit de son magasin un petit temple de la mode qu'il appela *La Merveilleuse*. Le fils s'associa avec un lainier de Biella et ils montèrent une usine textile dont mon mari aujourd'hui est l'héritier. Évidemment, avec la guerre, les affaires se sont ralenties, mais à la Libération, tu verras, les gens de nouveau voudront être bien habillés. Parle-moi maintenant de tes parents, ton papa est médecin, je crois…

Sonia est heureuse de parler de son père, de son travail à l'hôpital Laënnec.

– Je suis sans nouvelles depuis longtemps, je pense qu'ils sont passés dans la clandestinité, je les reverrai après la guerre.

Adriana lui caresse la joue et murmure :

– Bien sûr, bien sûr, mon fils saura retrouver leurs traces, fais-lui confiance.

Lorsqu'elles quittent l'atelier, le vent est tombé, elles avancent, enfouies dans leur châle de laine, sur le sentier qui les mène, en haut, chez elles. Sonia observe, amusée, que le vieux tonneau, tout fissuré, a changé de place, il a dû rouler et continue d'osciller bien que le vent se soit calmé.

– Regardez, Adriana, le tonneau bouge toujours, il doit être en équilibre sur des pierres ou sur un animal, c'est bizarre, vous ne trouvez pas ?

Adriana s'approche du baril facétieux, se penche et sursaute : entre deux planches de bois fendues, mal maintenues par un cercle de métal, un œil la regarde, une voix s'échappe :

– *Signora, signora*, ne partez pas, je suis un pauvre soldat, je veux rentrer chez moi, mais je ne peux pas, avec mon uniforme, il me faut des vêtements civils... Aidez-moi, je vous en prie...

– Qui es-tu donc ? interroge Adriana, méfiante.

– Je m'appelle Luigi Campana, je suis de la Ligurie, d'un petit port qui s'appelle Varazze, cela fait sept ans que je fais la guerre, sept ans que je n'ai pas vu ma mère, je veux aller l'embrasser, mais avec tous ces miliciens qui rôdent, avec les Allemands, j'ai peur, il me faut des vêtements civils.

– Oui, mon garçon, je vois. Ma belle-fille va rester à côté de ton tonneau et surveiller les alentours, attendez-moi, je reviens avec des vêtements.

Le tonneau se mit à remercier les deux femmes.

Adriana se redressa et partit en courant. Une heure plus tard, elle était de retour, essoufflée, avec un pantalon et une chemise.

– Allez, mon garçon, sors de ta niche…

Un jeune homme se glissa à quatre pattes hors du tonneau, il se défit à la hâte d'un vieil uniforme déchiré et enfila pantalon et chemise.

– Donne-moi tes affaires, on va les brûler, et viens avec nous, cette nuit, tu dormiras chez moi, il te faut prendre des forces avant de descendre dans les vallées et de rejoindre la côte.

Ils partirent tous les trois sur le sentier, le soir tombait, dans les maisons, les femmes s'affairaient à préparer le repas, les quelques hommes que la guerre avait épargnés donnaient du foin aux bêtes, les enfants jouaient dans les cours, la campagne était déserte.

Luigi Campana avançait sans parler, il semblait épuisé, il avait une tignasse très noire et épaisse, un grand nez busqué, et ses chevilles maigres et sales étaient à peine recouvertes par le pantalon qu'on lui avait donné. Il boitait.

Il avait faim, il avait soif, il avait froid, il avait peur. Il ne se détendit que le soir, après le dîner quand Gian Carlo Dao Ormena l'interrogea avec douceur.

– Ils m'ont enrôlé, en 1937, je n'avais pas 20 ans… Au début, c'était pas trop mal, je suis devenu l'ordonnance d'un capitaine, un homme gentil, la vie était acceptable. En avril 1939, allez, hop ! ils nous envoient en Albanie. Une guerre éclair, en quelques jours, on a gagné, leur roi s'est enfui, le pays n'avait pas d'armée, il n'y a eu de vraie résistance que dans le port de Durrës, leurs gendarmes ont tué trente Italiens… Et c'est là qu'on était, mon capitaine et moi, ils l'ont tué, sous mes yeux, et je me suis retrouvé tout seul, comme orphelin… En octobre 1940, on m'a expédié en Grèce, là c'était une autre affaire, les Grecs sont des soldats dangereux, de sacrés soldats, on était mal armés, mal habillés, dans la montagne là-bas, l'hiver, il fait très froid, comme ici, moi, je traînais les mêmes chaussures depuis le début de la guerre, elles avaient perdu une partie de leur semelle, je n'avais qu'une seule paire de chaussettes, je devais la laver dans le ruisseau, elle n'avait pas le temps de sécher, il fallait la remettre encore mouillée, c'est comme cela que j'ai eu les deux pieds gelés. À l'hôpital militaire, ils voulaient m'amputer, il y a eu un médecin, un peu plus optimiste, qui m'a envoyé en Italie me faire soigner, je me suis retrouvé chez des religieuses, près de Savona, pas loin de chez moi et mes pieds ont plus ou moins guéri, je pensais déjà à aller voir ma mère qui vivait à une cinquantaine de kilomètres de là. Lorsqu'ils ont vu que je marchais, ils m'ont dit que j'allais partir pour le front de l'Est… On avait besoin d'hommes… Vous vous rendez compte… Avec mes pauvres pieds ! Je me suis dit, cette fois, je prends la fuite… Mais il y a eu le roi qui a signé l'armistice avec les Alliés, les Allemands nous ont envahis et j'ai été fait prisonnier, je suis parti en Allemagne… On nous a mis dans un camp, c'était terrible… Ah ! Ils nous en ont fait voir, les *Crucchi* ! Ils nous haïssent ! Ils nous méprisent… Ce sont des salauds… Ce que j'ai pu passer là-bas… Alors quand on nous a dit que ceux qui voulaient s'enrôler dans l'armée fasciste que Mussolini était en train de créer pouvaient revenir en Italie, je me suis tout de suite porté volontaire, je n'avais qu'une idée en tête : rentrer dans mon pays. Je me suis retrouvé soldat de la république de Salò mais j'étais en Italie, même si elle était occupée par les Allemands… Dès que j'ai pu, j'ai filé, j'ai déserté, mais je ne pouvais pas aller bien loin avec mon uniforme, alors, sans vous… Vous m'avez sauvé la vie. Je vais retourner chez ma mère, elle saura bien me cacher dans l'arrière-pays où on a de la famille et j'irai rejoindre les partisans…

Essoufflé d'avoir tant parlé, le garçon s'arrêta, il répéta plusieurs fois d'une voix étranglée :

– Merci, merci, sept ans sans remettre les pieds chez soi, c'est vraiment trop dur… Même pas une petite permission… Et comme récompense : le front de l'Est… Sont tous morts en Russie…

Gian Carlo lui donna le gros maillot de laine qu'il mettait pour aller à la chasse, la nuit, il fait froid dans la montagne. Adriana prépara un baluchon avec un saucisson de la réserve, du pain et des oignons, et deux paires de chaussettes car il avait les pieds encore fragiles. On étendit une couverture devant la cheminée.

– Repose-toi bien, mon garçon.

Il partit le lendemain à l'aube.

Adriana soupira en fixant le sentier qui serpentait dans la prairie et permettait de prendre un raccourci pour descendre vers les bourgades moins élevées.

– J'espère qu'il la retrouvera, sa mère. Heureusement, il ne pleut pas.

Elle s'avança d'un pas las et fit un vague signe de croix en regardant la petite chapelle délabrée, en haut du jardin, où des vaudois s'étaient cachés, il y a plusieurs siècles, pour échapper aux persécutions des chrétiens fanatiques de la France du Sud. Dans le toit restait encore une cloche où était gravé le nom de sa ville d'origine : Montpellier… Elva, perdue dans les hauteurs de la montagne, avait toujours accueilli les persécutés et les fugitifs.

Elle se retourna et aperçut la silhouette alourdie de sa belle-fille. Aujourd'hui, ce n'était plus aux vaudois qu'Elva offrait l'hospitalité mais aux juifs emportés par la tourmente, aux déserteurs qui rêvaient de revoir leur mère, aux partisans qui s'étaient soulevés contre le fascisme, aux patriotes qui voulaient chasser l'Allemand.

Elle eut un brusque mouvement de tendresse pour Sonia… Pauvre petite, traquée, pourchassée par les loups… Comment en était-on arrivé là ? Pourquoi tant de haine ? Pourquoi cet antisémitisme désespérant qu'elle n'arrivait pas à comprendre ? Ces Boches étaient devenus des tueurs enragés, ivres de sang, des animaux rendus fous par la guerre. Et les guerres, il y en a toujours eu, il y en aura tout le temps. Elle se mit à pleurer doucement. La vie n'était pas belle.

Sonia vivra, les Dao Ormena mourront plutôt que de laisser les Allemands lui mettre la main dessus.

*

Penchée sur Sonia, Adriana explique comment on épluche les patates avec des pelures très fines pour ne pas gaspiller la chair du légume, comment trier les herbes et les salades en en jetant le moins possible. Sur un ton affectueux, elle interroge :

– Comment faisais-tu donc chez toi ?

– On avait une gentille bonne.

– Oui, mais la bonne, c'est pour le ménage et les grosses lessives, la cuisine, les repas, c'est bien ta maman qui le faisait, elle ne t'a rien appris ?

– Ma mère n'aimait pas cuisiner.

Devant l'air stupéfait d'Adriana, Sonia ne peut s'empêcher d'éclater de rire.

– Ce n'est pas grave, moi non plus je n'aime pas faire la cuisine.

– Eh bien moi je vais t'apprendre.

Sonia baisse la tête, résignée. Elle n'aime pas éplucher les pommes de terre mais il faut bien manger.

*

– Assois-toi donc à côté de moi, ma petite Sonia… Je vais t'aider, passe-moi un couteau et une patate.

Gian Carlo Dao Ormena est un homme de haute stature, comme son fils, et svelte. Sa moustache grise s'agite quand il est ému. Il a lui aussi les yeux d'Elva, juste un peu plus foncés que ceux de Gian Piero. À cet instant précis, il est ému et sa moustache sautille au-dessus des lèvres.

– Ah ! je désespère parfois, tu sais, je n'arrive pas à comprendre qu'il y ait des Italiens capables de dénoncer des juifs. Des collaborateurs n'hésitent pas à le faire… Mais bon Dieu, nous ne sommes pas antisémites, en Italie ! Moi, j'ai fait la guerre de 1915-1918, nous avions des généraux juifs, et ils ont été décorés ! Mussolini, en 1920, je m'en souviens très bien, a déclaré que, dans notre pays, on ne fait aucune différence entre juifs et non-juifs, quelques années plus tard, il a rencontré le rabbin de Rome pour lui dire que le fascisme italien n'a absolument pas l'intention de pratiquer une politique antisémite. Alors ? Hein ? Tu arrives à comprendre ça, toi, ma pauvre enfant ? On fait des rafles, j'ai honte...

– Votre Duce a changé d'avis, père...

Gian Carlo tire une chaise sur le sol de pierre et allume la lampe à pétrole. Il verse l'eau, qu'il est allé chercher à la source dans un grand récipient et l'accroche au-dessus des flammes.

– Oui, il a changé d'avis... Bon, cela ne nous empêchera pas de faire une soupe, dit-il avec un petit sourire, et il disparaît derrière la cuisine dans un appentis qu'il appelle la cave où la famille conserve le fromage, le pain qu'on ne fait qu'une fois par an, à l'automne, le lait de la chèvre, les œufs quand il y en a et les pommes de terre. La viande est rare... parfois un lièvre pris dans un piège, une poule qui ne pond plus assez.

On va faire une soupe aux orties, c'est le printemps, c'est la bonne saison, les feuilles sont jeunes et petites... Tiens, ma fille, coupe les pommes de terre et taille les orties, attention, ne mets pas les queues…

Sonia prend un couteau, elle a envie de pleurer, il l'a appelée « ma fille » et elle, elle ne sait pas où est son père.

Son beau-père reprend d'une voix lourde de tristesse :

– Mussolini… Il avait des centaines de juifs avec lui quand il a entrepris sa marche sur Rome, ils étaient nombreux au parti fasciste, ce n'étaient pas ses ennemis… Et maintenant en 1944, il prétend que les juifs sont les ennemis de l'Italie ! Comment a-t-il pu changer à ce point ? Il est devenu une marionnette entre les mains des nazis, pour conserver le pouvoir, il est prêt à envoyer tout le monde à la mort. Et voilà le pays coupé en deux, au nord, une république fasciste sous le contrôle des Allemands, au sud un royaume protégé par les Alliés. C'est la guerre civile… Il y a les partisans, mais eux aussi sont divisés…

Adriana, qui est entrée dans la salle avec un saucisson, est penchée sur la table, un couteau à la main, elle coupe minutieusement des tranches et retire la peau, elle tend trois tranches à son mari, trois tranches à Sonia et en coupe deux pour elle :

– Arrête donc de ressasser toujours les mêmes choses, tu vas l'impressionner, cette petite ! Restons calmes, Cassino est tombé, nous sommes fin mai, en juin, les Américains vont entrer dans Rome, ils ne vont plus tarder, ils protégeront les juifs…

Elle pousse un profond soupir : il faut que le bébé naisse dans une Italie libérée des Allemands et des miliciens.

L'accouchement... Sonia a un frisson d'angoisse. Comment fait-on pour accoucher dans un pays de montagne isolé ? À Paris, papa s'en serait occupé, mais ici ? Il va falloir souffrir pendant des heures au milieu de tous ces inconnus…

La voix d'Adriana l'arrache à ses pensées et répond à son anxiété :

– J'ai averti la meilleure sage-femme de Stroppo, elle viendra dès que nous l'appellerons. À mon avis, ce sera fin août, mais pour un premier, cela peut très bien être au début du mois, il faut se tenir prêts pour le 15 juillet. Mange tranquillement, s'agiter n'est pas bon pour mon petit-fils.

Elle a les sourcils froncés, les sages-femmes veulent bien venir jusqu'à la place du village, celle de l'église, mais rares sont celles qui acceptent de monter jusqu'à la bourgade des Dao Ormena. Il y a deux ans, une voisine est morte en accouchant, elle n'avait que des voisines affolées pour l'assister.

Elle grommelle :

– Faudra lui promettre de la payer généreusement, qu'elle ne nous abandonne pas, lui trouver une mule bien sûre pour monter jusqu'à nous.

Sonia a peur.

*

Les Français et les Italiens sont arrivés le 29 mai 1944 dans une maison d'Acceglio ; cette petite commune d'une centaine d'habitants, à mille deux cents mètres d'altitude au-dessus de Stroppo et proche de la frontière était considérée comme relativement sûre. L'ambiance était cordiale, chaleureuse même, cette troisième rencontre entre maquisards et partisans devait se conclure par un accord en bonne et due forme. Une immense espérance, une foi têtue en l'avenir les animaient tous. Duccio Galimberti, retenu dans la vallée de Suse, ne pouvait être présent, mais son ombre planait, il était l'âme de ce futur accord. Les Italiens Bianco, Aceto, Ventre arrivèrent ensemble. Dao Ormena avait apporté du vin, du papier et plusieurs stylos. Au Français qui se faisait appeler Lorrain, dont le rôle était désormais indispensable et qui s'entendait à merveille avec les Piémontais, s'étaient joints Maxence et son bras droit, Maurice Plantier.

Le propriétaire, un sympathisant, leur servit un dîner rapide. Un grand esprit de solidarité et de fraternité régnait, tout le monde n'avait qu'un but : lutter contre le fascisme et le nazisme, restaurer les libertés démocratiques et la justice sociale, créer une Europe libre, fédérale et sans frontières.

– Une Europe sans frontières !

Ils en rêvaient… Plus jamais de guerre… Était-ce possible ? Ils voulaient y croire dans un élan spontané d'idéalisme.

Ils s'endormirent vite, pleins d'espoirs, remuant dans leur tête les termes qu'il faudrait choisir pour rédiger cet accord qui allait transformer l'avenir et rendre leurs pays meilleurs.

Au petit matin, ils furent réveillés par un garçon du pays. Il fallait fuir, le village avait été envahi par plus de trois cents soldats allemands qui s'apprêtaient à ratisser minutieusement les maisons et les bois environnants. Ils avaient été dénoncés.

Ils quittèrent rapidement Acceglio et, conseillés par leur hôte, ils se cachèrent dans un hameau du nom de Saretto. Des partisans postés le long de la bourgade surveillaient les lieux. Très vite, toutes divergences effacées, le pacte fut rédigé dans une forme officielle. Il comportait un accord militaire, les deux peuples, réconciliés, s'engageaient dans une action militaire commune et un accord politique, ils choisirent la République comme meilleure forme de gouvernement pour une construction européenne.

Les participants signèrent en hâte, ils ne devaient pas traîner, les Français avaient un long chemin à faire pour rentrer chez eux. Les Italiens se savaient entourés de nazis. Ils se quittèrent en se serrant longuement la main, ils étaient heureux, ils avaient concrétisé leur rêve.

Dans le cadre de leurs promesses d'assistance mutuelle, les Italiens s'étaient engagés à fournir à leurs compagnons d'armes quatre mitrailleuses Fiat et une grande quantité de munitions. Un rendez-vous fut pris.

Dao Ormena sortit prudemment de la maison et scruta longuement les bois, il fit un signe, la route était libre. Les participants de l'accord de Saretto s'évanouirent dans la colline.

*

Gian Piero, en rentrant de Saretto, en pleine nuit, fait un détour par Elva où il a décidé de passer le reste de la nuit. Il veut des nouvelles de Sonia et du bébé. Il grimpe l'escalier de bois qui craque sous ses pas, lorsqu'il gratte sur le volet, la fenêtre s'ouvre immédiatement. Il serre Sonia dans ses bras et sent son ventre rond s'appuyer sur son corps.

– Tu m'attendais ?

– Je n'arrive pas à dormir, tes parents sont inquiets, on a arrêté une femme d'Elva, on l'a torturée.

Il l'embrasse, l'étend doucement sur le lit, il dit : Oui… oui… mais c'est la fin, tu vas voir la guerre va s'achever, les fascistes vont devoir fuir avec leurs amis nazis, il caresse le ventre proéminent, soulève la chemise de nuit et enfouit sa tête entre les deux jambes, sa bouche s'approche au plus près du lieu sacré où dort son fils, il le lèche, le caresse d'une langue folle de tendresse, ses mains saisissent celles de Sonia, et il lui fait l'amour tout doucement pour ne pas réveiller le petit.

Ils dorment enlacés jusqu'aux premiers rayons de soleil. En bas, les parents taillent le pain et font bouillir le lait. Adriana se précipite dans les bras de son fils.

– Mon fils, tu es là, tu sais c'est dangereux, les nazis ont assassiné Anna Maria Dao, la postière de Stroppo, parce qu'elle n'a pas voulu dévoiler les cachettes des partisans. Ils ont jeté son cadavre dans le ravin et nous ont interdit d'aller le chercher.

– Pauvre femme ! Son petit-fils fait partie des nôtres, c'est pour cela qu'elle s'est tue… Les Allemands viennent donc par ici ?

Gian Carlo tend un verre de lait à son fils.

– C'est bien rare, mais je crains que la situation ne s'aggrave. Ils ratissent tous les villages, nous, nous sommes la dernière bourgade, la plus haute, c'est vrai… Mais cette position privilégiée peut éveiller leurs soupçons. Il va te falloir être très prudent, ne te fais voir de personne… Là où vous êtes, vous avez de quoi vous défendre ?

– Ah ! papa ! N'y pense pas… Nous sommes méfiants, nombreux, bien armés, nous courons moins de risques que les civils… Sonia, tu parles un peu patois ? Cela te servira si on t'interroge…

Sonia parle de mieux en mieux le dialecte occitan avec les gens du pays. Ils semblent la considérer comme l'une des leurs, ne lui posent jamais de questions, ils sont taciturnes, le temps est le seul sujet qui les rende un peu loquaces.

– L'occitan, ma Sonia, c'est ton bouclier, les Allemands ne se poseront pas trop de questions sur une jeune femme enceinte qui parle si bien la langue du pays, de toutes les façons, ils ne la connaissent pas… Et tu as des papiers en ordre.

Gian Piero étreint sa femme avec retenue, comme il en a l'habitude en présence de ses parents. Cette pudeur attriste Sonia, il va partir, ils vont être séparés, elle voudrait retrouver la fougue de cette nuit, mais il faut se surveiller, ils ne sont pas seuls. Elle juge cette pudeur excessive, vu les circonstances. Son héros est trop bien élevé.

Adriana remplit une musette d'une moitié de jambon, de pommes et d'un fromage. Gian Carlo tape dans le dos de son fils.

– Soyez tous prudents.

– La guerre touche à sa fin, père…

Gian Carlo hoche la tête sans conviction, les hostilités lui semblent de plus en plus présentes, menaçantes. Il dit à voix basse :

– Bah ! Ce n'est pas pour demain. L'été sera difficile.

Son fils saute par la fenêtre de derrière et se glisse dans les fourrés tandis que Sonia s'assoit sur le banc de la cuisine et pleure.

*

Elle est assise au soleil dans la cour, paupières closes, elle somnole et rêve qu'elle est à Saint-Martin, des rires, des plaisanteries, des chants résonnent, ils se donnent la main, les Allemands sont loin, il n'y a que des soldats indifférents ou bienveillants, l'été est joyeux, le monde est sans frontière, les étrangers ne sont plus étrangers, ils sont tous saint-martinois. Elle attend son lieutenant pour aller dans la montagne. Elle est libre. Son corps est léger et agile, elle n'a plus ce ventre volumineux qui l'entrave, ralentit ses mouvements, lui donne cette démarche pesante et maladroite.

Elle secoue la tête pour sortir de sa léthargie, ouvre les yeux et sursaute.

Deux soldats allemands sont devant elle, ils ont avec eux un prisonnier en civil, les mains liées.

Ils lui font signe qu'ils ont soif. Sonia monte pesamment les quelques marches de pierre qui mènent à la cuisine, elle revient avec trois verres de lait.

Le plus jeune pose son fusil, avale d'une traite le lait et s'empare d'un second verre, Sonia veut l'en empêcher, ils sont trois… Les deux Allemands, avec quelques gestes, lui font comprendre que cet homme-là n'a plus besoin de boire.

La jeune femme a un sursaut de révolte.

– *Per favore*… S'il vous plaît…

Elle va chercher un autre verre de lait, l'Allemand le saisit au passage et le boit. Le prisonnier, un homme d'une quarantaine d'années, ne la regarde pas, il fixe la terre, sans parler, ses lèvres frémissent légèrement, comme si elles se refermaient sur une prière intérieure.

Les soldats sourient et la remercient, ils regardent son ventre et leurs yeux deviennent presque tendres. Ils répètent, comme ravis :

– *Bambino, bambino… Bene… Bene…*

Le plus grand fait un effort et dit, avec un accent très fort :

– *Auguri… E grazie… signora*[1]…

Les deux hommes s'inclinent et claquent des talons. Hommage à la maternité.

Ils repartent dans les bois de pins et de mélèzes. Sonia cherche longtemps la silhouette voûtée du prisonnier. Une heure plus tard, elle entend dans la montagne le crépitement des fusils. Elle pleure silencieusement, elle aurait dû parler à cet homme, elle a eu peur, et elle a honte.

Ses beaux-parents reviennent du pays, ils rayonnent de joie, ils l'appellent avec de grands signes de la main.

– Des nouvelles, Sonia, on a des nouvelles magnifiques. Le 4 juin, les Américains sont entrés dans Rome et deux jours plus tard, les Alliés ont débarqué en France, en Normandie…

Ils l'embrassent, ils sont gais…

– Cette fois-ci, c'est la fin de la guerre, ils vont libérer Florence, les partisans les attendent pour se battre avec eux… Et puis Bologne… Gênes… Milan… Ah ! ma chère fille, notre petit-fils naîtra dans une Italie libérée…

Sonia baisse la tête et pense au prisonnier, exécuté, là-bas dans la montagne. Ils ont dû lui faire creuser sa tombe puis ils l'ont mis en joue,

1. *Tous nos vœux… Et merci… madame.*

l'homme était debout, droit devant la fosse – ou bien était-il tombé à genoux, les jambes fauchées par la peur ? Pleurait-il ? Priait-il ? A-t-il relevé la tête, regardé les Allemands droit dans les yeux ? Les autres ont tiré – Sonia entend encore l'écho des fusils en action. Et le corps a basculé, quelques pelletées de terre pour le recouvrir, celui-là ne verra jamais la Libération.

Elle interroge :

– Et les Allemands, ici ? Ils sont où ?

Le sourire de Gian Carlo Dao Ormena s'efface.

– Ils ratissent tout le pays, évidemment, ils se sentent harcelés, ils nous en veulent à mort parce qu'ils nous considèrent comme des traîtres…

Sonia but un verre de lait et alla vomir au fond du jardin.

*

La guerre n'en finissait pas. L'été 1944, les partisans s'emparèrent de la vallée Maira en attaquant sans relâche les nazis et les fascistes. Les Allemands multiplièrent les représailles et les rafles, brûlant les villages de San Damiano, Macra, siège des résistants, et Cartignano. Les affrontements furent violents et nombreux à Busca,

Villar San Costanzo, Dronero[1], mais vers la mi-juillet, la zone de montagne à l'ouest de Coni était libérée.

Le débarquement des Alliés, sur la côte française, en Provence, le 15 août, sonna le glas de cette courte victoire. Les Allemands décidèrent d'envoyer des troupes en France pour freiner l'offensive anglo-américaine et attaquèrent de nouveau les vallées du Piémont. Après une semaine de bataille, les partisans sont contraints de reculer. Fascistes et nazis sillonnent la région, raflent, fusillent, torturent, brûlent. Il y a du sang sur les feuilles des arbres.

À Elva, les habitants se terrent. Sonia est sans nouvelles de Gian Piero, depuis plusieurs semaines ; elle se traîne avec son gros ventre, des cernes bleuâtres creusent son visage, l'angoisse tire ses traits, elle dort mal, a perdu le goût de vivre, de lire, elle est suspendue aux détonations qui grondent au loin, aux volutes de fumée qui serpentent sur les flancs des collines, signe d'une nouvelle rafle, d'un nouveau village incendié. Le père de son enfant est peut-être là-bas, dans cet enfer…

---

1. Il s'agit de communes du fond de la vallée Maira, les hauteurs étant restées plus à l'abri de cette guérilla sans merci.

Et pourtant, il y a quelques jours, Paris a été libéré… Paris, si loin… Ses parents vont sortir de l'ombre, ils vont la chercher, ils veulent la revoir, ils l'appellent et elle, elle est prisonnière d'Elva et de son amour. La vie reprend, là-bas, dans son pays, les fenêtres s'ouvrent, les portes claquent, les armes tombent, les disparus resurgissent. Mais la jeune femme est immobilisée par sa grossesse, par les Allemands qui se déchaînent dans cette pauvre Italie éventrée, affamée, à moitié libérée, toujours vacillante et prête à retomber dans l'abîme. Dans le Sud pourtant, les Alliés protègent les juifs, le nouveau gouvernement de Badoglio a annoncé que toute mesure antisémite est interdite, que les juifs seront bien accueillis. Le Sud lointain, un autre monde, les Alpes, elles, restent dans la tenaille d'une guerre interminable et sanguinaire. Fuir est impossible, Elva et les Dao Ormena la cachent et la sauvent.

*

– L'enfant est descendu, tu vas bientôt accoucher, annonce Adriana, la mine mi-soucieuse, mi-satisfaite. Reste tranquille, tu verras, tout va bien se passer, tu vas avoir un beau bébé, un beau garçon.

Sonia ne sait rien de toutes ces choses. Elle voudrait avoir sa mère auprès d'elle, interroger son père qui est médecin et a vu tant de naissances à l'hôpital. Elle aurait dû l'interroger, quand ils étaient tous ensemble à Paris, aujourd'hui, elle doit écouter sans broncher les phrases définitives d'Adriana : tu as le ventre en pointe, ce sera un garçon, tu le portes bas, tu vas accoucher, bois cette infusion d'herbes de la montagne, cela facilitera la naissance…

Pourtant lorsque, un matin, en se levant de table pour aller rincer son bol, elle sent un torrent d'eau jaillir entre ses cuisses, elle appelle, terrorisée, sa belle-mère. Et celle-ci, d'une phrase, la rassure :

– Tu as perdu les eaux, le bébé va naître ce soir ou cette nuit. Viens, ne reste pas debout, il faut te coucher, mon mari va aller chercher la sage-femme de Stroppo, elle a une grande expérience, elle a promis de monter s'occuper de toi. C'est le matin, il fait clair, c'est une chance, les mules trouveront facilement leur chemin, tout va bien se passer.

Adriana l'aide à se changer, l'installe dans des draps frais, elle est douce et tranquille, et Sonia, qui ne souffre pas, ne prend pas garde à la petite phrase qu'elle glisse en sortant de la chambre :

– Un accouchement sec, c'est plus douloureux, mais c'est plus rapide.

La sage-femme est arrivée vers l'heure du dîner. Elle se tient les reins, le long trajet sur la mule l'a fatiguée, elle est petite et maigre. Elle porte un grand tablier blanc et le débit de sa voix est saccadé. Elle est venue parce que les Dao Ormena ont beaucoup insisté et lui ont promis de bien la payer.

– C'est risqué de se promener en ce moment, on ne sait jamais sur qui on va tomber, sur une patrouille d'Allemands ou sur une bande de voyous qui fait sauter les ponts, les trains ou envoie des grenades sur les convois militaires. Ils fichent de la dynamite et puis ils s'enfuient dans la montagne, comme des lâches, et les fascistes arrêtent les pauvres gens, les prennent en otages et les fusillent. Ce n'est pas une façon de faire la guerre, moi, j'ai toujours peur, c'est que les Boches, ils torturent, ils ne nous passent plus rien, écartez vos jambes, ma p'tite dame, glissez vos poings fermés sous les fesses, détendez-vous, on peut toujours leur raconter la vérité, ils vous embarquent tout de même, ils vous jettent en prison, ils ont aucune pitié, ils brûlent nos maisons, nos églises… le bouchon muqueux est parti, le col est entrouvert, ça sera pour cette nuit… Monsieur Dao, allez chercher un morceau de bois… Vous mordrez dedans quand vous aurez trop mal, vous avez perdu les eaux, cela va être un peu plus dur…

Les contractions sont arrivées, rapprochées, violentes, sans que Sonia ait jamais le temps de récupérer, toutes les deux minutes, puis toutes les minutes, un rouleau compresseur passe sur son ventre et l'écrase sans pitié, elle perd le souffle et se sent mourir. Oui, elle va mourir, on ne peut souffrir ainsi sans que la mort ne vienne. Mais cette vieille bavarde, elle ne se rend pas compte que la naissance se passe mal, que la douleur est trop forte, que quelque chose ne va pas ? La souffrance est de plus en plus violente, elle a à peine quelques secondes de répit et de nouveau des tenailles broient son pauvre ventre, elle veut crier non, non, arrêtez, ce n'est pas possible, faites quelque chose, ça recommence, c'est de plus en plus fort, ce n'est pas supportable, elle hurle.

– C'est bien, allez-y, tenez, mordez dans le morceau de bois, posez vos jambes sur ces coussins, criez si ça vous fait du bien, il n'y en a plus pour bien longtemps, une heure, une heure et demie, pas plus, ça se passe bien, ma p'tite dame, vous avez de la chance…

De la chance, cette femme est folle, elle ne comprend pas comme Sonia souffre, plus jamais elle n'aura d'enfant, plus jamais ça… Et ce cauchemar qui va durer encore une heure et demie… Ah ! Si sa mère était auprès d'elle, elle devient folle de douleur, elle crie, elle appelle, elle cherche la voix maternelle qui l'aiderait, la consolerait… Son dos se tend comme un arc, la sage-femme pousse sur le ventre tendu, le presse, l'écrase, elle sent ses mains monstrueuses qui l'agressent, la torturent.

– Poussez, mais poussez donc, ce n'est plus le moment d'appeler votre mère, allez, on ne crie plus, on pousse, on pousse… Allez, je l'ai, madame Dao, venez donc, appuyez de toutes vos forces sur le ventre de votre belle-fille, allez-y, ça y est, je le tiens, appuyez, madame Dao, appuyez fort… Poussez, encore… Parfait, très bien, le voilà, le voilà.

La vie glisse et s'échappe du ventre de Sonia, son corps explose et se vide, une panique intense s'empare d'elle, suivie d'un soulagement brutal, inattendu, inespéré.

– C'est une belle petite fille, elle nous fait bien quatre kilos, ah ! *perbacco*[1] *!* quel beau bébé… Vous pouvez être contente, ça a été rapide pour un premier…

Voilà, c'est fini, l'enfant est née, elle l'a à peine vue, Adriana l'a emmenée avec elle pour la laver,

1. Fichtre !

l'habiller, Sonia se sent vide, tranquille, cassée mais heureuse. Elle regarde la sage-femme qui s'affaire, change les draps, l'habille, sans un mot, elle n'a pas l'air méchante, elle a tellement l'habitude de mettre des petits au monde qu'elle ne fait plus attention à la violence de ces douleurs qui tout à coup battent en retraite et laissent la place aux sourires, c'est la vie, c'est le prix à payer, ce qui compte c'est l'enfant.

La femme s'approche du lit, elle a l'air fatigué, sa voix semble plus douce à la jeune accouchée qui repose, son corps meurtri enfin calme.

– Vous êtes française ?

Sonia a un sursaut de peur.

– Vous avez appelé votre mère en français, c'est normal. Soyez tranquille, je ne dirai rien, vous êtes cachée, ici, vous faites bien…

Elle hésite un peu.

– Ne le dites à personne mais je suis née à Marseille en 1889, si vous voulez, je peux même vous parler français, mais j'ai un peu oublié, quand j'ai eu 16 ans, la famille est revenue dans le Piémont un été pour montrer les enfants aux parents qui étaient restés au pays. Et je me suis *énamourée* – elle dit le mot en français avec un petit rire ironique – de celui qui allait devenir mon mari, la famille est rentrée en France, moi je suis restée en Italie. J'ai des frères et des sœurs en Provence… Mais faut pas le dire, j'ai peur que cela me porte tort, que l'on me soupçonne d'espionnage, vous savez comment sont les gens, il y a toujours quelqu'un pour vous dénoncer. On vit une période épouvantable… Pensez que l'Italie a déclaré la guerre à un pays où je suis née, où vivent tous mes frères et sœurs… J'ai été contente de vous accoucher, oui, ça, c'est bien vrai, ça m'a fait tout drôle quand vous vous êtes mise à crier en français… Je crois que ça m'a fait du bien… J'ai pensé aux miens que j'ai pas vus depuis tant d'années… Ça m'a émue aux larmes… Vous avez eu un accouchement facile… Vous avez une belle petite fille, je suis heureuse pour vous…

Et elle lui caresse les cheveux et souffle :

– Surtout, ne dites rien à personne.

Plus tard, Sonia apprit qu'au moment d'être payée, elle divisa son tarif par deux et, devant la mine ébahie des Dao Ormena, elle se contenta de dire :

– La jeune mère, elle comprendra…

Pour l'instant, la jeune mère regarde avec émotion les cheveux gris de ses beaux-parents penchés sur le berceau de bois, ils se tiennent par la main, ils se parlent entre eux, ils sont bouleversés.

La guerre rugit, des hommes, des femmes meurent sous les bombes ou fauchés par des balles, on torture, on fusille, on dénonce…

Et puis un enfant naît, le temps d'un vagissement, la violence recule, la Grande Faucheuse bat en retraite devant ce petit miracle, entêté, éternel, une nouvelle vie s'annonce. Deux petits poings minuscules serrés s'agitent pour appeler l'espoir.

Gian Carlo Dao Ormena lève timidement la tête.

– Il faudra l'appeler Adriana, comme sa grand-mère, c'est la tradition, tu veux bien ?

Adriana… Sonia a un sursaut de révolte, elle n'aime pas ce nom, elle voudrait le dire, le crier, mais ses yeux rencontrent les yeux si clairs d'Elva, elle a peur de leur faire de la peine, elle veut les voir s'abandonner sans arrière-pensées au bonheur de la naissance.

Elle incline la tête doucement.

– Si vous avez cette habitude, je ne veux pas vous contrarier.

Adriana saisit doucement le bébé et le dépose sur la poitrine de sa belle-fille, elle écarte la chemise de la jeune femme et guide le tout petit visage vers le sein gonflé.

Et de nouveau le mystère de l'enfant qui porte en lui son secret… Les minuscules lèvres, sans hésiter, caressent la peau, se glissent instinctivement vers le mamelon, s'ouvrent et font pour la première fois le mouvement de succion qui le conduit à la vie. Sonia, fascinée, voit son enfant téter.

La mère et l'enfant s'endorment, heureuses.

*

Sonia est réveillée par un souffle léger, au fond de la chambre, qui s'approche et devient de plus en plus fort. Elle se dresse sur son lit.

– Il y a quelqu'un ?

Elle sait déjà et elle fixe avec passion l'ombre qui s'approche du lit :

– C'est moi, ma petite fille…

Anne-Marie Dreyfus se penche sur le berceau.

– Comme elle est mignonne, quel beau bébé, comme je suis heureuse… Comment l'as-tu appelée ?

– Oh ! maman, ils l'ont appelée Adriana…

– Quel joli nom !

– Je ne l'aime pas, maman, je voulais lui donner ton nom…

– Mais non, Adriana, c'est très joli, Adrien était un grand empereur… Tu vas bien, toi ?

– Maman, où es-tu ? Pourquoi viens-tu me voir si rarement ?

– Je suis si loin, maintenant…

Il y a une tache sur la poitrine d'Anne-Marie Dreyfus, une tache sombre qui s'élargit, l'enveloppe et la fait tout à coup disparaître aux yeux de sa fille.

– Maman, ne t'en va pas, je t'ai tellement appelée.

La voix dans l'ombre est voilée :

– Tu m'as appelée, je suis venue, j'étais dans la chambre quand tu accouchais, je ne t'ai pas quittée mais tu ne m'as pas vue, il y avait la sage-femme, l'autre grand-mère… Tu avais mal, ma pauvre chérie, mais je t'ai tenu la main, quand le bébé est sorti, j'étais avec toi, je serai toujours avec toi.

– Tu ne veux pas rester un peu ?

– Je ne peux pas, ma petite Sonia, je dois aller rejoindre papa, mais nous ne te quitterons jamais, jamais.

La voix s'éloigne, disparaît. Sonia croit encore entendre « jamais… jamais… »

Elle serre sa fille contre elle. Est-ce que sa mère l'a bien vue, a-t-elle eu le temps de bien la regarder ?

– Tu reviendras, maman ?

Personne ne répond à la plainte de la jeune mère qui sent une douleur, devenue familière, la frapper encore une fois en plein cœur et ronger sa poitrine.

Sous ses paupières closes, ses parents lui sourient.

*

Don Parrizio baptisa l'enfant et l'appela Adriana Natalia Dao Ormena.

On la baptisa pour la protéger de la cruauté des hommes. La religion, cela peut servir parfois à vous mettre à l'abri des autres.

*

Puis elle découvrit la maternité, la joie de serrer un bébé dodu contre elle, de lui donner le sein, de le caresser, de jouer avec lui, de guetter son regard, son premier sourire, de lui parler de son père en lui promettant que, bientôt, il allait venir l'embrasser et la câliner. L'absence de Gian Piero était moins pénible depuis que sa fille était arrivée au monde.

L'hiver revint. La neige, immense, glacée, de nouveau recouvrit la montagne et les vies, enfouit les maisons, emprisonna les hommes de sa profondeur menaçante, elle se tacha souvent du sang des fusillés. Le bébé Adriana eut 6 mois, puis 7, elle n'avait toujours pas vu son père. Les partisans se battaient dans les montagnes, les maquisards français avaient subi de lourdes pertes, c'était une guerre sauvage, sans prisonniers. Les uns disaient que les partisans, repoussés de vallée en vallée, avaient franchi la frontière, d'autres affirmaient au contraire qu'ils étaient toujours là, à Santa Margherita, et qu'ils s'entraînaient pour aller libérer Turin. On attendait toujours l'arrivée des Américains bloqués par le front allemand qu'on appelait la Ligne gothique qui allait de Pise jusqu'à Rimini. Le peuple italien devait se soulever si l'on voulait libérer l'Italie du Nord.

Parfois, un berger, un paysan, passait et laissait un message vague : ceux de *Giustizia e Libertà* ne renonçaient pas et la famille Dao Ormena devait garder confiance.

Sonia scrutait les yeux d'Adriana et y cherchait le chatoiement bleu qui l'avait tant émue lorsqu'elle avait rencontré son père à Saint-Martin. Petite fille à peine née, débarquée sur une terre à feu et à sang, quel avenir l'attendait ? Vers quel holocauste la vie qu'elle n'avait pas demandée l'entraînait-elle ? Aurait-elle un jour un père pour la faire sauter dans ses bras ?

Les beaux-parents étaient en adoration devant le bébé gazouilleur... Adriana Dao Ormena... Au fond, n'était-ce pas mieux ? Cette enfant baptisée, portant le nom de sa grand-mère comme le veut la tradition des montagnes, était catholique et piémontaise, à l'abri des fureurs antisémites... Sonia se sentait dépossédée de son identité, elle n'osait même plus songer à sa famille, Paris libéré lui échappait, il ne lui restait plus qu'Elva, cette bourgade en haute montagne, prison qui la sauvait et l'enchaînait.

Gian Carlo Dao Ormena venait parfois s'asseoir à côté d'elle, il lui prenait la main et ne parlait pas mais Sonia savait qu'il lui disait : « Aie confiance, il reviendra. »

On entendait la voix d'Adriana, affectueuse :

– Sonia, c'est bientôt l'heure du déjeuner, viens donc éplucher les herbes.

Les herbes, *le erbette,* c'étaient les salades de saison, que sa belle-mère faisait pousser à grand-peine dans le jardin avec des tomates qui ne voulaient pas mûrir, des pommes de terre farineuses et des courges.

Deux poules étaient mortes, les œufs étaient devenus rares et étaient réservés au bébé. Parfois, le dimanche, on mangeait de la polenta, mais la farine de maïs manquait.

La sage-femme était montée plusieurs fois de Stroppo, voir l'enfant qu'elle avait fait naître. Furtive, le regard soucieux, elle semblait toujours inquiète, elle ne s'éclairait qu'en voyant le bébé. Un jour, la jeune femme, penchée à la fenêtre, la vit monter en cachette au bout du jardin, s'engager sur un petit chemin bordé de noisetiers, un homme l'attendait, ils parlèrent plusieurs minutes puis se séparèrent, après une brève accolade. Sonia recula vivement, elle devina que la sage-femme ne voulait pas être vue. Elle faisait sûrement du marché noir.

III

Ensemble

Ils ne l'ont pas su tout de suite, Elva est si loin dans la montagne… Un soir, au début du mois de mai 1945, un adolescent arriva en courant à travers les champs, il hurlait, il criait, il riait, il agitait les bras dans tous les sens :

– *È finita la guerra*, la guerre est finie…

Tous les habitants de la bourgade sortirent de leurs maisons, des femmes, leur casserole à la main, des hommes en bras de chemise, des enfants à peine couverts, des gamines décoiffées, ils couraient vers le garçon, l'entouraient, l'interrogeaient avec angoisse, avec joie…

La guerre est finie, les fils, les frères, les maris, partis sur le front de l'Est[1] allaient-ils revenir ? Les Allemands ne sont plus là ? Les villages de la vallée ne brûlent plus ?

---

1. Presque tous les hommes d'Elva ont été envoyés en Russie et ne sont pas revenus.

Gian Carlo Dao Ormena, parti se renseigner, remonta à la maison, heureux et agité, il explique d'une voix saccadée :

– La guerre est finie. À Turin, il y a eu l'insurrection générale, les ouvriers ont occupé les usines et ont attaqué les Allemands avec des armes qu'ils avaient cachées. Les partisans sont arrivés du Montferrat, des montagnes, des campagnes et ont encerclé la ville. Les Anglais ont soutenu les opérations par leurs raids aériens, nous pouvons rentrer chez nous… Gian Piero nous attend sûrement.

Sonia commença à remplir un sac des affaires du bébé, Adriana rassembla toutes les victuailles qui leur restaient, son mari alla creuser dans le jardin.

– J'ai enterré des bidons d'essence, il faut les récupérer, j'ai un moyen de me procurer une voiture à Stroppo. Allez, on prend les deux mules et demain on part.

À Stroppo, il y avait la route, les voitures, des cars.

La famille descendit chez un notaire, cousin éloigné de la famille, qui les accueillit avec effusion et leur donna la chambre de leur fils, parti depuis longtemps dans la montagne.

Petit, rondouillard, il s'agitait, empli d'une allégresse communicative.

– Le cauchemar est fini, ils ont exécuté Mussolini et sa poule, la Petacci, le roi va revenir, les Américains sont là, enfin, ils sont là, nos sauveurs…

Gian Carlo partit une journée entière à la recherche d'une voiture qu'il acheta à prix d'or.

– J'ai dû aussi céder les mules, j'aurais préféré les renvoyer à ceux du village. Mais c'était la seule façon de décider le vendeur…

Sonia pensa à la petite chèvre qu'elle avait élevée et qui donnait du si bon lait, les voisins l'avaient recueillie avec joie et promis de bien s'en occuper, mais les yeux de l'animal étaient tristes quand Sonia l'avait laissée.

Adriana, que tout le monde appelait Nina, se tenait assise toute seule et battait des mains.

– Je vais aller voir la sage-femme, Mme Bosco, pour qu'elle puisse dire au revoir à Nina.

Devant la maison de Mme Bosco, il y avait un attroupement de quelques personnes, Sonia les interrogea, Mme Bosco était chez elle ou était-elle partie assister une jeune accouchée ?

Une femme joua quelques secondes avec Nina.

– Vous êtes de la famille ?

– Non, mais c'est elle qui m'a accouchée quand la petite est née.

– La maison est fermée, non, elle n'est pas à son travail, la malheureuse, venez chez moi, je vais vous raconter.

*

Sonia, pétrifiée, assise sur un banc de bois, serrait sa fille contre elle.

Ils avaient pendu la sage-femme.

Elle avait été dénoncée et accusée d'être une espionne qui allait dans la montagne, sous prétexte d'accoucher les femmes pour donner des informations aux partisans. Quelqu'un avait signalé qu'elle était née en France, qu'elle y avait de la famille.

– Alors, les Allemands, avant de s'enfuir, sont allés l'arrêter ils n'avaient plus le temps ni de l'interroger, ni de la torturer, ils l'ont pendue à un réverbère. Ils nous ont interdit de la décrocher, il a fallu attendre leur départ pour lui donner une sépulture. La pauvre femme, elle n'était pas trop souriante mais ici tout le monde la respectait, elle a accouché presque toutes les mamans du coin.

« Elle est bien mignonne, votre petite, Mme Bosco aurait été contente. Mais voilà, elle n'est plus là. Soyez tranquille, celui qui l'a dénoncée, un fasciste qui cherchait à se mettre bien avec les Boches parce qu'il avait peur et voulait partir avec eux, on lui a mis la main dessus et on lui a fait son affaire… Ils vont tous payer maintenant… »

Sonia n'écoutait plus, elle ne voyait même plus son interlocutrice… La sage-femme qui avait réduit ses honoraires parce que l'accouchée était française, qui rencontrait en cachette des partisans au bout du jardin des Dao Ormena, elle ne faisait pas du marché noir, elle faisait de la résistance, elle n'avait pas oublié sa famille française et l'avait payé de sa vie.

Elle se leva, remercia la voisine qui embrassa le bébé et sortit.

Elle marchait comme une somnambule dans la rue, insensible aux gazouillis de Nina qui lui tirait les cheveux. Elle entendait encore la voix de Mme Bosco :

– Vous appeliez votre mère en français, ça m'a fait tout drôle, je peux vous parler français si vous voulez, même si j'ai un peu oublié…

Chez le notaire, la famille l'attendait, elle raconta brièvement ce qu'elle avait appris mais on l'écouta à peine, les Allemands ont tellement pendu de gens ! Maintenant, la guerre était finie, tout le monde était excité, une vieille voiture était arrivée, on partait pour Turin, là, Gian Piero les attendait, elle en était sûre, elle ne pouvait imaginer qu'une fois encore elle pouvait le perdre. Elle regarda les parents, ils semblaient confiants, elle hésitait à s'abandonner à la joie, bientôt elle allait retrouver cet homme fort et tendre qui l'avait arrachée à ses tourments.

Personne ne doutait du retour de Gian Piero. Il avait toujours été convenu que le point de rencontre serait chez la sœur d'Adriana, une veuve qui habitait un vaste appartement, au *piano nobile*[1] d'un bel immeuble du boulevard Galileo-Ferraris.

– C'est la marraine de mon fils, il y a de la place chez elle... Son mari est mort en 1934, il haïssait Mussolini, ma sœur a toujours dit que son arrivée au pouvoir avait eu raison de son cœur fragile. Ton mari nous attend là, puisque notre maison a été bombardée, c'est convenu...

Adriana parlait d'un ton ferme, légèrement artificiel. Il était évident qu'elle avait décidé que son fils était vivant, en bonne santé, qu'il avait fait partie des libérateurs de Turin et qu'il serait fidèle au rendez-vous.

Sonia voulait se fier à son instinct de mère et elle s'efforçait de chasser cette anxiété qui pesait sur elle, un peu plus lourdement chaque jour. Elle regardait par la fenêtre de la voiture les campagnes dévastées et les ruines fumantes, les derniers jours de la guerre avaient été impitoyables, de combien de morts allaient-ils payer leur liberté ? Parfois une panique sournoise l'envahissait. Une

1. *L'étage noble, le premier étage des immeubles italiens, réservé aux maîtres.*

question, toujours la même, la hantait : Où était son mari ? Était-il en vie, comme le pensaient les beaux-parents ?

Elle oubliait ses parents, sa sœur, Simon et Saint-Martin, il n'y avait plus que Gian Piero, peut-être tout proche, peut-être perdu. Des cadavres étaient abandonnés sur le bord des routes et elle détournait les yeux, la plaine était ravagée, le calme et la solitude d'Elva étaient bien loin.

Des informations leur arrivaient de toutes parts. Tout avait commencé la nuit du 25 au 26 avril, les ouvriers de Turin avaient occupé les usines, ils construisirent des barricades et des tranchées, les armes sortirent de leur cachette, c'était l'insurrection générale, chaque usine se transforma en forteresse que les Allemands et les fascistes attaquaient avec des armes puissantes, on se battait partout dans la ville.

– Il paraît que trois chars allemands ont attaqué la gare de Porta Nuova occupée par les nôtres, il y a eu trois morts et de nombreux blessés mais ils ont tenu bon… C'est du côté de l'autre gare, celle de la Dora, que cela a été plus dur, les Turinois ont été encerclés par les Allemands, il y a eu de nombreux morts, mais les Allemands se sont retirés, des estafettes à bicyclette sillonnaient la ville sous la mitraille pour relier les combattants à l'état-major. Les nazis ont envoyé de nombreux renforts…

– Et les partisans ?

– Ils sont arrivés des montagnes mais ils ont perdu du temps, il y a eu des ordres et des contrordres… Finalement, ils ont attaqué Superga[1], des hommes se sont jetés dans la rivière de la Stura pour entrer dans un quartier de la ville et le libérer, il pleuvait à verse, les premiers partisans sont entrés dans Turin par le boulevard de la Reine-Marguerite, d'autres ont attaqué sans relâche les forces allemandes qui encerclaient la ville…

Une colonne de *Giustizia e Libertà*, le mouvement de Gian Piero, a été vue à Porta Susa.

– Ils ont occupé le Gazomètre… Les fascistes s'étaient retranchés dans la caserne de la Via Asti, là où ils ont torturé les prisonniers, et refusaient de se rendre, beaucoup se sont enfuis, il paraît qu'il y avait un souterrain secret…

Au bout de quatre jours de combats, Turin fut libéré, les troupes allemandes s'étaient repliées dans les campagnes environnantes où elles faisaient régner la terreur, elles avaient installé une artillerie à Stupinigi et à Moncalieri, et menaçaient de bombarder la ville. Les Allemands avaient

---

1. Basilique au sommet d'une colline à quelques kilomètres de Turin.

quitté Turin mais l'encerclaient leurs canons pointés sur la capitale du Piémont.

Mais le 1er mai, le miracle a eu lieu, les Alliés sont entrés dans la ville et, le 3, le général allemand Schlemmer s'est enfin rendu.

Les combattants italiens ont eu de nombreux morts, les uns disent trois cents, d'autres cinq cents[1], et des blessés...

Les Dao Ormena échangent un regard, ils ne se laisseront pas atteindre par des informations aussi vagues et désordonnées.

Le voyage dura une éternité. Le printemps, timidement, cherchait à éclairer un pays en ruine ; dans Turin, des murs calcinés s'élevaient comme de grands rapaces noirs au milieu des gravats, des poutrelles, les arcades de la Via Po, éventrées, étaient noyées sous des amas de pierres, des femmes et des enfants dépenaillés faisaient la queue devant des magasins dévastés, les panneaux en allemand avaient été remplacés par des panneaux en anglais, des camions militaires roulaient sur des routes défoncées, les gens avaient faim et riaient, ils parlaient fort, on les sentait dévorés par un appétit de vivre d'autant plus violent que la mort les avait effleurés et qu'ils avaient eu

1. *Il semble qu'il y en ait eu trois cent vingt.*

peur, la ville était en fête et applaudissait les libérateurs. Les troupes alliées, des soldats américains et brésiliens traversaient les montagnes du Piémont pour rejoindre les soldats français qui avaient franchi la montagne.

Nina hurlait dans la voiture, elle avait soif, elle était sale et fatiguée. Gian Carlo conduisait péniblement, mais ses yeux clairs brillaient de joie, ils arrivèrent, harassés, le 14 mai, au coucher du soleil, corso Galileo-Ferraris.

Rosalba, la tante, leur ouvrit la porte dès qu'ils sonnèrent.

– Enfin vous voilà, vous en avez mis du temps ! Je vous attendais… J'avais peur que vous ayez eu un accident… Il y a encore des fascistes qui traînent sur les routes, des mines dans les champs…

– Les nouvelles arrivent avec beaucoup de retard à Elva, et le voyage a été long, les routes sont encombrées, le bébé n'en pouvait plus, Nina vient juste de s'endormir.

Rosalba était une grande femme maigre, au beau visage classique, ses cheveux blancs étaient retenus en un élégant chignon. Un collier de perles encerclait son cou et éclairait une robe de soie grenat. La *zia*[1] Rosalba était toujours élégante et soigneusement habillée. Elle avait traversé la

---

1. *Tante.*

guerre avec ses costumes de satin, de laine douce, ses bijoux. Hautaine, séductrice et secrète. Simplement, elle avait perdu quinze kilos, on voyait ses os saillir sous la peau et des cernes bleuâtres creusaient ses joues.

Elle embrassa longuement sa sœur et Sonia, puis elle dit doucement :

– Gian Piero est à l'hôpital, il a été blessé, il rentre à la maison dans deux jours.

Sonia serra ses poings sur sa bouche, il était vivant, elle allait le voir, lui parler, caresser sa peau, entendre sa voix. Elle n'écoutait plus les deux sœurs, Adriana interrogeait :

– C'est grave ?

– Oui, il a reçu des éclats de grenade dans le dos, dans la tête, on a bien cru qu'il resterait paralysé à vie mais il semble que ses jambes obéissent.

*

Au moment de quitter l'hôpital, un homme âgé, en blouse blanche, s'approcha de Sonia :

– Vous êtes l'épouse du blessé ? Suivez-moi, je vous prie.

Il la conduisit dans une petite salle qui devait servir de bureau, un grand désordre y régnait : blouses tachées, bassines, vêtements déchirés, instruments médicaux… Il débarrassa l'unique chaise.

– Asseyez-vous, *signora*, vous avez de la chance, on a réussi à sauver votre mari, il était très gravement blessé, nous avons vraiment cru qu'il allait perdre définitivement l'usage de ses jambes, il a été remarquablement opéré par un de nos chirurgiens, et nous avons eu l'heureuse surprise de voir qu'après une cicatrisation rapide, les fonctions reprenaient, il aura besoin de béquilles pendant encore trois semaines, ensuite une bonne canne suffira, nous sommes heureux pour vous.

Il était resté debout, sans sourire, son regard était froid et las, Sonia le trouva antipathique, mais le remercia chaleureusement.

Il leva une main.

– Attendez, j'ai autre chose à vous dire, mais c'est moins important… Il vous faudra être patiente et compréhensive. Vous avez des enfants ?

– Nous avons une petite fille.

– Alors, c'est très bien parce que votre mari ne pourra plus jamais remplir son devoir conjugal…

– Quel devoir conjugal ?

Sonia, toute à sa joie d'avoir retrouvé son mari, ne comprenait pas.

Le médecin répondit sèchement :

– Votre mari restera impuissant. Mais pour une femme aimante et sincère, ce n'est pas le plus grave, n'est-ce pas ? Il est vivant, c'est le principal. C'est à vous de lui annoncer cette nouvelle, il comprendra, il sait que l'amour vrai peut se passer de la sexualité. Ce qui compte, c'est l'union des âmes, le corps est souvent de mauvais conseil.

Il avait prononcé le mot sexualité avec une moue de mépris. Au-dessus de lui, accroché au mur, un crucifix, coiffé d'un rameau d'olivier fané, semblait projeter un nuage de sainteté sur l'homme en blouse blanche.

La jeune femme balbutia :

– Oui, oui, il est vivant, c'est le principal... Je vous remercie.

Le médecin ouvrit la porte et s'inclina brièvement. Sonia sortit. Dans le hall poussiéreux de l'hôpital, Gian Piero, ses béquilles rangées à côté de lui, l'attendait, son regard bleu, confiant, posé sur elle. Son Gian Piero, on ne le lui avait pas tué, elle le ramenait à la maison, elle allait le soigner, le gâter, il allait découvrir sa petite fille, retrouver ses parents, la vie était là, victorieuse. Rien d'autre ne comptait. Elle posa sa main sur le bras du blessé :

– Viens avec moi, mon amour, dit-elle.

Dehors dans la vieille voiture, le père attendait.

– Entrez, mes enfants, la *mamma* a préparé un repas de fête pour le retour de notre héros, mon fils.

Il y avait une telle fierté dans les mots du père que Sonia lui adressa un sourire ému. Ils étaient tous si heureux, aujourd'hui, rien ne devait assombrir leurs retrouvailles. Elle aida son mari à se glisser sur la banquette arrière, elle posa sa tête sur son épaule, il inclina la tête vers elle et ses lèvres effleurèrent sa tempe. Il avait l'air fatigué, elle allait lui redonner des forces, s'occuper de lui, il se reposerait, il serait à l'abri, il dormirait de longues nuits près d'elle dans leur lit et son corps retrouverait sa vigueur perdue.

La *zia* avait mis toutes ses perles et son tailleur d'ottoman de soie bleu marine. Elle revenait de l'état-major allié. Depuis une semaine, elle avait fait connaissance d'un officier américain, petit-fils d'émigrés piémontais, qui était subjugué par son allure aristocratique.

– Le commandant m'a obtenu plein de bonnes choses, je lui ai raconté que mon neveu était un héros, il m'a procuré des cigarettes, de l'essence pour la voiture, des bas Nylon et des trucs en coton jetable que les Américaines utilisent lorsqu'elles ont leurs règles, du lait concentré, des vitamines, des biscuits et du chocolat. Donc, mes chers enfants, je vais faire un gâteau au chocolat… Adriana cuisine du corned-beef…

Sonia, ravie, réfléchissait, le lait pour Nina, les cigarettes et les vitamines pour Gian Piero… Oh oui ! Ils allaient tous revivre, reprendre du poids, retrouver la santé, tous ensemble, le bonheur était là, à portée de main.

Elle regarda, en souriant tendrement, Nina assise sur les genoux de son père, la petite observait gravement le visage du nouveau venu, les sourcils froncés, le regard interrogateur.

– Elle n'est pas trop lourde, elle ne te fait pas mal ?

Le père caressait les petites cuisses dodues.

Gian Piero leva les yeux vers elle et lui tendit la main.

– Non, sois tranquille, prends une chaise, viens près de moi, restons ensemble. Demain, nous tenterons de téléphoner aux Dupanloup, au Mans. Le téléphone de la *zia* remarche.

*

Le lendemain, ils avaient l'opératrice au bout du fil.

– La France ? Je ne sais pas quand j'aurai la ligne, comptez trois ou quatre heures.

Ils n'obtinrent la communication avec les Dupanloup que le soir, vers 18 heures. C'est Marguerite qui décrocha, elle poussa une exclamation quand elle entendit la voix de Sonia, elle bégayait de surprise et d'émotion :

– Mon Dieu, mon Dieu, on te croyait disparue, quelle joie ! Quel bonheur ! Quelle merveilleuse surprise !

– Comment va ma petite Nathalie ?

– Elle est chez nous depuis septembre 1944, elle est grande maintenant, tu sais, elle a 19 ans… Elle va se marier avec mon fils Philippe qui a 22 ans, ils vont aller vivre à Paris, Philippe veut faire du journalisme.

– Que dit maman ?

Il y eut un grand silence, on avait dû les couper, Sonia cria dans l'appareil.

– Marguerite, tu m'entends ? On nous a coupées.

La voix de Marguerite était étranglée :

– Non, ma petite fille, nous n'avons pas été coupées… Voilà ta sœur, je te la passe…

Bouleversée, Sonia entendit une voix qu'elle ne reconnaissait pas, une voix qui riait, qui pleurait :

– Ma Sonia, enfin ! Te voilà… Tu es en vie, où es-tu ?

– Je suis en Italie, je suis mariée, j'ai un enfant, tout va bien. Et les parents ?

La voix sanglote au bout du fil.

Marguerite Dupanloup reprend l'appareil :

– Sois courageuse, ma chérie, tout a été terrible pour tout le monde, les Allemands ont fusillé mon fils aîné qui était dans la Résistance… Tes parents étaient entrés eux aussi dans la clandestinité, ils ont été pris dans un guet-apens au cours d'une mission, non, non, ne pleure pas, on a pu récupérer leurs corps, ils sont enterrés au Mans, à côté de mon fils…

Sonia souffle :

– Il y a longtemps ?

– En janvier 1943… Mais nous ne l'avons su qu'à la Libération, Nathalie a fait transférer leurs corps pour qu'ils soient enterrés à côté de mon fils. Nous voulions être tous ensemble, tu comprends ? Te savoir en vie, te retrouver est une joie immense, une consolation. Dès que tu peux, viens nous rejoindre… Nathalie se marie en juin, à Paris, essaie de venir avec ta nouvelle famille…

Marguerite sanglotait et répétait :

– Que nous soyons tous ensemble…

Sonia réclamait des explications, des détails, mais la communication fut coupée.

Gian Piero, en équilibre sur ses béquilles, était près d'elle et appuyait son front sur ses cheveux.

– Je l'ai toujours su, murmura Sonia, j'ai toujours su qu'ils étaient morts.

– Mon amour, tu délires.

Gian Piero pose ses lèvres sur les paupières de Sonia, il ne peut la prendre dans ses bras pour ne pas faire tomber ses béquilles, elle cache son visage sur sa poitrine. Elle a enfin compris.

Ils sont morts en janvier 1943…

Les souvenirs l'envahissent, clairs, précis. Janvier 1943, sa première journée à Saint Martin, son court repos dans sa nouvelle chambre de l'hôtel des Remparts, et l'ombre de sa mère, assise sur la chaise de paille qui la regarde et l'interroge, Sonia revoit ses vêtements fripés, salis… Elle avait tendu les bras vers la silhouette qui s'était dissoute dans l'ombre. Ce jour-là, on avait tué Anne-Marie Dreyfus et sa pensée, libérée du corps, avait pu rejoindre sa fille.

Plus tard, elle était revenue, chaque fois que Sonia avait eu besoin de lui parler, elle l'avait avertie : « je suis loin, maintenant, si loin… » disait-elle.

La jeune femme pleure sans bruit.

– Je ne voulais pas me l'avouer, je ne voulais pas le croire, pourtant, au fond de moi, j'avais compris…

Malgré la mort, elles avaient su rester ensemble, se parler. La voix maternelle était ténue comme un souffle très léger, à peine audible, mais si elle tendait l'oreille avec beaucoup d'attention, elle l'entendait :

– Adriana, c'est un joli nom, Adrien était un grand empereur…

Oh maman ! Comme c'est bon de se parler ! Tu reviendras, n'est-ce pas ? La nuit, quand je dors, tu reviendras me parler ? Je t'attendrai…

Les gens que l'on aime ne meurent jamais, ils se blottissent en vous et vous tiennent compagnie tant que vous les aimez, Sonia presse ses mains sur sa poitrine, elle y a enclos son père et sa mère, ils ne la quitteront plus, elle regardera le monde avec les yeux d'Anne-Marie et de Louis. Ils sont ensemble pour la vie. La douleur qui lui broyait la poitrine chaque fois que sa mère lui apparaissait est revenue.

Et Sonia se laisse entraîner par le noir courant de la souffrance, tandis que Gian Piero essuie ses larmes avec douceur. Elle se serre contre celui qui va l'aider à vivre. Ses parents ne connaîtront jamais Nina.

– Nous irons au mariage de ta petite sœur, tu vas revoir Paris, mon amour, je ne te laisserai jamais, tu ne seras jamais seule… Viens, parle-moi de tes parents…

IV

Les beaux jours

LE MOIS DE JUIN À PARIS. Sonia et Gian Piero descendent les Champs-Élysées et ont l'impression de vivre un rêve. Lui, marche avec assurance malgré sa canne, il a passé son bras autour des épaules de sa jeune femme, il observe avec curiosité les immeubles gris, les façades des cinémas décorées comme des scènes de théâtre, les terrasses des cafés, demain Nathalie se marie. Ils habitent rue du Colonel-Moll. Philippe, qui a été comme ses frères résistant dans la Sarthe, a beaucoup de relations depuis la Libération. Nathalie a pu récupérer rapidement l'appartement familial qui avait été réquisitionné pour un couple de « collaborationnistes ». Les F.F.I.[1], à la fin du mois d'août 1944, sont venus les arrêter et ils ont saccagé l'appartement en représailles.

1. *Forces françaises de l'Intérieur.*

– Mais c'étaient nos meubles, notre maison que l'on nous avait volés…

Nathalie n'a plus rien de la petite fille avec des nattes que Sonia avait quittée l'été 1940, elle porte de longs cheveux lisses et une frange sur le front, le soir elle va danser avec Philippe. Là, ils rencontrent les derniers zazous, les artistes et tous les jeunes qui s'étourdissent et veulent enfin profiter de la vie. Ils aiment le jazz, ils dansent le boogie woogie, ils écoutent *In the Mood* de Glenn Miller, ils sont swing, ils vont au Pam-Pam boire des bières-grenadine et prennent des glaces au Colisée, ils commencent à fréquenter Saint-Germain-des-Prés où l'on se retrouve dans des caves pour écouter de la musique… Philippe a été engagé à l'Agence France-Presse, qui vient d'être créée.

Il est passionnément amoureux de Nathalie :

– Lorsque deux chambres de la maison ont été réquisitionnées pour des officiers allemands, c'est moi qui fus chargé de mettre Nathalie à l'abri. Je connaissais un fermier près de la forêt de Clinchamp, c'était un sympathisant qui ravitaillait les premiers maquisards terrés dans les bois, il a accepté de la cacher, elle couchait dans le grenier, on avait fabriqué un faux plafond, en cas d'alerte, elle s'y serait glissée avec les quelques vêtements qu'elle avait et le lit était roulé dans un coin, c'était celui du fils aîné qui était prisonnier depuis 1940 en Allemagne. Les Boches ne sont venus qu'une fois et le stratagème a fonctionné. Il y avait tant de fermes éparpillées dans la campagne, ce n'était pas difficile de s'y planquer. Je venais la voir régulièrement, elle n'a manqué de rien, elle s'ennuyait car elle ne pouvait jamais s'éloigner. En 1944, il y a eu beaucoup de bombardements et des batailles acharnées entre les Américains qui venaient de débarquer et les Allemands qui résistaient. La ferme a été touchée, le grenier a pris feu, elle a dormi quelques jours dans la cave mais très vite, elle est sortie au grand jour, la guerre pour elle était finie. Moi, j'étais agent de liaison, je voulais rejoindre l'armée de Leclerc, mais c'était trop loin, mon frère avait été fusillé, je ne pouvais pas faire cela à ma mère et je ne voulais pas quitter Nathalie, je voulais l'épouser tout de suite… Elle a préféré attendre quelques mois, elle te cherchait partout, elle avait téléphoné aux cousins Goldenberg, en Corrèze, elle voulait partir se renseigner à Saint-Martin-Vésubie, mais la cousine Christiane disait que tous les juifs s'étaient enfuis ou avaient été arrêtés, alors Nathalie s'est occupée de la tombe de vos parents, ils avaient été tués dans la région de Lyon. Les Allemands, qui ne s'attendaient pas à une telle résistance, avaient pris la fuite, c'est ainsi que leurs camarades ont pu récupérer les corps et les enterrer dans un petit village sous un faux nom. Un de leurs compagnons nous a avertis en novembre 1944. Ma mère s'est occupée de tout, elle voulait que les Dreyfus soient avec son fils. Ils doivent être ensemble, disait-elle, ils sont morts pour le même combat. Cela leur faisait du bien à Nathalie et à elle… Et toi, Sonia, qu'en penses-tu ?

Sonia ne pensait rien. Pour elle, son père et sa mère n'étaient ni dans un cercueil ni dans une tombe, ils étaient en elle, à l'abri pour toujours. Elle avait incliné la tête.

– Tout ce que vous ferez sera bien, si Nathalie est d'accord…

*

Ce fut un mariage très simple à la mairie du 17e arrondissement. Pas d'église, pas de synagogue.

– Juste votre amour, disait Marguerite Dupanloup qui pourtant était très pratiquante.

Son mari, malade, n'était pas venu.

Il n'y avait que les fils Dupanloup, les cousins Goldenberg, Sonia et son mari, la petite fille était restée à Turin avec ses grands-parents. Jean-Claude Goldenberg avait beaucoup vieilli, il ne voulait pas retourner à Nice, la vie simple en Corrèze lui convenait mieux, il avait trouvé du travail à Tulle, il fallait tout reconstruire, on avait besoin d'hommes comme lui. Christiane cultivait un jardin potager et des fleurs, et disait qu'elle allait se remettre à la peinture, en attendant, elle décorait des abat-jour pour une boutique d'Argentat.

Ses yeux s'embuaient quand elle parlait d'Anne-Marie Dreyfus.

– C'était ma meilleure alliée dans la famille, ma confidente, elle était si humaine, si attentive aux autres... Ah ! Sonia, dès que je pourrai, je viendrai voir ton bébé en Italie... Ma chérie, tu seras heureuse là-bas, toi qui es artiste et ton mari, ce bel Italien, comme il a l'air gentil ! J'espère que son dos ne le fait pas souffrir...

Sonia l'avait embrassée sans répondre.

Nathalie était sereine, grande et fine, dans un tailleur de toile blanc, une calotte de paille blanche garnie d'une voilette plantée sur ses longs cheveux, un joli bouquet offert par Gian Piero à la main. À son annulaire, une bague ancienne qui avait appartenu à la mère de Christiane. Les deux fiancés entrèrent dans la salle de la mairie en se donnant la main, ils avançaient très droits, le regard plein de lumière. Pendant le bref discours du maire, ils ne cessèrent de se regarder.

– Ayez confiance en l'avenir, conclut le maire.

Ils inclinèrent la tête sans hésiter et s'embrassèrent.

Sonia avait envie de pleurer.

Tout le monde se rendit rue du Colonel-Moll. Une grande table avait été dressée, Sonia avait retrouvé une des nappes brodées de sa mère. La vaisselle était belle et dépareillée, parfois ébréchée, il manquait des chaises mais une voisine avait prêté des tabourets, la concierge était montée donner un coup de main et Gian Piero avait acheté du bon vin et du champagne. Marguerite Dupanloup offrit à la mariée un collier de grenats qu'elle-même avait reçu pour son mariage. Il y eut quelques rires et beaucoup de tendresse. Le soir, Philippe et Nathalie partirent dans une Simca 5 en voyage de noces, en Bretagne.

Sonia fit la vaisselle, aidée de Christiane. Les cousins dorment dans le salon.

Le lendemain matin, Sonia se leva tôt pour aller chez le boulanger acheter des croissants qui commençaient à réapparaître. Elle prit des tickets d'alimentation sur le meuble de l'entrée, descendit rapidement les trois étages et traversa la cour de son enfance. Sous le hall, devant la lourde porte d'entrée, elle vit une silhouette maigre qu'elle reconnut immédiatement. Le costume impeccablement repassé, le feutre mou sur la tête… Elle courut et appela :

– Monsieur Mounier…

L'homme se retourna et la fixa sans la reconnaître, mais tout à coup le visage sévère s'éclaira :

– Oh ! C'est vous, ma petite fille (Il se reprit), mademoiselle… Vous vous en êtes sortie, j'en suis très heureux… Vous avez récupéré l'appartement ? C'est bien, il avait été réquisitionné, hélas !

Il avait soulevé son chapeau et la regardait paternellement.

– Je suis heureux de vous voir, je ne savais où vous trouver. Vous n'avez pas été payée, or, nous nous sommes servis de vos dessins… Mes bureaux sont 128 rue de La Boétie, métro Franklin-Roosevelt, voulez-vous passer cet après-midi ? Je dois vous laisser…

Il s'inclina.

Les studios de la Victorine, le cinéma, l'imagination et les illusions… Sonia le regarda s'éloigner, elle avait eu, il y a bien longtemps, des ambitions, des désirs… Elle avait rêvé de ce monde scintillant où l'on pouvait échapper à la réalité. Elle y rêverait encore…

*

C'était un vieil immeuble gris avec une cour intérieure, carrée et triste, comme il y en avait tant à Paris. À gauche une porte, une plaque : *Discina,*

Société de Production, on entrait librement, un escalier menait aux étages, elle erra un peu, une secrétaire lui indiqua une porte, elle frappa timidement.

Il vint lui ouvrir, lui indiqua une chaise puis s'assit derrière un grand bureau couvert de papiers et de photos, un cendrier d'épais cristal était empli de mégots. Jean-Marie Mounier avait maigri et son visage était plus émacié que dans ses souvenirs, il sourit chaleureusement.

– Mettez-vous à votre aise, vous voulez une cigarette ?

Elle accepta.

– *Les Visiteurs du soir* ont eu un énorme succès, vous ne l'avez pas su ? Bon, ce n'est pas important. Vos dessins m'ont été très utiles.

Il lui tendit une luxueuse brochure décorée d'enluminures dorées, à l'intérieur, de superbes photos des dessins, le résumé du film, et partout des arabesques, des fleurs légères qui donnaient une allure d'ouvrage ancien et précieux.

– Vous reconnaissez certains de vos dessins ?

Sonia fronça les sourcils… Tout cela était si loin, il s'était passé tant de choses, pourtant il lui revint en mémoire les robes brodées des jumelles de Saint-Martin… Et elle sourit, oui, elle se souvenait.

Il lui tendit une feuille dactylographiée.

– C'est votre facture, vous signez en bas et vous passerez à la comptabilité au rez-de-chaussée. Cinquante mille francs, cela vous va ? Vous avez du talent, ma petite, je ferai volontiers appel à vous... Vous voyez, cette brochure a été offerte à tous les gens importants du cinéma...

– Malgré la guerre ?

– C'est pendant la guerre qu'ont été réalisés les films les plus exigeants, les plus poétiques, *Les Enfants du paradis*, une œuvre exceptionnelle, *Les Visiteurs du soir*, *L'Éternel Retour*. Nous travaillons beaucoup avec Jean Cocteau. Jean Marais, au mois d'août de l'année dernière, s'est engagé dans la deuxième division blindée et a suivi Leclerc mais il va revenir, il va tourner pour Cocteau, ce sera le renouveau du cinéma français...

Sonia écoute sans tout comprendre... Le renouveau du cinéma français, elle pense à Larissa qui rêvait d'être une star, à son père... Où sont-ils maintenant ? Disparus dans la tourmente...

– Vous voulez travailler pour nous ?

– Je voudrais bien... Mais je n'habite plus Paris, je vis en Italie, je suis mariée, j'ai un enfant...

Il a un grand sourire.

– Mariée ? Un enfant ? Voilà qui est fort bien ! L'Italie... Il y a sûrement à faire là bas, ce sont des artistes. À Rome...

– J'habite Turin...

Il se leva.

– Avec votre talent, ma petite, vous trouverez bien votre voie... Mais ne restez pas sans dessiner, vous perdrez la main, votre habileté s'émoussera. Et si vous revenez à Paris, pour une raison ou une autre, venez me voir. À bientôt, peut-être...

Dans la rue, étourdie, Sonia réfléchit. Cet homme lui a dit qu'elle avait du talent, qu'elle pouvait réussir, il croit en elle... Elle respire profondément, elle allait l'écouter... Elle descend légèrement les marches du métro puis remonte, non, elle ira à pied jusqu'à l'Étoile, elle a besoin de marcher, elle est excitée, enthousiaste, elle allait dès son retour à Turin, dessiner, prendre des cours... Il fallait en parler avec Gian Piero.

*

Il l'attend dans le lit. L'appartement est silencieux, les Goldenberg sont partis, ce matin, Nathalie et Philippe sont en voyage de noces. Il l'entoure de ses bras et elle se blottit contre lui, elle aime le grain de sa peau, son odeur, sa chaleur, elle aime promener ses lèvres sur sa poitrine, sur son cou, sur ses lèvres, sur ses yeux. Lovés l'un contre l'autre, elle a l'impression qu'ils sont seuls au monde, plus rien ne peut plus leur arriver. Son cher amour a repris des forces, il a grossi, son teint est plus clair, ses yeux si bleus, plus vifs, il rit souvent, il est tendre, il chante en se rasant, il caresse ses cheveux, il la câline… Il est guéri.

Ce soir, il joue avec ses boucles mais sa voix est voilée :

– Je suis impuissant, mon amour. Ils m'ont mal réparé, tu n'as plus de mari, toi qui es si jeune, si sensuelle, je ne peux pas t'imposer un tel sacrifice.

Alors elle est prise de panique ; elle a peur de le perdre de nouveau, elle a peur de se retrouver sans lui, orpheline.

Elle gémit :

– Ne m'abandonne pas.

Elle l'enlace, elle serre son corps nu contre lui, elle le lèche, l'étreint, l'embrasse.

– Mais tu n'es pas heureux dans mes bras ?

– Je voudrais t'aimer comme avant, je ne suis plus un homme, Sonia, et toi, tu as le droit d'avoir un vrai mari, un jour, tu t'en iras… et je le comprendrai.

– Jamais. La guerre m'aurait brisée sans toi, je suis fragile, tu sais… Ce que j'ai découvert avec toi, personne d'autre ne pourra me l'apporter, tu as fait naître en moi une femme que j'ignorais. Sans toi, je meurs. Je me suis lancée dans la vie arrimée à toi, au risque, je l'ai toujours su, de me rompre, de me perdre… Eh bien, je ne me briserai pas, je serai là, toujours, avec toi.

– Tais-toi… Un jour, tu n'auras plus besoin de moi.

Il la serre contre lui. Elle reprend :

– Tu es ma vie, tu es comme l'air que je respire, tu m'as sauvée, ils ne t'ont pas tué, il n'y a que cela qui compte… Nous deux ensemble… Je suis sûre que nous pouvons inventer notre propre sensualité, je suis sûre de trouver du plaisir entre tes bras, parce que j'ai besoin de toi, parce que le plaisir est là où on veut le trouver, là où on l'invente.

« Ce sera le nôtre, nourri de nos sentiments, de notre histoire, nous avons échappé à la fatalité de la guerre, à la cruauté des hommes, à l'horreur du nazisme, cela doit suffire pour nous faire jouir… Mon Dieu, mon tendre amour, tu n'as pas confiance en moi, tu ne crois pas que mon corps qui t'aime peut t'apporter de la joie, t'insuffler du désir. Nous saurons nous aimer autrement, mais je t'en supplie, ne me dis pas de partir, garde-moi, serre-moi très fort, ne me laisse jamais. La sexualité est trop petite pour un amour comme le nôtre… Viens, viens, glisse-toi entre mes jambes, tendrement, doucement, ferme les yeux, nous sommes ensemble, rien d'autre ne compte. »

Il l'enlace, il pleure et gémit :

– Mon amour… Est-ce possible de s'aimer comme cela ? Tu n'auras plus d'enfant.

Elle lui répond :

– Ne me quitte pas, tu es mon père, tu es ma mère, tu es mon pays, tu es mon enfant, tu es ma vie. Nous allons faire un long chemin en nous soutenant, tous les deux, viens, sois tranquille, n'aie pas peur, je suis là. Caresse-moi.

*

Dans la grande pièce éclairée par deux portes-fenêtres qui donnent sur un balcon de fer forgé, pliée sur une grande feuille bariolée, Sonia achève le dessin qu'elle travaille depuis une semaine.

Elle souffle tout bas :

– Voilà, c'est fini, enfin.

Elle signe en bas sur la droite *Mai 1950, Sonia Dao…*

Elle se redresse en se tenant les reins, ses cheveux tombent en désordre sur ses yeux, elle les écarte d'une main impatiente, elle a de la peinture sur les doigts et le visage. Elle recule et observe son travail, léger, aérien : des fleurs stylisées qui se croisent et s'enchevêtrent, cela plairait à Christiane qui vient de temps en temps lui rendre visite à Turin. La cousine a réussi une belle carrière. Elle a commencé par les décors d'abat-jour puis la céramique et enfin la porcelaine, elle est devenue une artiste réputée – on commence à dire *designer* – dont les décors sont recherchés. Les porcelainiers de Limoges l'ont découverte à une foire régionale et se l'arrachent. L'un d'eux lui a proposé de diriger son bureau de style.

– Je vais dire oui, même si Jean-Claude est contre, parce que je serai beaucoup à Limoges et peu à la maison…

Christiane et Sonia font de nombreuses escapades ensemble, elles parcourent les châteaux italiens, les musées, les églises, carnets de croquis à la main, reproduisent des motifs, esquissent des frises, elles scrutent les grotesques, dessins aériens et magiques, les lourds décors baroques piémontais, les volutes de la Renaissance, les trompe-l'œil de Venise.

– Tu allèges, tu conserves juste le trait initial, l'originalité de l'invention, et surtout tu t'inspires des couleurs, conseille Christiane.

Sonia l'entraîne dans des églises de Ligurie.

– Regarde les autels, tout en marqueterie de marbre, cela peut faire un tissu formidable.

À genoux sur le sol glacé, dans l'odeur des cierges, elles couvrent leurs carnets de croquis, avec énergie et excitation.

De retour, elles discutent pendant des heures puis se séparent, la tête pleine de merveilles. Christiane repart vers ses porcelaines et Sonia vers ses tissus.

Les Dao Ormena se sont associés avec un filateur de Biella, ils ont remis sur pied leur usine, ont multiplié sa capacité par trois. Ils tissent les plus beaux tissus du Piémont, ils se lancent dans les laines les plus luxueuses, le cachemire, l'alpaga, le mohair. En 1947, Sonia a proposé une collection d'étamine de laine imprimée, une petite révolution qui remporta un énorme succès. Les associés, ravis, ont décidé de lui confier un bureau de style où elle créerait les décors des imprimés qui allaient faire leur fortune.

Sonia installa son atelier dans la grande pièce, à côté du salon.

Gian Piero s'était un peu inquiété.

– Tu es sûre que c'est ta vocation ? Tu abandonnes la poésie ? Tu aurais pu reprendre des études à l'université de Turin, tu aurais étudié la poésie italienne.

– Chéri, je ne veux plus être étudiante, il paraît que j'ai un talent de dessinatrice, des gens de cinéma, à Paris, me l'ont dit. Je vais reprendre aussi la broderie, tu pourras ajouter un département soieries, on travaillera avec les soyeux de Côme, on concurrencera les Lyonnais… Mes étamines de laine imprimée feront le tour de l'Italie, on exportera en France et en Amérique…

– Mais Nina a besoin de toi, je ne veux pas qu'elle soit tout le temps avec ma mère…

– Puisque nous avons un appartement si grand, je vais installer mon atelier à la maison… Je prendrai des apprentis pour m'aider… Et je viendrai à Biella deux ou trois fois par semaine, au moment des collections.

Elle avait tout prévu, tout organisé.

Car l'appartement était encore plus grand depuis que la *zia* était partie en 1947.

Elle leur avait fait une sacrée surprise, la *zia*… Bien sûr, cela faisait un certain temps qu'Adriana souriait d'un air indulgent quand sa sœur s'éclipsait le soir avec le commandant.

– Dînez sans moi, je sors avec John, ce soir.

Le commandant John Giuliano était chauve et avait une bedaine sympathique, il couvrait Nina de chocolats et Sonia de bas en Nylon. Ses grands-parents et ses parents avaient quitté Avigliana, un petit pays près de Turin, à la fin du siècle dernier. La *zia* Rosalba l'avait conduit au cimetière où il avait retrouvé la tombe de ses ancêtres, il ne parlait pas un mot d'italien.

– Mais chez nous, on mangeait des spaghettis.

– L'honneur est sauf, disait en riant Gian Piero.

Il avait épousé la *zia* dans une des plus belles églises de Turin, la Gran Madre, sur les bords du Pô. Une belle cérémonie avec les officiers américains, la famille et quelques Italiens curieux.

Adriana avait beaucoup pleuré.

– S'exiler comme cela, à 55 ans, elle, si sérieuse…

– Mais elle est veuve, maman, avait répondu Gian Piero, elle a bien le droit à un peu de bonheur. Là-bas, en Amérique, elle aura une belle maison, avec plein d'appareils électriques, elle recevra les femmes des autres officiers à Washington, John va bientôt prendre sa retraite, nous irons les voir…

Devant les pleurs de sa sœur, le regard de Rosalba était devenu noir.

– Je ne reviendrai plus jamais en Europe, plus jamais en Italie, ce pays décadent, cruel, désordonné… J'ai dû supporter le fascisme qui a tué mon pauvre mari, j'ai dû assister à tous ces règlements de comptes à la Libération, des familles entières massacrées sous prétexte de vengeance… Les Italiens ont subi les pires malheurs et, à peine libérés, ils ne savent que plonger dans la guerre civile, ils ont chassé le roi, c'est leur affaire, ils se déchirent, je ne veux pas voir cela. Je m'en vais, le Nouveau Monde, une nouvelle vie m'attendent… J'ai toujours rêvé de l'Amérique, l'Europe n'est plus qu'un monceau de ruines, elle ne se relèvera jamais malgré toute la bonne volonté de l'Amérique. Je pars sans regrets, je vous écrirai.

Gian Piero l'avait serrée contre lui.

– *Zia,* vous êtes pessimiste, l'Italie renaîtra de ses cendres, elle a déjà commencé, c'est un pays jeune et imprévisible, ils vont construire une nouvelle société mais vous avez raison, je ne serai pas leur complice, ils feront tout cela sans moi... Nous, les partisans de *Giustizia e Libertà,* nous avons risqué notre vie pour signer avec les Français les accords de Saretto pour une Europe unie, fédéraliste et démocrate. Tout est oublié. Les Italiens ne savent même pas que ces accords ont existé, bien trop occupés par leurs rivalités, leur désir de pouvoir, leur appétit de vengeance, leurs trafics... Les Français ne jurent plus que par leur de Gaulle, on a oublié ceux qui sont morts dans les Alpes. Le grand rêve humaniste s'est évanoui.

Rosalba se recula, elle avait toujours été très attachée à son neveu, elle avait les yeux luisants de larmes.

– Il ne reste que le rêve américain... Gardez mon appartement, il est vaste et bien situé, soyez raisonnables et travailleurs, comme les vrais Piémontais que vous êtes.

Elle retira son sautoir de perles et l'un des diamants qui ornaient ses doigts et les tendit à Sonia :

– Tiens, petite fille, c'est pour toi, tu l'as bien mérité. Ne m'oublie pas trop vite.

– Nous viendrons vous voir, ma tante.

*

Ils avaient refait tout l'appartement, choisi un décor moderne. Les grands-parents avaient conservé les meubles de la tante et s'étaient installés dans un appartement Via Donati, non loin de celui qui avait été bombardé en 1943.

On installa un grand atelier pour Sonia, qui se mit à dessiner avec ardeur.

Quelques mois avant le départ de Rosalba, elle avait écrit à Mme Savino, à Saint-Martin, en espérant qu'elle fût en vie et qu'elle répondrait à sa lettre. Elle lui annonça qu'elle avait épousé son beau lieutenant et qu'elle avait une petite fille. Elle demandait des nouvelles de Simon, de Larissa et Bella, étaient-elles revenues dans leur villa ? Et les jumelles, Josiane et Jacqueline ?

Trois semaines plus tard, une longue lettre arriva de France. Les jumelles avaient 16 ans et étaient au lycée à Nice, tous les réfugiés juifs qui n'avaient pas suivi les Italiens avaient été raflés par les nazis, Simon n'avait jamais donné signe de vie, les jeunes filles russes non plus, Larissa avait été arrêtée avec ses parents. Le mari de Mme Savino était revenu d'Allemagne en 1945, et l'hôtel marchait bien, les touristes étaient revenus, les gens avaient envie de s'amuser, d'oublier la guerre, de vivre, de faire de belles excursions, de profiter du bon air de la montagne.

« J'espère vous revoir, chère Sonia, avec votre beau mari, et votre petit bout de chou. Bien des malheurs sont arrivés depuis votre départ, mais je garde de votre séjour chez moi un merveilleux souvenir. J'ai découpé vos broderies sur la robe de communiantes des filles et je les appliquerai, plus tard, sur leur robe de mariée. Je vous joins cette enveloppe qui est arrivée en 1946, à votre nom, et que j'ai gardée car j'attendais de vos nouvelles. »

L'enveloppe était sale et froissée, elle venait du Havre, Sonia, bouleversée, reconnut tout de suite l'écriture de Judith :

Le Havre, juillet 1946

Chère Sonia,

Quand tu m'as quittée cet hiver 1943, tu m'as manqué mais j'aurais été un poids pour toi. Et tu l'avais bien remarqué, les Liberman me servaient de famille puisque David et moi, nous nous aimions. C'est étrange, ne trouves-tu pas, comme les histoires d'amour fleurissent en temps de guerre, quand, chaque jour, on risque la mort ? Le danger et la passion, cela va bien ensemble. Parce que le danger était partout. Après ton départ, à la fonte des neiges, nous avons eu souvent très peur, nous avions moins froid et même parfois chaud, on pouvait se laver et sécher au soleil, mais les Boches montaient plus facilement dans la montagne. Les paysans des alentours ou le jeune Roberto (tu te souviens, tu disais qu'il était amoureux de moi !) nous avertissaient toujours à temps, et on allait se cacher, encore plus haut dans les pins, parfois deux jours, même trois. Et ainsi, nous avons passé l'été, on recevait toujours un peu d'argent du prêtre, Cristoforo passait nous voir et nous donner des nouvelles de la France qui étaient toujours tristes, quelquefois les gens du pays partageaient avec nous leurs maigres repas, c'était bon, cette solidarité. On mangeait des fruits sauvages, des baies, des noisettes et des châtaignes, je n'ai jamais mangé autant de marrons de ma vie. Les Allemands se déchaînaient contre la population locale et nous étions tous ensemble soudés par une haine farouche des nazis et des fascistes. Les soldats de leur nouvelle république n'étaient pas trop dangereux, le grand risque était de tomber sur des Chemises noires, des fascistes fanatiques, alliés des Allemands. Les derniers temps, ils avaient peur, ils se savaient perdus, ils arrêtaient tout le monde et ne faisaient pas de quartiers. Mais quelqu'un veillait sur nous, les paysans disaient que c'était la Madone, leur Santa Maria Vergine… Tu parles ! Je ne pense même plus que c'est notre Dieu, Jéhovah, parce que je ne crois plus en rien… Sonia, nous nous en sommes sortis grâce à la chance et au hasard, tout simplement. Mais ces montagnards étaient si braves, tellement simples et courageux, capables de se priver de nourriture pour nous aider, que, de temps en temps, je disais comme eux « Grazie alla Madonna », *ils étaient tout heureux et leur foi m'émouvait. Cela les faisait tenir… L'hiver 1945, les parents Liberman ont été cachés dans une ferme isolée, David et moi nous avons rejoint un groupe de partisans. Il y avait plusieurs juifs parmi eux dont un de Saint-Martin qui s'appelle Lulu, tu te souviens ? Il a été dénoncé en février 1945, arrêté, livré aux nazis, torturé à mort mais il n'a jamais révélé notre cachette. Les Italiens ont dit qu'ils mettraient son nom sur une plaque à la fin de la guerre. Ils l'ont enterré avec les leurs.*

Moi, la fin de la guerre, je n'y croyais plus, même quand, en avril 1945, ils sont descendus dans la plaine pour aller libérer une grande ville industrielle qui s'appelle Turin. Ils n'ont pas voulu que je les accompagne, David était agent de liaison et circulait à bicyclette. Si tu voyais comme il parle bien italien maintenant ! En mai, à la Libération, les Italiens ne voulaient pas nous laisser partir, ils disaient que les communistes avaient besoin de jeunes comme nous. Mais on leur a dit qu'on devait aller retrouver nos mamma. *Ils se sont alors inclinés sans hésiter, il ne faut jamais abandonner la* mamma *!! On est partis à bicyclette rejoindre les parents à Fiestona, puis on est rentrés en France à pied. À Nice, dans un foyer d'accueil, on a réussi grâce à un soldat américain à avertir mes parents qui sont en Californie. Ils nous ont aussitôt envoyé de l'argent et nous ont dit de les rejoindre à Los Angeles où ils ont ouvert une teinturerie. On prend le bateau demain tous les quatre, je te laisse une adresse, écris-moi vite, dis-moi ce que tu deviens ? As-tu épousé ton Italien ? Es-tu rentrée en France ? As-tu retrouvé ta famille ? Maintenant, on sait où on emmenait les juifs pendant la guerre. Ces camps de concentration, on devrait dire d'extermination, aurait-on pu seulement l'imaginer ? C'est tout de même grâce aux Italiens que les*

Liberman et moi nous avons pu échapper aux Allemands, si tu vois toujours ton lieutenant, dis-lui merci de notre part. Je ne sais pas si mes parents ont compris qu'ils ne verraient plus jamais mon grand-père et ma grand-mère. Et moi, je ne suis pas sûre d'avoir compris vraiment ce qu'étaient ces camps abominables que j'ai vus une fois aux actualités, au cinéma, à Nice. David ne veut jamais m'en parler, moi, j'ai peur d'y penser.
Si tu reçois ma lettre, réponds-moi, si tu as des nouvelles des autres, raconte-moi… Je vais me marier avec David en arrivant en Californie, je suis enceinte, les Liberman pleurent de joie, moi, je ne sais pas trop ce que je dois penser. Tu crois, toi, que cela vaut encore la peine de donner la vie ? La vie ? Pour quoi faire ? En tout cas, je ne l'ai pas fait exprès. Je t'embrasse, toi qui fus ma grande sœur. J'espère de toutes mes forces recevoir une lettre de toi le plus tôt possible.

Judith

Le soir tombait, l'ombre du crépuscule gommait petit à petit les meubles de la salle à manger, Sonia regarda, les yeux embués, la petite Nina qui jouait près d'elle avec une poupée sans bras. Mettre un enfant au monde... Dans ce monde-là... N'était-ce pas une folie ? Pouvait-on oublier tous les dangers, les horreurs qui menaçaient un être neuf, la vie valait-elle encore qu'on la donne ? Non, plus rien ne justifiait qu'on puisse encore avoir envie d'un enfant. Nina ? Ce fut le symbole de l'amour fou qui la liait à Gian Piero, elle n'avait pas cherché à avoir un enfant, elle ne voulait que l'amour du père, elle voulait vivre pour ne plus quitter celui qu'elle avait cru perdre et l'enfant lui avait semblé un signe qui inscrivait son couple dans la réalité et le temps. Que son mari ne puisse plus lui faire d'enfant aujourd'hui, c'était plutôt une bonne chose, la vie ne méritait pas d'être donnée. Il y avait eu trop de morts pour que l'on puisse encore croire en elle. Seul Gian Piero pouvait la comprendre. Ils allaient vieillir tous les deux, main dans la main, unis par les drames qu'ils avaient traversés, elle laissait aux autres le soin de transmettre une vie dont ils avaient mesuré les folies. Elle se leva, prit une feuille de papier et écrivit à Judith :

Chère petite Judith,

Je suis si heureuse d'avoir de tes nouvelles et de savoir que tu t'es mariée. Tu as un enfant, c'est merveilleux, tu vois, la vie triomphe toujours. Moi, j'ai une petite fille qui s'appelle Nina, j'ai épousé en 1944 mon lieutenant dans un village de montagne… Tu vas retrouver tes parents qui t'attendent depuis si longtemps, les miens ont été assassinés par les Allemands. J'habite un grand appartement dans cette ville que tes amis ont libérée et je travaille pour l'usine de mon mari, je dessine des imprimés pour des tissus, de l'étamine de laine, de la soie, cela a beaucoup de succès, peut-être, un jour, nous exporterons aux États-Unis… Tu te souviens des filles russes, Larissa et Bella, elles ont disparu toutes les deux. D'après mon mari, Bella a été arrêtée en Italie par les Allemands, emprisonnée à Borgo San Dalmazzo avec plein de réfugiés de Saint-Martin, puis on les a expédiés à Nice et Drancy. C'est de là que partaient les convois pour les camps de concentration, Larissa a été raflée avec ses vieux parents. Je vous vois encore quand elles t'apprenaient à danser le foxtrot dans leur grande villa à côté de celle de tes grands-parents…

Sonia écrivit une longue lettre mélancolique qu'elle termina sur un ton plus gai :

Écris-moi, ton bébé doit être grand maintenant, raconte-moi l'Amérique, Gian Piero et moi t'embrassons tendrement, toutes mes amitiés aux parents Liberman.

Les années passèrent, Judith écrivait régulièrement, elle avait eu une petite fille qu'ils avaient appelée Hannah et que l'on surnommait Nina, « en souvenir de toi et de l'Italie, chère Sonia, puis un petit garçon que l'on nomma Simon, en souvenir de Simon Polsky, que ma grand-mère aimait beaucoup, on n'a pas de nouvelles de lui, peut-être est-il en Israël ? »

Les affaires allaient bien, les parents de Judith avaient acheté plusieurs teintureries et les Liberman travaillaient avec eux. David avait organisé un service à domicile, ils passaient prendre le linge sale dans les belles villas de Pasadena, une élégante banlieue de Los Angeles, et le rapportaient repassé, pendu sur des cintres de fer. Au début, les trois femmes repassaient, puis ils prirent du personnel. David continuait d'assurer les livraisons parce qu'il aimait conduire.

On gagne pas mal d'argent, nous sommes trois familles et nous vivons bien. Les parents ont acheté une immense maison blanche à colonnades, comme dans ce film qui a eu tant de succès, Autant en emporte le vent, *il y a un grand jardin, avec des arbres et une piscine et nous vivons tous ensemble. Parfois – je ne le dis qu'à toi – cela me pèse un peu, je suis en Amérique, c'était mon rêve mais je n'ai jamais dansé le fox-trot, je n'ai pas passé mon bac comme le voulaient tant mes grands-parents, David veut un troisième enfant, les parents ont fait connaissance de réfugiés juifs qui ont survécu aux camps et ils se rencontrent régulièrement pour parler du passé. Parfois, je repense à toi, à Saint-Martin, à la villa des Roses, à la petite maison sous la neige, dans la montagne, j'en ai la nostalgie. Comme dit David, je suis en train de devenir capricieuse. Il a pris rendez-vous pour moi chez un psychanalyste, cela se fait beaucoup, ici. Lui, il suit des cours du soir de littérature comparée, je ne sais pas si cela lui servira pour gérer les teintureries. Ils vont en acheter une quatrième. Nous vivons vraiment très confortablement, je parle bien anglais et mes enfants sont très mignons. La vie, tu vois, ma chère Sonia, n'est jamais comme on l'attend. Tant de gens sont morts et moi, j'ai tout pour être heureuse, mais je ne suis pas sûre de l'être.*

Sonia répondait toujours très vite à sa petite amie, elle la sentait fragile, perturbée, asphyxiée par la famille. Mais elle ne pouvait plus rien pour elle.

V

Le fantôme du cinéma

ELLE AVAIT PRIS L'HABITUDE, avec Gian Piero, de venir à Paris, chaque année, au mois de juin, fêter l'anniversaire de mariage de Nathalie, Nina restait à Turin avec ses grands-parents. Philippe était un brillant journaliste et Nathalie avait entrepris des études de philosophie, ils étaient restés dans l'appartement de la rue du Colonel-Moll et il y avait toujours une chambre qui les attendait.

Ce mois de juin de 1950 était imprévisible. À un temps magnifique succédaient des averses inattendues qui faisaient briller les trottoirs, danser les parapluies, et courir les jambes des femmes sous la pluie. Cet après-midi-là, Sonia et Gian Piero cherchèrent refuge au cinéma, ils entrèrent dans le cinéma Le Colisée, on y projetait un film policier américain : un officier enquête dans le Berlin dévasté de l'après-guerre à la recherche d'un espion à la solde des Russes. Il reçoit une lettre d'une

Allemande qui lui fixe un rendez-vous secret dans un immeuble en ruine.

Lorsqu'une porte branlante s'entrouvre et qu'une jeune fille apparaît sur l'écran, Sonia presse ses deux poings sur sa bouche pour étouffer un cri. Un gros plan dévoile le visage sensuel, la grande bouche bien ourlée d'une blonde platine, l'œil droit caché par une mèche à la Veronika Lake. Les lèvres de la fille bougent, elle avance et dévoile un corps mince sous une pauvre robe déchirée, elle parle, pleure, mais Sonia n'entend plus rien, elle a saisi une main de Gian Piero, elle pointe le doigt :

– Là, là… Gian, tu la vois…

Des voix irritées s'élèvent : « Silence ! »

Sonia essuie les larmes qui l'étranglent. Ce n'est pas possible, elle rêve… Un coup de feu claque, l'actrice s'effondre, disparaît, on ne la verra plus.

Ils restèrent tout l'après-midi dans la salle, le spectacle était permanent, avec le même billet, le public pouvait regarder autant de séances qu'il le désirait, ils revirent trois fois le film, écarquillant les yeux, chaque fois que revenait la courte séquence. L'escalier, la porte qui s'ouvre, le visage qui s'encadre, la mèche blonde, le coup de feu…

– C'est elle, Gian Piero, j'en suis sûre, elle s'est décolorée en blonde mais je la reconnais, c'est elle…

Elle, une revenante, Larissa Norsakov, la belle Russe que l'on disait disparue à Auschwitz.

Lorsqu'ils sortent, ils regardent l'affiche qui ne leur apprend rien.

– Je connais un monsieur qui travaille dans le cinéma, son bureau est là, tout près, rue de La Boétie, demain je l'appelle. Je dois retrouver la trace de cette actrice, je suis sûre que c'est Larissa.

– Tu as peut-être raison.

Gian Piero a passé un bras sur ses épaules et l'entraîne, cela fait plus de deux ans qu'il marche sans canne.

*

Jean-Marie Mounier a quitté la rue du Colonel-Moll depuis quatre ans, il habite Auteuil, elle le rencontre dans son bureau de la rue de La Boétie.

Il écoute Sonia avec attention, puis saisit son téléphone :

– J'appelle tout de suite le directeur du Colisée, il faut connaître le nom de cette petite actrice et la boîte américaine qui a produit le film. Saviez-vous que Le Colisée fut, en 1913, le premier cinéma construit sur les Champs-Élysées ? C'est la société Gaumont qui vient de le rénover entièrement, il va être inauguré dans quelques mois, le 29 septembre, avec *Orphée* de Jean Cocteau, un film dont je m'occupe, inutile de vous dire que je suis au mieux avec le directeur.

*

Il raccroche avec un grand sourire :

– Elle s'appelle Larissa Darvi et c'est la Metro Goldwyn Mayer qui produit le film, vous avez de la chance. En 1927, j'étais directeur du cinéma Madeleine qui appartenait à la Metro Goldwyn Mayer, plus tard, j'ai travaillé pour eux, je me chargeais de leur publicité en Europe, je les connais très bien. Je vais prendre contact avec Hollywood pour avoir l'adresse de cette Larissa Darvi... Vous dites qu'elle était dans un camp ?

– C'est ce que l'on me dit chaque fois que je viens à Paris et que je la cherche, elle s'appelait Larissa Norsakov, son père était producteur de cinéma avant la guerre...

Le visage de Jean-Marie se ferme, Norsakov... Il en a entendu parler. On l'a arrêté avec toute sa famille, ils ont disparu... Il hoche la tête sans faire de commentaires, il y avait de nombreux producteurs russes juifs dans le cinéma d'avant guerre... Beaucoup s'étaient réfugiés aux États-Unis. Il reconduit Sonia à la porte d'entrée.

– Vous voulez prendre une bière ? Moi, j'ai soif...

La jeune femme ne peut s'empêcher de sourire, il aime toujours la bière, M. Mounier.

– En vitesse, alors, j'ai rendez-vous avec ma sœur.

Ils descendent dans un petit bistrot qui jouxte le 128.

– Marcel ! Deux demis…

Il lui parle de son métier, c'est sa passion. Son patron, André Paulvé, a produit les films de Jean Cocteau, comme *L'Éternel Retour*, en 1943, en pleine guerre, avec Jean Marais et Madeleine Sologne, ou *Ruy Blas*, en 1947, de Herbert Billon, toujours avec Jean Marais, adaptation et dialogues du poète.

Jean-Marie Mounier devient intarissable :

– Pour *Ruy Blas*, on avait organisé une soirée de gala sous le patronage de Vincent Auriol, le président de la République, au cinéma Marignan, au bénéfice des œuvres de la Résistance du 8e arrondissement, avec une tombola. On a dansé dans les salons du Marignan avec l'orchestre de Camille Sauvage. Il y a deux ans, on a sorti *La Chartreuse de Parme* de Christian-Jaque avec Gérard Philipe, j'ai fait, au théâtre des Champs-Elysées, au mois de mai 1948, une grande première, un gala au profit des sinistrés de Lorient, un port réduit en ruine par les bombardements, les vedettes de cinéma devaient apporter des colis qu'elles remettaient dans des camions à des femmes habillées en costumes de Bretonnes, on demandait aux invités de prendre un filleul parmi les enfants malheureux de la ville sinistrée, ce fut une réussite…

« En ce moment, je travaille sur un film en costumes avec Simone Signoret et un acteur d'origine italienne, Reggiani, un homme ombrageux... On va l'appeler *Casque d'or*... On aurait eu du travail pour vous... Mais le film événement, c'est *La Belle et la Bête*, les costumes sont magnifiques, somptueux, ils ont été dessinés par Bérard, la luxueuse plaquette pour la sortie était à la fois précieuse et moderne, un peintre l'a illustrée, Jacquelin... C'est une époque extraordinaire... Le public nous suit, la presse nous suit... Paulvé, mon patron, pendant l'Occupation, a incarné le cinéma libre, on peut être fier d'avoir travaillé pour lui... »

Il ouvre un dossier qu'il avait porté avec lui et lui tend une brochure noire, haute et étroite, sur la couverture se détache un profil stylisé, au trait blanc et léger, signé Cocteau.

– Tenez, voici ce que j'ai fait réaliser pour la sortie d'*Orphée*, je vous en donne un exemplaire, l'artiste auteur des dessins et de la mise en page s'appelle Péron, René Péron... On aurait pu travailler ensemble madame Dao Ormena, mais ce que vous faites est très bien, les Italiens sont de grands coloristes et des artistes, vous allez faire une belle carrière.

Sonia n'ose pas lui dire que c'est grâce à lui qui, en 1945, lui avait dit : « Vous avez du talent. » Petite phrase magique qui lui avait insufflé de l'ambition et du courage. Elle admire la plaquette où des montages habiles réunissent des dessins d'inspiration grecque à des photos de Jean Marais, François Périer, Marie Déa et Maria Casarès. De temps en temps, l'écriture en volutes de Jean Cocteau serpente sur une page.

– Je vous enverrai un de mes tissus, cher monsieur Mounier et quelques-unes de mes esquisses, vous en ferez ce que vous voulez, le tissu… cela serait bien pour une robe… pour votre femme.

Il allume une cigarette, ses lèvres minces et sévères se desserrent sur un sourire encourageant :

– Vous aurez l'adresse personnelle de votre Larissa, soyez tranquille. Je vous téléphone dans une quinzaine de jours, à Turin… Saviez-vous que le cinéma italien est né au début du siècle à Turin ?

*

Sonia remonte les Champs-Élysées en serrant contre elle un petit coin de légende, *Orphée*, le mythe grec revu par le cinéma… Tant de guerres, tant de crimes, au cours des siècles et les mythes et la poésie ne meurent jamais. Orphée est descendu aux Enfers, les juifs aussi… Dans deux jours, elle va rentrer à Turin, Paris va lui manquer. Le cinéma, usine féerique, les paillettes qui miroitent, l'imaginaire qui danse sur les ruines d'hier, il n'y a de salut que dans le rêve. Jean-Marie Mounier lui a dit qu'il lui enverrait une invitation pour son prochain gala… Déjà, elle fait des projets, elle pourrait prendre contact avec ceux qui dessinent les costumes, avec les décorateurs et leur proposer des tissus, des motifs, des imprimés originaux. À Paris, son nouvel ami pourrait l'aider… En Italie ? Ce sera plus difficile, le néoréalisme triomphe, les acteurs sont vêtus de bouts de chiffons, les décors sont réduits au strict minimum. L'avenir, pour elle, à Turin, c'est la mode et le textile.

Ce ne fut pas facile de retrouver Larissa, elle changeait souvent de toit, tantôt elle habitait chez des amis, tantôt à l'hôtel, mais une secrétaire, d'origine italienne, désireuse de faire plaisir à cette dame qui téléphonait de Turin, se révéla plus débrouillarde que les autres et retrouva aux services de comptabilité l'adresse où la Metro Goldwyn Mayer lui avait envoyé son dernier chèque.

Elle habitait, elle aussi, Pasadena, qui n'était pas loin de Hollywood. Sonia n'en croyait pas ses yeux. Larissa et Judith étaient voisines et l'ignoraient ! Elle lui écrivit aussitôt, lui donna son adresse et celle de Judith. Trois semaines plus tard, elle reçut un télégramme :

– *Serai Paris trois jours pour tournage – Rendez-vous – 25 août à Saint-Martin – Amitiés. Larissa*

C'était un ordre. La famille Dao Ormena avait l'habitude de passer le mois d'août sur une plage de Ligurie, Alassio. Nina adorait cet endroit où elle avait de nombreuses petites amies de son âge. À 6 ans, elle était grande et vigoureuse, elle avait les yeux d'Elva, clairs comme l'eau où se reflètent les nuages du ciel, ce qui émouvait sa mère.

– Laisse la petite à mes parents, avait dit Gian Piero, prends la Fiat, Nice est à une centaine de kilomètres d'Alassio, tu tournes à Saint-Laurent-du-Var, sois prudente dans la montagne. Tu descendras à l'hôtel des Remparts, Mme Savino sera heureuse de te revoir, d'ailleurs il fallait lui rendre visite, ce n'est pas très gentil de la laisser ainsi sans nouvelles, elle qui a été si affectueuse avec toi.

– Tu ne viens pas avec moi ?

– Non, *cara*, ce n'est pas possible, je dois voir tous mes représentants pour leur soumettre ta collection, tu crées, moi, je fabrique et je vends. Chacun son travail.

Il avait ri et l'avait tendrement embrassée. Le retour de Larissa le troublait, remuer le passé ne pouvait que faire souffrir…

– Tu es sûre que c'est vraiment elle ?

– Oui, ma correspondante américaine m'a dit que les chèques étaient adressés au nom de

Larissa Norsakov, même si l'adresse était rédigée au nom de Larissa Darvi… Tu t'imagines… Je l'ai retrouvée… Je la croyais morte et elle m'est apparue, comme un fantôme, sur un écran de cinéma.

Épilogue

Revoir Saint-Martin

Sonia sonne à la grille de la grande villa des Norsakov, les fenêtres sont closes, le jardin à l'abandon, le soleil s'abandonne sur les murs noircis, un volet à moitié sorti de ses gonds pend à une fenêtre comme un blessé abandonné, aucun bruit dans la maison, on n'entend que les oiseaux qui volettent dans les branches. Sonia sonne de nouveau, elle insiste, habitée par un doute : Larissa, la fantasque, a peut-être changé d'avis, elle a raté son train, le tournage a été repoussé, la villa est déserte, le passé n'est pas au rendez-vous.

Mais en haut de l'escalier, la porte s'ouvre silencieusement, une longue silhouette, encadrée de cheveux roux, se profile. Larissa. Elle descend lentement, sans parler, sans un geste, elle porte sur ses longues jambes un pantalon blanc, un pull marin en coton moule ses épaules carrées. Elle descend, belle, maigre, les yeux mi-clos, en bas de l'escalier, elle pose une main aux longs ongles rouges sur une des barres de la grille d'entrée restée fermée, sa grande bouche frémit à peine, lèvres serrées. Elle regarde sans bouger la visiteuse, un rayon de soleil fait étinceler ses mèches rousses. La première image que les yeux éperdus de Sonia découvrent est celle d'un visage d'une beauté tragique derrière des barreaux. Les deux femmes s'observent dans un silence lourd. Il y a sept ans, elles étaient un soir en ce même endroit et se disaient au revoir, la peur au ventre.

– Ouvre, souffle Sonia.

Larissa fait jouer avec difficulté la poignée de fer.

– Elle est rouillée, dit-elle.

Ce fut sa première phrase.

Puis elle lève la main et caresse doucement la joue de Sonia :

– Ainsi tu m'as retrouvée, tu es venue, je n'y croyais pas trop, viens, suis-moi, allons dans la véranda ou ce qu'il en reste…

Elles montent l'escalier encombré de feuilles sèches et leurs pieds crissent sur les marches. En haut, Larissa pousse la porte qui s'écarte sans difficulté.

– Il n'y a plus de verrou, ils l'ont arraché, je ne sais pas pourquoi.

La véranda est vide, le sol jonché de vieux papiers, de morceaux de bois, un râteau abandonné barre le passage. Larissa l'écarte d'un coup de pied :

– Il y a eu les Allemands qui ont volé tout ce qui avait de la valeur, les petites icônes, les boîtes en laque, les chandeliers à sept branches en métal précieux, je te passe le reste… Après, des réfugiés s'y sont installés jusqu'en 1948. Ils ont cassé tout ce qui était en bois pour se chauffer. Aujourd'hui, grâce à des amis influents, on me rend ma baraque à tourelles. Je vais la faire restaurer et ainsi j'aurai un pied à terre en Europe, en Amérique, cela fait très chic.

Sa voix est basse, un peu mordante. Elle tire deux vieux fauteuils effondrés.

– Ces deux-là ont échappé au massacre, allez, Sonia, raconte-moi. Tu vis en Italie ? Ne me dis pas que tu as épousé le beau Dao Ormena !

Sonia sourit, elle se sent mal à l'aise, elle a épousé son lieutenant, elle a été protégée, les Allemands ne l'ont jamais attrapée, elle a eu juste un peu froid, juste un peu faim et elle a mis un enfant au monde dans de bonnes conditions. Elle raconte très vite, elle veut dire qu'on lui a tué son père et sa mère, mais les mots lui manquent.

– Et tes parents, Larissa ?

– Tu penses bien qu'ils n'ont pas tenu le coup, ils sont morts à Drancy, heureusement pour eux.

– Et Bella ?

Larissa a un soupir agacé, elle sort de sa poche un paquet de cigarettes, le tend à Sonia et ne répond pas.

– Tu es redevenue rousse ?

– Oui, à Hollywood, ils ont la manie des filles blond platine, de vieux souvenirs à la Jean Harlow, mais mon nouveau metteur en scène est moins conventionnel, il me voulait brune, j'ai obtenu de rester rousse.

Elle aspire une bouffée, ses joues se creusent, ses paupières se ferment, elle rejette la tête en arrière et souffle longuement la fumée. Elle suit des yeux les spirales lascives qui flottent dans l'air jusqu'à ce qu'elles disparaissent.

– Bella ?

Elle croise nerveusement ses jambes :

– Oui, Bella… J'ai rencontré une femme qui était avec elle…

Elle se tait et fixe ses pieds. Sonia ne dit rien, légèrement penchée en avant, attentive, elle n'ose pas bouger, elle devine que si elle fait preuve de la moindre maladresse, de la moindre curiosité trop hâtive, Larissa ne parlera pas. Plusieurs minutes passent. La cendre de la cigarette tombe à terre.

– Oui… Une femme… Elles s'étaient rencontrées à Borgo San Dalmazzo. Elles étaient toutes deux épuisées, elles s'étaient perdues pendant trois jours dans la montagne au col de Fenestre, c'est un berger qui les a secourues et les a guidées à Valdieri, là, les Allemands les ont arrêtées et conduites dans une caserne. Elles n'y étaient pas trop mal, la population locale leur apportait à manger, alors elles sont restées et puis, un jour...

– Je sais, Larissa, on les a renvoyées en France, à Nice, elles ont pris le train pour Paris.

– Des trains à bestiaux, tu n'as pas connu cela, toi... Ils sont allés à Drancy puis, de là, à Auschwitz, oui... à Auschwitz. Ma petite sœur est arrivée malade, une pleurésie, je pense, elle a toujours été fragile... L'air de Saint-Martin lui faisait beaucoup de bien... Alors, ils l'ont tout de suite envoyée... (Elle se tut, puis elle dit très vite :) Bref, ils l'ont gazée tout de suite. Moi, j'étais déjà dans le camp, je ne l'ai même pas vue, elle a été tout près de moi, pourtant, pendant quelques heures.

Elle se leva.

– Mais je n'ai pas envie d'en parler... Le camp... Tu voudrais savoir ? Tu n'imagineras jamais, tu ne comprendras pas. J'y ai vécu presque deux ans, je parlais allemand, cela m'a beaucoup aidée. Enfant, j'ai eu une gouvernante allemande. En janvier 1945, j'ai attrapé le typhus, on m'a envoyée à l'infirmerie, au milieu des mourants... Lorsque les Allemands ont fait partir tout le monde en une folle marche forcée parce que les Russes arrivaient, ils ont laissé les malades... Tout le monde mourait autour de moi... Quand le camp a été vide, je me suis traînée dehors… On m'a ramassée, je crois, on m'a soignée, je pense. Je m'en suis sortie. J'ai réussi à rejoindre les Américains. Et là…

Elle se mit à rire.

– Eh bien là, ma petite, je me suis bien débrouillée, il y avait un officier qui aimait bien les rousses, il m'a aidée, il m'a envoyée à Berlin. Des officiers américains, il y en avait beaucoup, j'en ai trouvé un qui rentrait aux États-Unis, je suis partie avec lui, je l'ai même épousé pour lui faire plaisir et puis je l'ai quitté parce que je voulais faire du cinéma, je veux être une star.

« J'ai divorcé. Je suis partie pour Hollywood. J'habitais dans des hôtels, parfois chez des hommes qui étaient bons. J'ai décroché des petits rôles… Et j'ai fait la conquête d'un producteur, j'habite aujourd'hui avec lui dans une très jolie maison d'une banlieue chic, Pasadena, mais nous allons emménager à Santa Monica… C'est la belle vie, tu sais, là-bas… Mon ami est très épris, très généreux, il veut m'épouser… On verra. Il dit qu'il veut des enfants de moi ! Il peut toujours attendre ! De toutes les façons, depuis les camps, je n'ai plus de règles… »

– Mais tu es toujours belle, Larissa, encore plus belle…

– Tu trouves ? Oui, ça, ils n'ont pas pu me le prendre… Écoute, Sonia, fais-moi plaisir, on ne parle plus de tout cela. On s'est retrouvées, on est en vie toutes les deux. Ça s'est bien passé pour toi, je suis contente. Tu as retrouvé ta famille ?

– Ma sœur, oui, ils ont tué mes parents.

– C'est bien. (Larissa se redressa, elle n'avait pas écouté.) Inutile de remuer tout cela, de toutes les façons, les gens, cela ne les intéresse pas, ils ont peur, ils ne peuvent pas comprendre… Tout ce qui s'est passé là-bas, dans l'Europe de l'Est, personne ne le racontera, ils ne sauront jamais, ou alors, cela prendra des années…

– Tu vas garder ta maison ?

– Oui, je te l'ai dit. Mon ami est riche, il m'a promis de faire des travaux, de tout rénover, de mettre le confort américain, plusieurs salles de bains, des douches… On fera une piscine, on construira une grande terrasse où l'été on pourra danser au bord de l'eau – c'est comme ça en Californie – et j'organiserai des fêtes, il faudra que tu viennes, on s'amusera, il y aura un orchestre américain, un orchestre de jazz… Tu vas voir… Et toi ? Tu as vu, la villa des Roses, où habitaient les grands-parents de ton élève, est à vendre… Si tu l'achetais, on pourrait se voir quand je viens… Ton mari a de l'argent ?

– Nous travaillons ensemble.

– Oh ! raconte-moi… c'est plus intéressant que le passé…

– Tu sais que la petite Judith habite aussi Pasadena, elle est mariée, elle a deux enfants…

Larissa eut un grand sourire et Sonia la reconnut enfin…

– La petite Judith ! Je lui avais appris à danser le fox-trot, je lui téléphonerai, je lui apprendrai le boogie-woogie, j'espère qu'elle aime le jazz…

– Bonne idée, elle s'ennuie…

Elles avaient parlé tout l'après-midi. Le soir, elles étaient allées dîner chez Mme Savino qui leur servit un vrai festin.

– Vous revoir toutes les deux… Quelle joie, mon Dieu, quelle joie… Je regrette pour la petite Bella, pauvre enfant…

Sonia lui fit signe de se taire mais Larissa semblait ne pas avoir entendu.

– Vous savez, madame Savino, qu'ils nous ont tout volé, nos remplaçants… Ce n'est pas grave, on va la reconstruire notre maison, on fera un bassin avec des jets d'eau dans le jardin, là où la vue sur la montagne est si belle. J'organiserai des fêtes avec des feux d'artifice. Cela plaira beaucoup à mon ami… Je viendrai entre deux films me reposer, j'espère beaucoup tourner, je veux être une star.

– Oh ! oui ! soupira Mme Savino, vous l'avez bien mérité… C'est comme la villa des Roses, elle est à vendre, bien retapée, ça aussi, c'est une belle maison.

Pendant deux jours, elles se promenèrent dans le pays. Sonia ne parla plus du passé pour ne pas faire souffrir sa compagne. C'est Larissa qui eut l'idée :

– Et si on allait voir la grange où on dansait ? Tu crois qu'elle existe encore ?

Elle n'existait plus.

– J'aurais bien voulu voir les gamines de Mme Savino, elles ont dû grandir, tu les as vues, toi, Sonia…

– Non, elles sont à Nice où elles travaillent dans un restaurant, elles veulent aller à l'université.

Sonia accompagna Larissa à Nice qui prit le train pour Paris. La jeune femme allait rentrer aux États-Unis, elle écrirait, elle reviendrait, elles ne se perdraient plus jamais. Elles seraient comme deux sœurs.

La voix de Larissa se fit grave :

– Je suis contente que tu m'aies retrouvée, je croyais que tout le monde était mort, te revoir m'a redonné l'envie de vivre… Parce que tu sais, quand je dis que je veux être une star, en fait cela m'est égal, tout m'est égal… Mais maintenant que je t'ai revue, j'ai changé, je vais essayer de m'en sortir, pas seulement de survivre. Cela serait si bien si tu achetais la villa des Roses…

*

Accroupie dans l'herbe, concentrée, Sonia creuse avec une petite truelle des trous profonds, bien réguliers, elle se relève en essuyant ses mains sur son pantalon, elle compte les rosiers, il y en a bien vingt comme du temps de Mme Weill. Elle s'accroupit de nouveau, s'empare de chaque plant, enfonce les racines et tasse soigneusement la terre, il ne lui reste plus qu'à arroser. La jeune femme est absorbée par son travail, sur son front perlent des gouttelettes de sueur, rien ne la distrait de son labeur.

Lorsqu'elle était rentrée de Saint-Martin, il y a plus d'un an, elle avait aussitôt raconté son voyage à Gian Piero. Assis sur le canapé du salon, il lui caressait les cheveux. Nina, exténuée par les nombreux bains de mer, s'était endormie sur une couverture près d'eux. La maison d'Alassio était silencieuse. Gian Piero était venu passer le week-end, les affaires allaient bien, l'après-guerre s'accompagnait d'un essor économique incroyable, mais ce soir, ce qui l'intéressait, c'était le voyage de sa femme.

– Elle a dit cela, Larissa ? Acheter la villa des Roses ? Et toi, ma Sonia, qu'en penses-tu ?

Sonia hésitait, ne répondait pas.

– Sonia, tu veux qu'on achète cette villa, cela te ferait plaisir ? Ce village français où nous nous sommes connus... Il n'est pas loin de l'Italie, une maison à la montagne, c'est toujours bien l'été quand il fait trop chaud à la mer, je voulais acheter quelque chose du côté de Sestrières, mais Saint-Martin... Oui... Pourquoi pas ? Saint-Martin, c'est notre histoire, à toi, à moi... Elva est trop haut, trop isolé, la route est dangereuse. Le pays affaibli. Sur les soixante garçons qui sont partis à la guerre, plus de la moitié a été tuée, on les avait envoyés en Russie. Enfin, ma chérie, c'est à Saint-Martin que nous nous sommes rencontrés, que nous nous sommes aimés pour la première fois, quand j'étais jeune et fort, tu te souviens ? Je n'oublierai jamais... Je dois mon bonheur à ce village.

Il était si tendre, si romantique, Gian Piero...

Il s'enthousiasmait, le week-end prochain, on irait en France, on irait voir l'agence immobilière du pays, il fallait se dépêcher, si c'était une bonne affaire, la maison serait vite vendue, elle est si près de la Côte d'Azur...

Sonia, émue, le regardait s'agiter, faire des projets...

– Il y aura sûrement des travaux à faire. On installera une chambre pour Nathalie et Philippe, une pour leurs enfants, puisque Nathalie est enceinte. Tu crois qu'il y a de la place pour une piscine, une petite piscine pour Nina ?

La villa des Roses fut-elle une bonne affaire ? Sonia n'en sut jamais rien, mais Gian Piero l'avait achetée la semaine suivante. Les travaux commencèrent aux beaux jours et ils y passèrent tout le mois d'août 1951. Nina, pleine de joie, grimpait dans la montagne avec sa petite amie italienne et se baignait dans les cascades. Gian Piero pêchait la truite, Nathalie et Philippe étaient venus avec le bébé, Sonia avait installé son atelier dans les combles. Souvent, elle guettait par la fenêtre la villa à tourelles des Norsakov. Larissa, dans ses rares lettres, disait toujours qu'elle allait lancer de grands travaux mais la maison restait sombre et déserte. La musique, les rires, les chansons, les cris d'enfants emplissaient le jardin de la villa des Roses, celui des voisins restait silencieux. Larissa était si loin, de l'autre côté de l'océan, et elle écrivait de moins en moins.

Judith avait été la première avertie de l'acquisition de la maison, elle avait applaudi quand elle avait reçu la nouvelle, elle viendrait, elle aussi, dès que son troisième enfant serait né, il y aurait toujours de la place pour elle, lui avait écrit Sonia et la chambre d'enfants était immense. Judith n'avait jamais eu de nouvelles de Larissa.

*

Sonia recule de nouveau pour admirer son travail. Elle frissonne. En novembre, il fait froid à la montagne. Elle est venue en coup de vent de Turin pour planter les roses, car c'est en novembre qu'il faut faire les plantations si on veut qu'elles prennent bien… À la sainte Catherine, tout prend racine, disait Mme Savino.

Lorsque la sonnette de la grille tinte, elle a un soupir d'agacement. Elle accepte de moins en moins les incursions dans ses pensées, les imprévus qui dérèglent son programme, elle jette un coup d'œil en bas du jardin. Une silhouette d'homme se profile, Sonia hésite, elle est si pressée, elle a plein de tâches à mener à bien avant de fermer la maison et de rentrer en Italie, elle descend de mauvaise grâce mais sans méfiance.

– Monsieur ?

Il est très maigre, pas très grand, un peu chauve, un visage aux traits ronds, buriné, avec des poches profondes sous les yeux. Il n'est pas habillé comme les gens d'ici, c'est un homme de la ville qui cherche son chemin.

Elle répète sèchement :

– Monsieur ? Que puis-je pour vous ?

L'homme pose la main sur la porte et la secoue légèrement.

– Tu ne me reconnais pas ?

Il la tutoie, elle fronce les sourcils :

– Vous reconnaître ?

Un silence s'installe, lui, baisse la tête et a un geste accablé de la main :

– Alors, n'en parlons plus. (Il attend quelques secondes.) Madame… Puisqu'il semble que je ne puisse plus vous appeler Sonia.

C'est en l'entendant prononcer son nom qu'elle le reconnaît, il l'avait toujours prononcé d'une façon qui lui était propre, avec une inflexion russe.

Elle reste debout devant la grille, médusée, elle ne pense même pas à ouvrir la porte, elle a un léger tremblement dans la voix :

– C'est toi ?

L'homme souffle tout bas :

– Eh oui ! Je n'aurais pas dû venir ?

Elle ouvre la porte brutalement et se jette dans ses bras :

– Oh si ! Tu as bien fait ! Je ne savais même pas si tu étais vivant… Comment m'as-tu trouvée ?

Il la serre dans ses bras et sa voix cassée monte dans les aigus, les mots se bousculent.

– C'est Mme Savino. Je suis arrivé au bon moment, par hasard… Et tu es là…

– Entre, Simon… Tu boites ?

Elle faillit dire : « Toi aussi… »

– Ce n'est rien, j'ai été blessé à Colmar avec l'armée de Delattre, c'est du passé. Tu n'as pas changé…

– Ne dis pas de bêtises, nous avons tous changé.

Dans la salle à manger qui sent encore la peinture, elle sort deux verres et de la liqueur de gentiane.

– Tu veux des gâteaux secs ? Ils sont bons, c'est la boulangère d'ici qui les confectionne.

Simon déplace sa jambe sur le fauteuil avec une petite grimace.

– Tu as mal ?

– J'ai trop marché, ce matin, je suis allé dans le vallon de la Madone voir si la grange où nous dansions est toujours là. Elle a été démolie…

Sonia tire une chaise et s'approche de Simon.

– J'ai demandé de tes nouvelles à Cristoforo, tu sais, le berger contrebandier, il ne savait rien… Tu n'es pas parti dans la montagne ?

– Non, j'ai quitté Nice juste avant l'arrivée des SS, tu m'avais abandonné, pourquoi serais-je resté ? J'ai rejoint la Résistance, j'avais déjà travaillé avec des maquisards, nous sommes allés en Haute-Savoie, ce fut très dur, les miliciens étaient partout, de vrais salauds qui nous traquaient, ils étaient armés par les Boches, nous avons eu des pertes terribles, on a dû battre en retraite… Une sale guerre, sans merci…

– Et après, qu'as-tu fait ?

Après ? Simon s'est battu pour libérer la France. Le 16 août 1944, de Lattre de Tassigny débarque en Provence avec les Alliés, à la tête d'une armée de cinq cent cinquante mille hommes, des Français d'Algérie, des Marocains, des Tunisiens, des Algériens, ils libèrent Toulon, Marseille, remontent le Rhône, libèrent Lyon.

– À Lyon, ils nous ont intégrés dans l'armée régulière qui avait rejoint la deuxième division blindée. Et on a remonté le Rhin, devançant les Alliés, on a conquis Belfort, Mulhouse, Strasbourg, on est restés bloqués à Colmar, « la poche de Colmar », les Allemands ont entamé une terrible contre-offensive, ils se battaient comme des lions, avec l'énergie du désespoir, c'était la fin du mois de janvier, le temps était épouvantable, cela a duré plusieurs semaines, le 2 février on a attaqué pour libérer la ville, un enfer qui a duré plusieurs jours, il y a eu plusieurs milliers de morts, on était mitraillés en permanence, on avançait en rampant, un obus est tombé sur nous, mes deux copains ont été tués sur le coup, moi j'ai eu de la chance, j'ai été blessé mais je suis toujours en vie. Et à la fin du mois de mars, les Français ont passé le Rhin. Ils ont conquis Karlsruhe, Stuttgart, ils ont franchi le Danube jusqu'à Ulm… Sans moi… J'ai appris la capitulation des Allemands, j'étais à l'hôpital… Tout de même, j'étais bien content, j'aurais bien voulu aller avec de Lattre jusqu'à Berlin, mais enfin, je suis toujours là… Je ne vais pas me plaindre…

– Ils sont bons tes gâteaux, ils ont changé de boulanger ?

– Non, c'est Rose, la fille, qui a repris le magasin et maintenant, on a du beurre et des œufs…

Simon se lève et arpente la pièce en traînant la jambe, il regarde les céramiques d'Albissola que Sonia a apportées d'Alassio, il se penche.

– *Made in Italy*, je vois… Alors tu as acheté la villa ? Tu en as fait des travaux, dis donc ! Il y a même une petite piscine, tu as les moyens… Tu vis ici ? Non, bien sûr, tu vis où ? En Italie ? Oui ? Tu vis avec ce type, ce Dao Ormena ? Je me souviens… Une rencontre miraculeuse, c'est bien ce que tu disais, à l'époque, non ? Tu es toujours avec lui ?

– Nous nous sommes mariés au printemps 1944, dans une petite église de montagne…

Simon passe une main nerveuse sur sa jambe blessée.

– Ah non ! Tu ne t'es pas mariée avec un goy dans une église, après tout ce qui s'est passé ! Tu es complètement folle… Tu as des enfants ?

– Une petite fille.

– Maintenant tu vas me dire que tu l'as fait baptiser !

– C'était la guerre, les nazis étaient partout en Italie du Nord, ils nous traquaient. J'avais une famille italienne, un nom piémontais, un certificat de baptême pour moi, pour ma fille. Nous étions protégées.

Simon lui jette un regard de biais, elle a fait un mariage de raison pour échapper au péril, pas un mariage miraculeux.

Il a l'air un peu rassuré.

– Bien sûr, je comprends.

– Non, tu ne comprends pas, oui, j'ai été protégée mais j'ai fait un mariage d'amour. J'ai vécu avec lui, au milieu des partisans, les plus beaux moments de ma vie et puis j'ai été enceinte et je me suis réfugiée dans un pays de montagne, Elva, très haut, très isolé, pas loin de la frontière française, où tous les habitants ont les yeux d'un bleu incroyablement clair.

– Ta fille ?

– Elle a les yeux d'Elva et elle s'appelle Adriana, nous l'avons surnommée Nina.

– C'est mignon. (Il tire un fauteuil et s'assoit près de la jeune femme.) Sonia, il faut que je te parle. Tes parents… Tu as su, n'est-ce pas ? Moi, en 1943, j'avais eu des renseignements par mes amis résistants, je leur avais demandé de chercher… Et un jour, ils sont venus me voir et m'ont appris la mort des tiens. Je suis monté tout de suite à Saint-Martin, pour t'avertir, pour t'expliquer, te consoler, t'aider… Je suis arrivé, je ne t'ai pas trouvée, je suis allé à la vieille grange, les autres dansaient, et tu n'étais pas avec eux. Je t'ai attendue toute la nuit, près de l'hôtel des Remparts, et je t'ai vue arriver au petit matin, ta robe froissée, les cheveux en désordre. Oh ! Je te vois comme si c'était hier, je n'arrivais pas à le croire, tu avais passé la nuit avec ton Italien, et tu me le disais, l'œil provocateur, à moi qui t'aimais... Tu le savais que je t'aimais ? Depuis le premier jour, comme un idiot... C'est un miracle, tu disais... Et moi, je souffrais... Alors je suis parti, je ne t'ai rien dit pour tes parents... C'était mieux comme cela, te laisser dans tes rêves, tu préférais les miracles à la réalité ! Tu ne m'aurais même pas cru. Pourquoi te faire souffrir, les mauvaises nouvelles ne sont jamais urgentes, on les découvre toujours assez tôt... Je voulais te le dire... Il ne faut pas m'en vouloir. Moi, je ne t'en veux plus... Et pourtant, j'ai tant rêvé de toi, de t'épouser. On était différents, mais nous étions juifs tous les deux, au fond tu nous as tous trahis.

– Je l'aimais. Je l'aime. Le reste, c'est votre affaire... Continuez de vous battre si vous voulez, mais sans moi. De toutes les façons, ma mère m'approuve.

Simon la regarda avec inquiétude et étonnement.

– Ta mère... Sonia, elle est morte, tu le sais bien, que me racontes-tu ?

– Tu ne peux pas comprendre. Ma mère et moi, nous nous entendons très bien, nous ne nous quittons plus.

– Chère Sonia, es-tu allée sur sa tombe ?

– Oui, je sais, ils l'ont enterrée au Mans, avec papa, mais moi, je ne vais jamais sur les tombes. Mes parents sont avec moi, ne me quittent pas et ils sont contents de ma vie, de celle de Nathalie, ma sœur. J'ai toujours su qu'ils étaient morts en janvier 1943, n'insiste pas, tu ne peux pas comprendre…

Simon recula, légèrement effrayé.

Sonia reprit la conversation, comme si de rien n'était :

– Et toi, que fais-tu ? Tu es marié ? Pourquoi es-tu à Saint-Martin au mois de novembre ?

Simon était marié à une jeune juive polonaise, ils avaient deux enfants. La famille avait créé, rue d'Aboukir, à Paris, une entreprise de prêt-à-porter et il était descendu sur la côte rendre visite à des clients. Lorsqu'il s'est trouvé à Nice, le passé lui a sauté au visage. Il a loué un taxi et est monté à Saint-Martin. Il est allé déjeuner à l'hôtel des Remparts et Mme Savino l'a averti de la présence de Sonia.

– Dépêchez-vous, je crois qu'elle repart, ce soir…

Ils sont là, face à face, plus émus qu'ils veulent bien le laisser paraître. Dans le silence de la pièce retentissent les chants yiddish, les rires, l'accordéon.

– Tu te souviens du tango des juifs russes ? Et de la valse *Tumbalala Tumbalalaïka* ? Tu valsais si bien… Maintenant je ne pourrais plus, avec ma jambe raide… Mais peut-être valses-tu avec ton mari, les Italiens aiment la musique.

– Mon mari aussi a été blessé, il a failli rester paralysé…

– Excuse-moi, nous sommes tous un peu boiteux aujourd'hui…

– Tu te rappelles la petite Judith ? Elle a perdu ses grands-parents mais elle a retrouvé son père et sa mère, elle vit en Amérique, elle s'est mariée avec le jeune Liberman.

– Enfin une bonne nouvelle. Les belles Russes, elles, sont mortes, avec leurs parents…

– Pas Larissa, je l'ai revue, elle veut faire de grands travaux dans sa villa, elle fait du cinéma à Hollywood.

– Elle faisait… Elle s'est suicidée, il y a trois mois… Je l'ai appris par le patron de l'agence immobilière qui déjeunait à côté de moi chez Mme Savino… La maison est en vente. Si elle n'était pas si chère, je l'aurais bien achetée… Oh ! Sonia, tu es toute pâle, tu ne savais pas ? C'est vrai, tu l'aimais bien… C'était ton amie… Ce qu'elle pouvait m'énerver avec ses produits de beauté, son Rimmel qu'elle voulait que je lui achète ! Mais c'était une fille courageuse, il paraît qu'elle n'a pas suivi les autres dans la montagne, elle n'a pas voulu abandonner ses parents malades et a préféré se faire arrêter avec eux.

Il se tait, ses yeux gris se brouillent, il dit d'une voix rauque :

– Auschwitz a mis du temps à la tuer, mais ils y sont arrivés. D'après le type de l'agence, elle se serait pendue.

Sonia crie, puis le silence s'installe dans la pièce.

– Tu ne vas pas pleurer, Sonia, ma chère petite Sonia… Je te demande pardon, j'ai été brutal… Non, ne pleure pas…

– Je ne pleure pas.

Il la prend dans ses bras, très doucement, il lui caresse les cheveux et la berce longuement en silence.

Sonia, dans un coin de la pièce, devine la grande silhouette et les cheveux roux de Larissa avec son pull de marin, elle fume et l'observe d'un regard ironique. La fumée de la cigarette l'enveloppe d'un nuage blanc, ses ongles laqués de rouge brillent dans la pénombre. Elle sourit.

– Tiens, voilà un mouchoir, souffle la voix de Simon.

Sonia parle tout bas parce qu'elle a peur de faire fuir son amie.

– Ce n'est pas vrai, Simon, elle n'a pas pu faire cela. Elle m'avait donné rendez-vous à Saint-Martin, elle m'avait promis que l'on ne se quitterait plus et m'avait dit d'acheter la villa des Roses pour que nous soyons voisines, non, Simon, elle n'a pas pu me mentir comme cela.

– Elle ne t'a pas menti, elle a rêvé d'être heureuse mais c'était sans doute au-dessus de ses forces. Tout ce qu'on lui a fait… J'aurais dû lui acheter son Rimmel, tu vois, je regrette, cet été-là, à Saint-Martin, tout était permis, Sonia, j'aurais dû lui acheter du Rimmel…

*

Elle regarde Simon s'éloigner sur la route en boitant, il se retourne et lui fait un signe de la main. Elle lui crie d'une voix enrouée :

– N'oublie pas de m'avertir quand ton troisième bébé sera né. J'attends des photos… Je t'enverrai celle de ma fille…

Il agite le bras de nouveau, et se met à siffler le tango des juifs russes.

Elle rentre et ferme lentement la grille du jardin, elle lève les yeux, les tourelles sombres et délabrées de la villa des Norsakov trouent le ciel de leurs silhouettes grises, comme deux fantômes maléfiques. C'est fini, elle n'entendra plus jamais la voix de Larissa qui l'appelle de la route, la maison est déserte, le jardin abandonné et envahi d'herbes sauvages, le volet brisé achève de se détacher de la fenêtre. Il n'y aura pas de piscine ni de feux d'artifice.

La jeune femme a un frisson, elle remonte en courant l'escalier, entasse rapidement des vêtements dans un sac de voyage, ferme à la hâte la maison, descend dans le jardin et jette un coup d'œil sur les roses fraîchement plantées, elle murmure à voix basse :

– Adieu, Larissa. Adieu, les roses…

Elle sort la Fiat du jardin et démarre en faisant grincer la boîte de vitesses, le crépuscule envahit petit à petit la montagne, la voix tendre de Gian Piero résonne dans ses oreilles : « Elle t'a dit ça, Larissa ? Elle t'a conseillé d'acheter la maison ? »

Sonia ralentit. Elle descend sur la côte, direction Vintimille, elle rentre chez elle, elle a hâte de voir son mari, sa petite fille. À Noël, ils iront à Paris, chez Nathalie. Elle invitera sa sœur avec Philippe et leur bébé à venir passer les vacances de Pâques à Saint-Martin, elle écrira à Judith de venir avec ses trois enfants. La vie continue. Au fond, l'agent immobilier s'est peut-être trompé. Que savait-il exactement ? Pourquoi Larissa ne serait-elle pas là, elle aussi ? Il y a tant de travaux à faire dans cette villa délabrée et elle voulait tout le confort américain.

*

Gian Piero l'attend dans le salon.

– Je n'aime pas te savoir seule sur les routes, la prochaine fois, les roses attendront et je viendrai avec toi.

Elle lui raconte tout et les mots se bousculent, elle bégaie d'émotion, de chagrin et de fatigue. Il la prend dans ses bras, il voudrait la consoler mais il oublie vite Larissa, il est jaloux parce qu'elle a vu Simon, il a peur qu'elle l'aime moins, tourmenté par sa blessure, il aura toujours peur qu'elle l'aime moins.

– Tu es restée longtemps avec Simon ? Dis-moi, tu étais contente de le revoir ? Tu l'as cherché ou c'est lui qui est venu ?

Et Sonia doit trouver les mots qui le rassurent et l'apaisent.

– Il va avoir un troisième enfant, il a l'air heureux, lui aussi a été blessé, il a beaucoup vieilli... Il a une jolie femme polonaise comme lui... Il était là par hasard, il a des clients à Nice...

Elle le caresse, ses lèvres s'installent au creux de son cou, dans une niche tiède et douce qu'elles connaissent si bien, le murmure de leurs deux cœurs se confond.

Elle lui dit qu'elle l'aimera toujours et une vague tranquille l'envahit, ils sont tous les deux ensemble, serrés l'un contre l'autre, ils sont vivants. Elle caresse tendrement sa chevelure emmêlée, et ferme les yeux. Sur l'écran de ses paupières défilent la rue du Petit-Ruisseau, l'hôtel Terminus, la grotte dans la montagne, la haute stature du jeune lieutenant penché sur elle, la fulgurance de leurs corps qui s'étreignent dans la neige, le départ vers Elva... La chanson des partisans : *O bella ciao...* qui accompagne leur plaisir... Ils se sont tant aimés... Ils en ont pour la vie.

Remerciements

Je remercie, ici, Serge Klarsfeld qui m'a communiqué amicalement les livres et les informations qui m'étaient nécessaires.

Je remercie aussi Danièle Baudot Laksine (www.bergier.fr) qui travaille sur la vallée de la Vésubie depuis plus de trente ans et a eu la patience de relire mon manuscrit.

Grazie à Alberto Cavaglion, historien de l'université de Turin.

Grazie à Daniela Dao Ormena qui m'a prêté son nom et m'a fait découvrir Elva.

Merci à mes amis Paul Schaffer et Léo Berger qui ont vécu ces terribles moments de l'histoire. À Maurice et Georges Hilleret, résistants et témoins privilégiés pendant la guerre dans la Sarthe.

Table

Dans la même collection

Les textes de la collection Terre de poche nourrissent la mémoire collective à travers des histoires fortes, des récits de voyage, des documents historiques ou des chroniques intimes.

AGUILLON Arlette
La Maîtresse du moulin
Le Puits aux frelons

ALIA Josette
Le Pensionnat

AMOUROUX Henri
La Vie des Français sous l'Occupation

ANGLADE Jean
Le Chien du Seigneur
Le Pain de Lamirand

AUBARBIER Jean-Luc
Les Démons de sœur Philomène

AUCOUTURIER Alain
Le Milhar aux guignes

AUDIDIER Robert
Les Sentiers de traverse

AUDOUX Marguerite
Marie-Claire

AUJOULAT Noël
Le Village perdu

BATUT Maryse
Les Monvalan

BELARD Paul
Moissons d'enfance

BESSON André
Folle avoine
La Grotte aux loups

BORECHE Adrien
La Fille de la meunière

BORDES Gilbert
Le Chat derrière la vitre

BOUCHET Maurice
La Fille du pertuis
Les Souliers ferrés

BOUDOU Josette
La Maison d'école
Les Grillons du fournil

BOURRET Johan
Dans la gueule du loup
Sœur Charité

BOUSSUGE Micheline
La Maison d'Anaïs

BRIAND Charles
Le Seigneur de Farguevieille

CABROL Laurent
L'Enfant de la Montagne noire

CAPPEAU Marie-Nicole
Chantemerle
La Mule blanche

CASTELAIN Anne-Marie
Les Amours de Louise
Le Loup du marais

CHALAYER Maurice
Un buisson d'aubépine

CHAUVIGNE Jean
Le Secret de Marie

CLEMENT-MAINARD Michelle
La Foire aux mules
La Fourche à loup

COMBE Rose
Le Mile des Garret

CORNAILLE Didier
Le Forgeron d'Eden
Le Vent des libertés soulevait la terre
Le Vol de la buse
Les Gens du pays

COSMOS Jean
La Dictée

DE MAXIMY Hubert
Le Bâtard du Bois noir

DE MAXIMY René
La Ferme des neuf chemins
Le Puits aux corbeaux

DE PALET Marie
La Tondue
Les Terres bleues
Retour à la terre

DECK Olivier
Cancans
L'Auberge des Charmilles
La Neige éternelle
Les Chopines
Les Rumeurs du Gave

DEFAY Renée
Tes petits pieds dans la trace de mes sabots

DELPASTRE Marcelle
Les Chemins creux
Cinq heures du soir

DESVIGNES Lucette
Le Miel de l'aube

DIMITRIADIS Dicta
Le Nid de la hulotte

DODANE Michel
Les Enfants de la Vouivre
Les Enfants de la Vouivre - Les Herbes noires
Les Enfants de la Vouivre - La Malédiction des Mouthier

DOURIAUX Hugues
Le Clos des grognards
Le Temps des loups

DUBOIS Yvonne
Couleur de terroir
La Vallée des cyclamens

DUFOUR Hortense
Au vent fou de l'esprit
Ce que l'océan ne dit pas
La Fille du saulnier
Le Bois des abeilles

DUPUY Daniel
Fontcouverte
Les quatre Jeudis

DUTRONC Robert
La Maison des Chailloux

EXBRAYAT Charles
Rachel et ses amours

FABRE Jean-Luc
L'Eté des Fontanilles

FEUILLERAT André
La Clef des champs

FRONTENAC Yvette
L'Etoile rousse
La Demoiselle du presbytère
Les Années châtaignes

GAGNON-THIBAUDEAU Marthe
La Boiteuse

GALONI Pierre
Le Pitaud

GAMARRA Pierre
Le Maître d'école

GENEVOIX Maurice
Le Jardin dans l'île

GERAUD Roger
Le Pré derrière la grange
Les Vaches rouges

GIMBERT Yveline
L'Ombre des chênes

GLEIZE Georges-Patrick
La Vie en plus
Le Chemin de Peyreblanque
Le Destin de Marthe Rivière
Le Sentier des pastelliers
Le Temps en héritage

GRIFFON Robert
Au bonheur du pain
Le Bedeau de la République
Le dernier Forgeron

HEURTE Yves
Le Pas du loup

JAILLER Isabelle
La Ferme des hautes terres

JEURY Michel
La Classe du brevet
Le Crêt de Fonbelle

JUDENNE Roger
Drôle de moisson
La Maison d'en face
Les bons Jours

JULIEN Henri
La Bâtisse aux amandiers

LABORIE Christian
L'Appel des drailles
L'Arbre à pain
L'Arbre d'or
Le Brouillard de l'aube

LACOMBE Michel
Les Brûlots de paille

LAFAYE Claude
La Maison de l'espoir

LARDREAU Suzanne
Orgueilleuse

LAURENT Jean-Paul
L'autre Montagne
La Ferme aux loups

LAVAL Henri
Le Chemin des souvenirs

LEMAIRE Philippe
Le Chemin de poussière
Les Vendanges de Lison

LIMOUZIN René
Les Cèpes de la colère

LOUTY Pierre
Léonard, le dernier coupeur de ronces
Les Fiancés de la Briance

MAGNON Jean-Louis
Les Hommes du canal

MALROUX Antonin
La dernière Estive
La Noisetière
Le Soleil de Monédière
Un fils pour mes terres

MAMERE Noël
Gens de Garonne - Les Forçats de la mer
Gens de Garonne - Le Combat des humbles
Gens de Garonne - La Malédiction des justes

MAZEAU Jacques
De l'autre côté de la rivière
La Ferme d'en bas
La Malédiction de Bellary
La Rumeur du soir

Le Pré aux corbeaux
Le Retour de Jean
Terre de sang

MOUCHEL Jean
Le Fils d'Hélène

NEDELLEC Gérard
L'Ecole de monsieur Paul

PELISSIER Patrice
L'Ange et le loup

PERREVE Paul
La Burle
Les Galoches rouges

PEYRAMAURE Michel
Le Bonheur des Charmettes
Le Château de la chimère
Les Flammes du Paradis

PINCE Jacques
Les Blouses grises
Premiers sillons
Tustou et Marie

PLAIT Annie
Les longues Saisons

PLUCHARD Mireille
Halix de Bagard Dame de soie

POURRAT Henri, L'OLAGNE Jean
Sur la colline ronde

PRORIOL René
Antoinette, une vie de femme en 1900

PUIJALON Bernadette
Le Moulin des retrouvailles

QUEREILLAHC Jean-Louis
Trois sillons de terre rouge - La Moiss-batt
Trois sillons de terre rouge - Rouge est ma terre

RABUTEAU Pascal
Les Faveurs de Sophie

REY Georges
La Montagne aux sabots
Le Bal des sabots

RIBES Georges
Les Gens de la vallée

ROSSET Jean
Les Porteurs de terre

ROUANET Marie
Apollonie

ROUIL Jacques
Les Rustres

ROUQUET Jean
L'Enfant de la borie

ROYER Roger
La Colombière

SABOURIN Pierre
La Terre des coteaux

SELO Joël
Les vieux Démons

SOURY André
Le Pain blanc

SOYEZ Jean-Marc
Au café de l'église
Julia
La Tuile à loups
Les Galoches de Julia

STARASELSKI Valère
Nuit d'hiver

TAMAIN Louis
L'Encre violette
Le Temps de l'école
Médecin de campagne

THIROLLE Jérôme
Les Doigts d'or d'Elise

TISSERAND Pierre
L'Arbre au pendu

TOUATI Claude-Rose
et Lucien-Guy
Une maison dans les herbes

TOUPET Armand
La Bouzoute

VAISSIERE Marie-Louise
Marie, fille de Cocagne

VALETTE Paule
Le Pain de cendre
Les Jours derrière la montagne

VENTRE Julien
Julien, berger des collines

VERDIER Henri-Antoine
La Fille du bénitier
Les Lentilles vertes

VERRIER Michel
La belle Guérisseuse
La Ferme des Pitaval
Là où les chèvres sont pires que les loups
Le Chien qui faisait peur au diable
Le Mystère de Millepertuis

VIGOULETTE Daniel
Les Ombres du Léman

VINCENT Claude
Les Roses de l'hiver
Quatre pieds de terreau

VITTE Louis-Olivier
L'Enfant de la rivière
La Servante

XENAKIS Françoise
J'aurais dû épouser Marcel

ZIMMERMANN Daniel
Le Gogol